人文
诗散文丛书

郁　葱◎著

# 江河记

河北出版传媒集团

花山文艺出版社

河北·石家庄

图书在版编目（CIP）数据

江河记／郁葱著．—石家庄：花山文艺出版社，
2021.3
（"诗人散文"丛书）
ISBN 978-7-5511-5440-6

Ⅰ.①江… Ⅱ.①郁… Ⅲ.①散文集－中国－当代
Ⅳ.①I267

中国版本图书馆CIP数据核字（2020）第247037号

策　　划：曹征平　郝建国

丛 书 名："诗人散文"丛书
主　　编：霍俊明　郁　葱　商　震
书　　名：江 河 记
　　　　　Jianghe Ji
著　　者：郁　葱

责任编辑：申　强
责任校对：李　鸥
装帧设计：王爱芹
美术编辑：胡彤亮
出版发行：花山文艺出版社（邮政编码：050061）
　　　　　（河北省石家庄市友谊北大街330号）

销售热线：0311-88643221
传　　真：0311-88643234
印　　刷：河北新华第二印刷有限责任公司
经　　销：新华书店
开　　本：880mm×1230mm　1／32
印　　张：8.625
字　　数：160千字
版　　次：2021年3月第1版
　　　　　2021年3月第1次印刷
书　　号：978-7-5511-5440-6
定　　价：56.00元

# 第二季总序

## ◎霍俊明

花山文艺出版社在2020年1月推出《"诗人散文"丛书》（第一季），收入翟永明《水之诗开放在灵魂中》、王家新《1941年夏天的火星》、大解《住在星空下》、商震《一瞥两汉》、张执浩《一只蚂蚁出门了》、雷平阳《宋朝的病》以及霍俊明的《诗人生活》，共计七种。《"诗人散文"丛书》（第一季）推出后，立刻引发诗歌和散文界的高度关注并成为现象级的出版个例。

庚子年是改变世界的一年，我在和一些诗人以及作家朋友的交谈中注意到，很多人的文学观甚至世界观正在发生调整和变化。在写作越来越强调个人而成为无差别碎片的写作情势下，写作者的精神能力、写作经验以及文体观念都受到了一定的忽视或遮蔽。由此，"诗人散文"正是应对这一写作难题的绝好策略或路径之一。

此次《"诗人散文"丛书》（第二季）的入选者是国内具有影响力的老中青年三代诗人，包括郁葱《江河记》、傅天琳《天琳风景》、李琦《白菊》、沈苇《书斋与旷野》、路也《飞机拉线》、郑筐《夜莺飞过我们的城市》、王单单《借人间避雨》。

由这些面貌殊异、文质迥别的文本，我们必须强调"诗人散文"并非等同于"诗人"所写的"散文"，而是意味着这近乎是一个崭新的话语方式。这一特殊话语形态的散文凸显的是一个写作者的精神难度和写作能力，它们区别于平庸的日常化趣味，区别于故作高声的伪乌托邦幻梦，同时也区别于虚假的大主题写作和日益流行的媚俗的观光体和景观游记。甚至在一定程度上这些"诗人散文"因为特殊的诗人化的语调、修辞、技艺以及个人化的历史想象力和求真意志的参与而呈现出别样的文本质地和思想光芒。

他们让我们再次回到文体和写作的起点和初心，如果没有持续的效力、创造力以及发现能力，文学将会沦为什么样的不堪面目？

然而吊诡的是我们越来越迫不及待地谈论和评骘此刻世界正在发生的、作家们急急忙忙赶往现实的俗世绘。与此同时，人们也越来越疲倦于谈论文学与现实的复杂关系。由此，我们读到的越来越多的是"确定性文本"，写作者的头脑、感受方式以及文本身段长得如此相像却又往往自以为是。

蹭热度的、媚俗的、装扮的、光滑的、油腻的文本在经济观光带和社会调色板上到处都是。这既是写作者个人的原因，也是整个文学生态和积习使然。一个作家不能成为自我迷恋的巨婴，不能成为写作童年期摇篮的嗜睡症患者。尤为关键的是文学的"重""轻"以及作家的自我定位和现实转化的问题。无论文学是作为一种个人的遣兴或"纯诗"层面的修辞练习，还是作家试图做一个时代的介入者和思想载力的承担者，我始终相信语言能力和思想能力缺一不可。

2017年8月到2018年8月，一年的时间我暂住在北京南城胡同区的琉璃巷。每天上下班我都会经过南柳巷的林海音（1918～2001）故居（晋江会馆旧址），院内的三棵古槐延伸、蔓延到了墙外。偶尔我也会闪现出一个念头，历史和现实几乎是并置在一起的，甚至有时候面对一个事物我们很难区分它到底是历史的还是现实的。而胡同附近就是大栅栏，在翻新的街道以及人流熙攘的商业街上我看到鲁迅当年喝茶、小酌、聊天的青砖小楼青云阁（蔡锷在此结识了小凤仙）。以暂住地为中心，我惊奇地发现在北京生活了十四年之久的鲁迅几乎就在当下和身边——菜市口附近的绍兴会馆、虎坊桥附近的东方饭店、西单教育街1号的民国教育部旧址、赵登禹路8号北京三十五中院内的周氏兄弟旧址……每天在中国作协上下班，我都会与一楼大厅的鲁迅铜像擦肩而过。几十年之后，先生仍手指夹着香烟于烟雾中端详着我们以及当下这个时代。毫无疑问，每一个重要作家都会最终形成独一无二的精神肖像。"多少年来，鲁迅这张脸是一简约的符号、明快的象征，如他大量的警句，格外宜于被观看、被引用、被铭记。这张脸给刻成木刻，做成浮雕，画成漫画、宣传画，或以随便什么简陋的方式翻印了再翻印，出现在随便什么媒介、场合、时代，均属独一无二，都有他那股风神在，经得起变形，经得起看。"（陈丹青：《笑谈大先生》）

鲁迅是时代的守夜人，是黑夜中孤独的思想者，但鲁迅留下的远不止于此。他留下的是一本黑暗传和灵魂史。

我想，这正是先生对后世作家的有力提醒。"诗人散文"，同样如此！与此同时，我也近乎热切地期盼着《"诗人散文"丛书》（第三季）的尽快面世！

2020年11月9日于团结湖

# 目　录
CONTENTS

# 浮草人间

## 苍凉鸡鸣

我小的时候，爷爷一个人在乡下生活，我的祖籍是河北省深县，现在叫做深州。深县位于滹沱河故道，属黑龙港流域，曾为上谷、钜鹿郡地，那个地方以盛产"深州蜜桃"而闻名。我的老家叫郗家池村，是一个与饶阳、安平三县交界的地带，往南走，距当时的公社所在地辰时村三里地，往北走，距离饶阳县的五公村八里地，五公村在合作化、人民公社时期曾经出现过一位著名的全国劳动模范，叫耿长锁。20世纪60年代到70年代初，从我不到十岁，一直到我参加工作，每年都要回老家陪爷爷过春节。老家只剩下爷爷守着一所空宅院，春节前，我就从一百多里地以外坐长途公共汽车回到郗家池，每当我在傍晚的时候疲惫地赶到村口，爷爷总是站在离村子一里多地的路边等着，这个情境是人们在回忆故乡和长辈时常会提到的细节，但对于我说来，它是一个刻痕。

那时候的冬天很长，大人们很苦，孩子们很纯，想起来就有许多单纯和复杂。当时我老家的那个村子壮劳力一天能挣一个工分，每个工分一角五分钱。一角五分钱现在不知道能买点儿什么，但那时候，它支撑着一位老人的全部生活。爷爷有手艺，买了议价粮蒸馒头到村里去卖，每天早晨四五点钟就听见他拉着风箱点火、揉面、揣碱、上锅，记得每天早晨我醒来的时候，火炕角的被子下面总有盖着的两个碗，里面放着一个新蒸的馒头，那是爷爷留给我的早餐，那馒头实诚饱满，麦香四溢，他自己却揣个贴饼子去街上叫卖。邻居的奶奶会做豆腐，每次我回来时她就端来一碗热腾腾的豆腐，豆腐的那种香气啊，那么恣意地弥漫，直到现在想起来，我依然觉得那是我长这么大闻到的最香浓的味道。

爷爷在村子的同族人中辈分很大，老家有习俗，每逢大年初一，村子里同辈分的人就聚在一起去给长辈拜年。从太阳刚刚露头开始，就听到门外面这个喊"给爷爷拜年了，磕头了"，那个喊"给大伯磕这儿了"，也不进屋，就在院子里跪倒一片，从小窗眼里往外看，还没有来得及看得很清是谁，人们已经呼呼隆隆地离去，又赶到另外一家拜年。老家有很多亲戚家的小玩伴，我就做了火柴枪，做了弹弓，用塑料的圆形针线盒做了小手电筒送给他们，跟他们一起在村里疯玩儿。

到了晚上，吃过晚饭，老人们就陆陆续续来到爷爷家，坐在炕上抽着烟袋，一锅一锅接着抽，屋里烟雾缭绕，满屋子都是旱烟叶子的味道，却不觉得那味道呛人，坐在那么多大人中间，很兴奋，很踏实。在一盏昏暗的煤油灯下，不知道哪位爷爷带了两本没有封面的《杨家将》和《呼家将》（封面是那位爷爷自己撕掉的，那个时候要有这样的书，是要被当成"四旧"的），我就像说评书那样一页一页读给他们听，爷爷们听得津津有味，人越来越多，有的时候炕上都坐不下了。每到这个时候，爷爷就提着大锡壶给乡亲们加水，给我也端来一碗，然后坐在长凳子上听着看着我，目光里满是怜爱和骄傲，那也许是他在老伙伴们面前最为风光的时候。许多经历能让我们绕过人生中的坎坷和艰险，忍受世间的种种苦难，却很难绕过一个"情"字，有人说文字能让人回忆，声音也能让人回忆，这个我信。我知道，我在老家的那几天，是爷爷真正的节日。

1963年，我七岁的时候，父亲带我坐火车回老家陪爷爷过年，要先坐火车到一个叫做前磨头的小站，再倒小火车或者是长途汽车才能到家。在前磨头车站等车的时候，父亲去买长途汽车票，对我说："把包看好，我一下就回来。"等他回来以后，发现放在书包口上的两个馒头不见了。我肯定是贪玩儿了，或者是看哪里都新鲜，东张西望，没有看好那两个馒头。两个馒头当时是我们一天的口粮，我当时不知所措，父亲没有责怪我，对我说："偷馒头的人不会是小偷，如果是小偷，就把包一块儿提走了，一定是那些饿极了的人，丢就丢了吧。"那时候三年困难时期刚过去，街上总有要饭的人。父亲就又拿粮票在车站饭店买了两个烧饼，就作为我们的午餐了。

每年回老家之前，妈妈都要给我换上新衣服，快到除夕的时候新衣服已经穿脏了，爷爷就让我脱下来，拿到一个叫条子的叔叔家，让婶子去洗。条子叔叔是我的一个远方亲戚，我回老家以后，因为跟他的儿子小平年龄相仿，就总在一起玩。那时候没有洗衣机，北方一到冬天天寒地冻，衣服晾到院子里的时候，不一会儿就冻得很硬了，几天也干不了，爷爷很着急，条子婶子就把衣服拿到屋里去，化冻以后，拿烙铁一点儿一点儿熨干。那个时候没有电熨斗，就是那种放在火上烧的烙铁。我看着条子婶子把烙铁烧热了以后，放在一张窗户纸上试一试，看看烫不坏衣服了，再一点儿一点儿把衣服熨干。那种烙铁很小，条子婶子一熨就是一上午。衣服兜还有点儿潮的时候，我就迫不及待地又穿上，接着跑出去玩儿。

　　到了初十左右，春节快过完了，爷爷要把我送到长途汽车站所在地，上面提到的那个叫做"五公"的邻县镇子上去，赶早晨7点发车的唯一一班长途汽车。天还很黑爷爷就要起床，他拉着大风箱煮熟了饺子，然后叫醒我。吃过饺子，我和爷爷便在黑暗中赶路。那时的家乡都是盐碱地，盐碱有两三厘米厚，雪一样，白蒙蒙一片。十几里路没有人烟，只有芦苇、茅草和盐碱，只有一老一少在空旷的清晨里赶路，两脚踩在盐碱地上，"嘎查嘎查"的声音就像踩雪一样，一种孤独感、凄凉感便油然而生，给人的感觉空廓、寂冷到了极点。村子与村子相隔很远，很穷的地方，村子之间都相隔很远。天泛亮的时候，很远很远的村子里传来一声清亮的鸡鸣，它若隐若现、悠长辽远，高亢明亮，沁人肺腑。在苍凉的荒野有一声鸡鸣，便有了一种孤独以外的感觉，冷寂和孤独感便一下子变得淡了许多，似乎在遥远处有了一种依靠，有了一种生命的寄托，有了一种暖意、想象和生机，在那一瞬间便注入了许多说不清道不明的长大了以后成为"思想"的东西，而且这种感受一直延续至今。这种感觉只有在那样的苍莽广阔中才能感到，一声鸡鸣，就能扫去十里阔野的萧瑟和荒凉。我一直记得那样的鸡鸣，那是寂静中一种内在的精神，是那里的人的命运，你听了，就不会记不住，就真的能记一辈子。华北平原的村庄贫瘠、平和而安详，我和爷爷踩着盐碱地向前走着，从那个时候我开始知道了什么叫做贫瘠，也知道了贫瘠产生出来的深厚和思想。那条路很窄，那是通向五公村的唯一一条路。茫茫的大天大地，盐碱地一片洁白，而且无边无际，一高一矮的身影，似乎是大地上唯一的生灵。虽然我那时候年龄还小，但是已经非常真实地感觉到了生活的艰辛和不易，这个时候，就不由得往爷爷身边靠一靠。

凌晨，一边向前走，爷爷一边跟我数天上的星星，天亮前后，东方地平线上会看到一颗特别明亮的星辰，它是启明星。那时候的星星"贼亮"，爷爷告诉我哪颗星叫做勺子星，长大后我查到资料，知道了那就是北斗七星，"斗柄指东，天下皆春；斗柄指南，天下皆夏；斗柄指西，天下皆秋；斗柄指北，天下皆冬"。记得天上还有三颗很亮的星星，老家的人们称它们为"三星老爷儿"。说话的时候还是星斗漫天，一阵鸡鸣之后，太阳已经很大了。后来我看到人们写"天渐渐地亮了"，就暗自说："不是，天黑是'渐渐地'，而天亮，也就是一瞬间的事。"那时候星星不是一颗一颗的，而是一片一片一层一层一团一团，叫做星河。那时候我知道了平原上也有回声，雄鸡一唱，十几里地都有回声，有声音就有回声。那时候天是天地是地，树是树人是人，不像现在，一片混沌。

小时候那些苦难的经历，无论多么折磨多么痛楚，好像总是容易回味。比如我当兵在塞北烧砖窑，从窑内摄氏四五十度的高温中往外出砖，到窑外零下二三十度、滴水成冰的旷野里卸砖，温差相差几十度，身体几近到了极限。比如我小的时候去捡煤渣，手指冻成了青紫色……所以现在遇到了什么事情我就对自己说："有什么啊，你不就是个捡煤渣的孩子吗！"这些经历形成了我刚硬、执着、坚韧、专注的性格。我的作品总有一些内在的沧桑和苍凉，这与我的经历有关。我总是感觉，自己的那个寂静的平原村庄，那里的砖墙、老树，那里的尘世与人，那里的傍晚和凌晨，无论是近是远是荒芜抑或是富足，它都有质感，都不那么冰凉。人真的不在于距离的远和近，有时很远的人也会暖着你，平日里他们未必重要，孤单的时候枯竭的时候甚至不堪的时候，他们就有了意义。红尘人来人往，结识了那么多，错过了那么多，也走丢了那么多。无论多少苦难和不平，记起旧日子记起儿时我就想：曾经冷暖，岂畏浮沉？

在一个细雨蒙蒙的早晨，我睡意蒙眬，一声公鸡的鸣叫，又一声公鸡的鸣叫相继传来，猛然中我意识到，这竟然也是鸡鸣，是城市里的那种鸡鸣，那种声音匆忙、抑郁、戛然而止，没有生机，在我的印象中这种异样的鸣叫已经持续了几天了，凌晨或者夜半常常会听到这种声音。我知道它是邻居的孩子从郊区的集市上买来作为玩具的，这只公鸡也许从来没有听到过什么是真正的鸡鸣，它的叫声只是本能发出的随意的声响，短促、应付，全然没有了呼风唤雨的魅力，全然不是那种辽远的震撼旷野的鸡鸣，让人茫然，让人目瞪口呆，它犹豫而憋闷的叫声让人潸然泪下。听到这样的鸡鸣声，内心一阵茫然，那不是放纵的鸡鸣，而让人在都市的喧嚣中有了一种与当年在盐碱地中相同的荒凉的感觉，在那一瞬间我觉得，也许今后在城市中再也听不到一种真正的鸡鸣了——那曾经的虽然有些单调但却是悠远绵长的最初的旋律啊。

2018年岁末的一个午后，雾霾再起，天地沉靡。想起元好问诗句："万古骚人呕肺肝，乾坤清气得来难。"万物滋生，承天顺地。想这霾相，皆因逆天势、逆地势所为，天不变，人思变，而顺天地之变乃善，逆天地之变乃恶。自然之态，人宜畏之敬之，而人不知清浊，不知轻重，不知高下，以鸿毛为高山万仞，天地则以昏昏然报之！那时，我站在深州永昌大街58号大德昌钱庄前，想起了小时候听到的二八调和老丝弦，岁月，突然就成为了历史，人与苍穹，真不经磨，只一瞬，竟然都老了！

这时候，我写下了这篇文字的题目《苍凉鸡鸣》。

前日，太阳自东升起之后，遂渐西坠；昨日，太阳自东升起之后，遂渐西坠……

我知道，我是想把那些曾经的辉煌与暗淡、深刻与浮浅，都再记忆一次，都再经历一次。

## 滹沱河南岸

姥姥家是华北平原的一个小村庄，在距石家庄不远的束鹿县，也就是现在的辛集市。姥姥家的村子距离县城五里路，叫试炮营村。我刚记事的时候去看姥姥，途中要经过三条河，每条河里的河水春夏秋三季都是满满的，河边长满了荆条和垂柳，树荫林密，水质极好。水流不急的时候，孩子们常下河洗澡，我在河边套过知了捉过蛐蛐。当年那个村庄很安详，觉得它静寂而又平和，村子前面三条河上有三座桥，一座木桥，一座石桥，一座砖石拱桥，觉得那时候人们特别讲究，生活得很细致，什么事情都那么井井有条，后来就不是了。

那时候早晨的雾是甜的，总在里面捉迷藏，小时候晚上最爱做的事是捉迷藏，累了就跟玩伴儿们一起坐在地上看星星。那时候星星特别多，不是一颗一颗的，是一片一片一团一团的。还有流星，一会儿就有一颗划过。姥姥说看星星会聪明，看到流星会更聪明。现在晚上很难看到星星，更看不到流星了，也就谈不上聪明，甚至越来越木然了。姥姥家的村子中间有一个大水坑，不下雨时候防旱下雨的时候防涝，大水坑周围绿树成荫，水坑里有鱼，经常能看到大一些的鱼在水面上"打溅"，但没有人去捞，晚上和阴天的时候，蛙声如歌。下雨的时候，村子里的水就都流到了这个大水坑里。1963年发大水，平时里水不多的大水坑满满的。我问姥姥，水要是再多了怎么办？姥姥说："不管下多大的雨，从来没有见它漫出来过。"那年雨很大，很多鱼就泛了上来，我和小伙伴们就拿着筛子到坑边上去网鱼，回家后，姥姥就把我捞的两条鱼放进了水缸里养着，说是放在里面鱼可以吃蚊子。早年水缸都放在院子里，下雨也不怕渗水，那时候雨水是干净的。姥姥对我说："记着以后不去捞鱼，它们护着这个村子。"姥姥经常说这句话，看到我们用弹弓打麻雀，或者去掏鸟窝、捅蚂蚁窝，姥姥都会说："别去祸害它们，它们护着这个村子。"当时一直不明白，那些动物跟这个村子有什么关系？现在想来，早年天地人相对和谐，姥姥的话一定有她的道理。

那时候空气透明，雨滴甜腻，生活清苦，人心自然。回想起来，当时也没有感觉有多么好，觉得就应该是那个样子。许多小时候的事情，现在看来不可思议。比如在姥姥家出门从不锁门，院门都是用丫形的树杈一别，那是为了不让猪羊进到院子，不是为了防人。还有，我至今一直百思不解，那时候的"虹道儿"从不见有人打扫，但总是干干净净的。"虹道儿"也就是胡同，姥姥家的人一直这么叫，我也不知道是哪两个字，就用了"虹"字，觉得这个字挺贴切的，虹一样的道，细长细长的。

那时候孩子们觉得天地很大，捉蛐蛐抓知了割草爬树什么的，渴了，就用手捧起垄沟里的水喝，水是井里抽上来的，清冽甘甜。现在一有那个动作，就想起小时候，只是，人不是那个心境了，水也不是那个味道了。小时候觉得雨天是最好的天气，能玩，能在水里疯玩。不过一遇刮风下雨天，姥姥就不让出去玩，说是外面有"老闷儿"，不知道"老闷儿"是什么，觉得一定是那种青面獠牙很恐怖的东西。早晨看到窗外灰色的雾霾，想起已经忘记好久了的这个词。我小时候很调皮，常常趁姥姥没看住，就忍不住偷偷跑出去，跑到雨里淋着，用手用嘴接雨水喝，那时的雨水是干净的，有甜味，很清凉。下过雨，路上车辙里有积水，一两天里面就有了小鱼，一直奇怪它们是从哪里来的，舅舅告诉我那是草籽变的，当时就相信了，去地里"落"了很多的草籽儿，放在一个瓶子里，灌上水，天天等着它们变成小鱼。直到现在想起这些自然现象，依然百思不得其解。雨滴打起的水泡有大有小，我总是找到其中那个最大的，一直看它漂得很远。之后的一些年，很多情境就都忘记了消失了，但这些记忆还在，知道那记忆仅仅是气泡，但生活中还是需要它。

最早知道姥爷的名字是在农具上，那上面写着他的名字"张老镰"，后来就换成了舅舅的名字。姥姥家的村子很大，上工、分东西、开会都要敲钟，每个小队的钟声也是不一样的，有的清脆有的沉厚。钟声的节奏也不同，一声一声的是上工，两声是分菜、分粮食，三声是开会等等。我们那群孩子每听到哪个小队有分东西的钟声，就一起往那个小队的场院里跑。有一年姥姥家的队里分花生，我和另一个孩子爬到带蔓的花生垛上，躺在上面望着蓝蓝的天，觉得天好大好大呀。花生垛很高，我们躺在顶上伸手就能摸到新鲜的花生，就那么吃啊吃啊，一直吃到肚子撑了。当然，晚上就被送进了医院，所以现在只要一看到或者一想到生花生就要恶心。谁的儿时都有一些后来觉得不可思议的经历，现在想起来，五味杂陈。

冬天的时候，农民们倒是很悠闲，在雪后的阳光中，总能看到肩背长筒猎枪的猎人在被雪覆盖的平原上打野兔，白白的雪地上只有他们和猎狗留下的脚印。那情境印象很深刻，像一幅油画。那时候冬天很像冬天，乡间很像乡间，那样的情境，现在很少看到了。秋天，就跟着大人们去地里捉"搬藏"，"搬藏"是一种动物，好像类似田鼠。大人们其实不仅是为了捉它，也是为了挖开它们的洞，"搬藏"会把很多粮食搬回自己的洞里存着以备过冬，有时候能刨出一簸箕玉米麦子豆子之类的粮食。现在想起来，大人们给这种动物起的名字，还真贴切。记得小时候有很多奇奇怪怪的动物，后来，就不见了。

我的一些朴素的善恶观，源于我的姥姥。姥姥大字不识几个，但有着朴素的智慧。姥姥平和、温和，很通达，比如她不让家里人数落鸡鸭猪羊等等动物，姥姥说："树木庄稼，飞禽走兽，是个活物就能听懂人在说什么，谁都不愿意听不好听的话。"所以我就一直相信万物都有灵性，好像年龄大了，就更相信这话有道理。我和妹妹是在"四清"的时候下放到姥姥家的，家里来了一只猫，姥姥不让往外赶，就那么喂着。姥姥说："是它自己来的。"过些天猫不见了，姥姥也不让去找，说："是它自己走的。"姥姥懂得顺天应人。记得连阴天的时候，鸡都下软皮蛋，姥姥说："晴天喂糠，阴天喂粮。"就抓一把玉米粒洒给鸡吃。姥姥不识字，可她说过的许多话，别人没有说过。家里有了什么收获，她一定要有所付出，不收不明之财，哪怕这个"财"微不足道，姥姥在得失之间寻找着一种平衡。别人家的鸡在自己家的鸡窝里下了蛋，那时候邻居家的鸡大致都认识，姥姥就让我把鸡蛋给前院或是后院送回去。邻居们待我都非常好，看到我送去鸡蛋就说："不用拿回来，去煮煮吃了吧。"我那时候小，不大懂事，人家让拿回来，就又把鸡蛋捧回来了，姥姥也就不再多说话，第二天家里蒸了馒头，她就一定要让我给邻居拿去两个，或者是熬了菜，给邻居端去一碗，很多次都是这样。那时候人们可纯粹了。

再有，姥姥很忌讳议论别人尤其是邻居家的是非，有时候听到舅舅和妗子谈论别人怎么不好，姥姥就很不高兴，说："看人要用正眼看，不能斜着眼看别人，谁有谁的好，总说别人的不是，是自己过得不如别人。都是一个村的，辈辈离不开，要越过越亲，不能越过越远。"姥姥的辈儿大，村里人闹了矛盾来找她倾诉，她就会说，哪年哪年人家有过什么好，哪年哪年人家有过什么善，总是对来人说着对方的好处。别人的好她都记着，别人的不好她却都忘记了。姥姥在那个村子里除了辈分高，也由于她的至善之道，所以很有威望。我陪她到街上的时候，大人孩子见了她都恭恭敬敬地叫"奶奶""婶子"，路窄的时候，早早就站在路边给她让路。姥姥是小脚，走不快，后边的马车过来时都从不超过她，跟在她后面慢慢走。那个时候人们讲礼数，明事理，虽然都不富裕，但心地善良，知道自己的好是跟别人的好连在一起的。原来总觉得这些记忆很淡了，现在却越来越觉得，这事儿还真不一定那么小。早年的那些微不足道的良善觉得越来越珍贵，不知道这是好还是不好。在我的记忆里，生活中有许多这样微小但很温情的细节。

有一种食物叫做"苦累"，姥姥那时候常做给我吃，长豆角或者茴香切成段，撒上玉米面和少量白面上锅蒸熟，再拌上蒜末和醋、香油，味道很香，有时候还用榆钱和嫩榆树叶蒸"苦累"。我发现我现在许多生活习惯，都是七八岁时在姥姥家那两年养成的，很难改。华北平原上许多种食物可让人想着呢，吃了就觉得很舒坦。所以以后的这些年，我很少出去吃什么大餐，反而是豆瓣酱、韭菜花、腌萝卜条，还有山药白菜这类东西吃着舒服。朋友说我饮食上土得掉渣，欣然接受，我又补充了一句：别的方面也是。尽管生活缺这少那，但姥姥总能想一些办法来维持一家人的生计，舍不得买肥皂洗衣粉，姥姥就用草木灰泡上水，过几天草木灰沉淀了，就用上面的水来洗衣服。平日里不经常买衣服，而且衣服容易掉色，穿旧了很难看。姥姥就花几毛钱买来一袋染料，有一种染料叫"学生蓝"，记得袋子上图案是一只绵羊，把衣服放在锅里煮，再放上几颗大盐粒，然后把衣服洗净晾干，像新的一样。想起这些旧事就觉得，人的生存能力是很强的，无论怎样苦怎样难，总要让生活继续下去。

姥姥家的村里有一个小庙，大概是个土地庙，那个年代庙里早就不允许有香火了，里面住着一位老人，他的名字中应该有一个"起"字，所以村里人都叫他"庙里起"，很少看到他外出，只是在冬天见他经常背着个筐去"搂草"。那时候一到晚上，村里的玩伴们就各自带着弹弓带着木枪到外面玩儿，我有一只小手电筒，被小伙伴们称为探照灯。小伙伴们在小庙周围跑着玩的时候觉得好奇，就在一起嘀咕："庙里这老头是干什么的？怎么也不见他出去，是不是暗藏的'阶级敌人'？"于是我们每天晚上就在小庙的周围，一边捉迷藏做游戏，一边盯着小庙，目的是为了"防止阶级敌人乱说乱动"——那个年代，连孩子们也有着"非凡"的想象力。后来我想，孩子们仅仅是想稚气地预设一个"假想敌"，来丰富他们本来就很贫乏的生活。再往后，渐渐跟"庙里起"熟悉了，去他的屋子里吃过烤红薯，记得老人还给我们讲过故事，叫"小三分家"什么的。他尤其喜欢我，有一次塞给我一毛钱，那个时候一毛钱也显得挺多的，他硬塞到我的兜里。回到家，我把"庙里起"给我们吃红薯，还有给我一毛钱的事告诉了姥姥，姥姥说："山药能吃，钱不能要。"我说："那我就还给他。"姥姥对我说："'庙里起'是个荣军，被炸弹炸坏了脑子，一会儿清楚一会儿糊涂，回乡后没地方住，就把村里的土地庙分给了他。他每个月有抚恤金，一辈子没说上个媳妇。他喜欢孩子，把钱还给他他会不高兴。"姥姥想了想对我说："明天去供销社，一毛钱能买十块糖，你留五块，给他送去五块，把糖放到炕头上，他记性不好，别丢了。"第二天我按照姥姥说的做了，从那以后，"庙里起"见到我总会拉拉我的手，我和玩伴们在他面前也早就没有了怯意。记得后来姥姥还让我给他送过包子，送过肉菜。很多年以后我又回到姥姥家，那座小庙已经没有了，"庙里起"老人也早已经不在了，可奇怪的是，这么多年，在姥姥家的很多经历包括那时候熟悉的人都已经渐渐忘记了，但每次回到那个村庄，都会想起那些寒冷却充满童真的晚上。

我在姥姥家的时候，"文革"已经开始了，"灵魂深处闹革命"，"破四旧，立四新"已经触及这个寂静的平原村庄，但人们对神灵和祖先的敬仰敬畏依然如旧。村里那座高大的建筑，被几代人膜拜的家庙已经被推倒了，可是逢年过节，人们依旧要去那空旷的家庙旧址磕头上香。那一年的秋天，我跟舅舅和另外两个长辈看场院，半夜起来到外面小解，那天晚上月光皎洁，爽风清凉，平原像白昼一样。不远处是一条小河，能听到小河哗哗的流水声，能看到河两岸的垂柳、荆条迎风摆动，很有北方农村深夜的安详。这个时候河堤上有一簇白色的物体一划而过，我当时心里打了个寒战，回到屋里就告诉了舅舅和另外两个长辈。第二天村子里就传开了，说是"小外甥子看到了'东西'"。我当时不知道"东西"是什么意思，后来比我大的孩子告诉我，就是看到了神灵或者鬼魂。我赶忙说"不是"，其实我心里明白，那天晚上我躺在炕上睡不着，就想起来刚才在河堤上一划而过的是一条花斑狗，它常在这条河堤上跑来跑去，好像白天的时候我也见过它，只不过那天晚上它在皎洁的月光映照下，通体闪光，显得那么敏捷，那么洁白，跑起来像闪电一样。

早年的天是蓝色的，大雁秋天的时候就排成人字一字往南飞，现在想起来，一群孩子望着天上的大雁翩翩南行，很有几分诗意。但春天的时候，却看不到它们飞回北方，我就问姥姥，姥姥说："它们跟人一样，往外飞的时候都是白天，往家飞的时候都是晚上。"那时候单纯，大人说的话都相信，真的就跑到外面看着满天的繁星，等着北归的大雁。还真的在晚上听到了大雁的叫声，春天和秋天的晚上都听到过。

经历了许多年以后，很多过于沉重、深刻的往事，就这样被用轻松的口吻叙述了出来。这也许是源于我内心一直固有的纯净，也许是源于那个时代仅存的一点儿美好和繁复。当这些旧事越来越遥远却越来越清晰的时候，我知道，所有的人，都仅仅是一个时代的痕迹和烙印。

# 旧 友 记

小的时候，大概是六七岁，我养了一只小羊，那是妈妈从集市上买回来的，当时父母的工资都很低，养活着我们姊妹三人，所以基本上不怎么买肉，我想妈妈是想把羊养大了以后卖钱或者能有点儿肉吃。但有趣的是，小羊养了一年以后，一点儿都没有长，买来的时候是多大还是多大。那只小羊非常可爱，长得很温顺，一副厚道的样子，它的角不是尖的，而是圆圆的。每天我放了学以后，它就成了我最好的玩伴，我常常把手一举，它就猛地站起来，然后用头和角"啪"地向前顶，顶到我张开的手掌上，玩得很开心。养了那只小羊之后，我就要去给它割草，每天放学以后，我背着筐，到河边儿到地里到垄沟旁边去拔蔓子草，蔓子草是一种生长力非常旺盛的植物，有很清新的草香，一般是趴在地上长。有的时候拔草的时候草叶就把手割破了，在玉米地里，那些玉米叶子划得胳膊上都是伤，但是好像也没有在意过。背回去的草铺在院子里晾干，院子里满是草的清香，现在想起来那样的味道，内心依然充满了怀念。

渐渐地，县城周围的地里草很少了，我就到五里地以外的姥姥家去给小羊拔草。有的时候去拔草的时候就只顾玩儿了，去抓蛐蛐儿或者是去套知了。姥姥大字不识几个，但平和通达，有着朴素的智慧，草割少了舅舅总是爱嘟囔几句，姥姥在屋里听见了，隔着窗户说："割多割少一个样，割多了喂羊，割少了喂兔。"一直觉得，姥姥可智慧呢。第二年的时候，那只小羊还是那么大，一点儿也没长，如果是现在，该是一个很稀罕的宠物了，但当时妈妈总念叨，在集上买错了，买上当了，就图便宜了，我知道妈妈是想把羊卖了，毕竟还要养着它，而它又一点儿也不往大里长。姥姥说："长不长不要紧，它就是孩子们的一个伴。"不知道哪一天，三舅来了，就把羊牵走了，当时街上有集市，妈妈说舅舅来赶集，把羊牵回去自己养，我一直不相信，我想他一定是把那只羊卖了。后来我回姥姥家的时候，一直找那只羊，在三舅家二舅家都找过，但是没有找到，我也没有再问起我的这只羊到底去哪儿了。以后的一段时间，我放学以后就在那只小羊跟我玩过的地方坐一会儿，在那里掉泪。我为那只羊拔的草，它没有吃完，在院子里堆着，那时候我养成了割草的习惯，觉得那只小羊还在我身边，所以，放了学不由自主还是去割草。草越晾越多，妈妈就把那些草卖了，好像记得当时很便宜，三分钱一斤二分钱一斤，把卖草的钱攒着，买了一套理发的推剪，妈妈一直用那套推剪给我理发。当时理发每次要花一毛五分钱，妈妈舍不得，前几天我回妈妈那里，看到那套推剪，妈妈还一直留着。这段经历我跟一位朋友讲过，讲着讲着忍不住动情，分手后朋友给我发信息："说起童年的小羊，那时你的眼里含着泪光，心里要多纯粹才会这样？！"

还有蟋蟀。蟋蟀也叫蛐蛐，秋虫中的极品。小时候秋天的季节就去捉蟋蟀。我们小时候没有什么玩具，就是弹弓、自制的火柴枪、陀螺、弹球，要不然就捉迷藏、玩打仗之类，剩下的就是套知了、捉蛐蛐了。蛐蛐这种小动物很灵性，它住的洞有前后两个出口，但距离不会太远，更聪明的蟋蟀还用牙齿衔来泥团把洞口封住。找到洞口之后，用竹筒或者蓖麻筒堵住前面的洞口，用力踩周围的草丛，会把蟋蟀的"后门"踩实。蟋蟀被惊吓，就会钻进竹筒里。有的蛐蛐洞很深，这时候如果它还没有出来，就用水灌。蟋蟀怕水，最早被灌出来的一定是让公蟋蟀咬出来的母蟋蟀（会叫的，背上有振翅的那是公蟋蟀，后面有一条长长的尾巴的是母蟋蟀）。母蟋蟀显然是被逼着出来"探风"的，这时候再接着灌，公蟋蟀就爬出来了。有性格有战斗力的蟋蟀不是爬出来而是蹦出来，这时候就要眼疾手快，手成窝状，去扣这只蟋蟀，而且还不能伤着它，甚至连一只触须也不能伤着，这就要靠好眼力好手功了。捉住蟋蟀之后把它放进筒里，一般这个季节棉花也就熟了，顺手从棉花桃上揪一朵棉花，塞到竹筒上。

晚上的时候，我们就去街上，砖缝里砖垛下面也有蟋蟀，但一般不如地里捉来的蟋蟀能咬架。蟋蟀分好多种，我记得黑色的个很大的，我们叫它"黑天王"，有一种金色的蟋蟀叫"金头"。我小时候养过一只金黑色的蟋蟀，我和小伙伴们给它起名"黄小虎"，那家伙威猛无比，逢战必胜。入秋以后天冷了，它也老了，叫起来便有气无力，一直到冬天，好久才能听到它叫上一声。大人说："把它扔了吧。"我舍不得，就把蛐蛐罐放在炉台旁边。蟋蟀很好养，随便给它一块儿苹果、梨甚至西瓜皮什么的都可以，当然为了磨它的牙，也经常给它放一颗绿豆或者黄豆，居然养到了第二年开春。蛐蛐罐也很讲究的，都是瓷罐，我们去野外挖来黏性很强的"胶泥"，把罐底捶得硬硬的平平的，还经常洒一点儿水，蟋蟀喜潮。上中学以后，学校在离家三里多地的野外，其间是一片片庄稼地，捉蛐蛐就更是常事了。那时候放了学，几个同学捉住了蛐蛐，就在地上挖个小坑，把蛐蛐放在里面，用草尖逗着它们的须须，有时候蛐蛐咬得翻跟斗。赢了的振翅高唱，八面威风，败了的就跳出坑去，自己逃走了。

上面我提到过，我的一些朴素的善恶观源于我的姥姥：小时候在姥姥家养了两只蟋蟀，大个儿蟋蟀把小个儿蟋蟀的腿咬掉了，我想把那只受伤的蟋蟀放掉。姥姥说："要放就放大个儿的，放出去它能活着，那只小个儿的放出去，爬不出这个院子，不是饿死，就是让鸡吃了，得好好养着它。"后来，姥姥就一直替我养了它很久。现在想起来，我的许多理念，都是从我不识字的姥姥那里学来的。

上小学的时候，我的班主任、语文老师叫杨广达，他是我记忆最深刻的一位老师。他很严厉，一丝不苟，对学生的好是在内心的。我和同桌王荣珍是杨老师最喜欢的学生，我出生的那个地方乡音很重，但杨老师是天津人，大学毕业后来到这个小县城工作，他的普通话很好，上课时他不允许我们说家乡话，所以我的普通话还算是标准。他读书很多，非常有文采，我在小学时就有了一些文学功底，也受益于他。我那时候是一个非常调皮的孩子，有一次上学路上捉了一只蛐蛐，蛐蛐放在蓖麻筒里时，一般应该不叫，但没有想到上课时它叫了起来。我低头摇晃着那只蓖麻筒，就把它往书包里藏。杨老师一个粉笔头扔过来，打到了我的额头上。杨老师上课时，谁如果不好好听讲，他一般不批评，也不点名，总是一个粉笔头扔过去，必中无疑，手头之准难以想象。我慌里慌张把手上的蓖麻筒塞进了同桌王荣珍的抽屉斗里，张口结舌地说不出话来。王荣珍是个极其温顺内向的女孩子，我曾经把蛇皮放在她的抽斗里吓唬她，所以她也很为难告我的状。杨老师没有再问，指着我说："拿出来吧。"我只好把那只蛐蛐筒交给了老师。放学的时候，我不敢找老师要蛐蛐，路过杨老师宿舍时紧走几步。出了校门没走多远，听到有人叫我，回头一看是王荣珍，她手里拿着那只蛐蛐筒说："杨老师让我把蛐蛐还给你。"

　　那天我把这些经历发到了微博上，也使朋友们想起了儿时的各种经历，一位朋友说："我小时候抓的最多的是土元。我们称为'簸箕虫'。"有人不解地问："是土鳖？"我回答："我们这里也有，叫盖盖虫。"南方北方对昆虫的称呼也不同，一个小动物，就有了三种叫法。一位诗友还在那条微博的评论里和诗一首："红袖杯酒惹尘埃，难得闲情戏蟋蟀。那年正好童心在，昨夜尚秋入梦来。"几句旧话一些旧事，引得朋友们诸多诗意。

　　小时候对两种鸟类印象最深，一个是大雁，春天那个季节，南雁北翔，很蓝很蓝的天上，就总会有它们的影子。小学的时候有关于大雁的一篇课文，说它们"一会儿排成个人字，一会儿排成个一字"，很形象的。它们成群结队长途跋涉浩浩荡荡，从一个季节赶往另一个季节，从一片土地赶往另一片土地，而且它们往往是日夜兼程，我曾经在深夜的星空里听到过大雁辽远的叫声。另一种鸟叫做布谷鸟。再过几个月，华北平原小麦快熟了的时候，布谷鸟就来了。它们的体型很小，但是发出的声音悠长而宏阔，像是天籁，充满了一种与大自然的回音、共鸣和遥相呼应。那几个简单的音符，一点儿也不让人觉得单调，却觉得那是一种无限的音韵，像是宇宙的神灵与人的对话。有一些鸟很生活化世俗化乡野化，比如麻雀和喜鹊，让人总觉得它就是邻家的玩伴和朋友，有天然的亲近感。有些鸟很优雅，比如燕子，燕子是鸟类中的淑女，总是那么洒脱超然，举止翩翩，很舒展。还有一些鸟，比如刚才说到的大雁和布谷鸟，它们的存在，如同大自然赋予我们的一种天然的美好和想象力，无论它们离我们近或者远，总是我们内心的记忆，总让我们时时感受到它们存在———一种诗意的存在。

有时候自己在家看着窗外，脑子里总有个念头：如果这个世界上没有人类，那该会是怎样？觉得无论如何应该比现在更好！那个时候树更像树，草更像草，冬夏分明，天高云淡，野山野河，大明大暗。也会有弱肉强食，也会有优胜劣汰，但那是自然法则宇宙定数。那时候流水欢欢，莲荷盈盈，天凉有雪，暑热有风，植物自然生长，没有人为的剪裁，鸟们放肆鸣叫，不用压抑着出声。那时候电光石火，雨雪冰霜，天地是所有生物的天地，乾坤是任何生命的乾坤。唯一缺憾的是没有人记录那一切，但我想，一定会有另外一种生命，一种比人善良的生命，能够把那一切变成记忆！看到那些鸟，内心便有几分安慰和踏实。细想起来，自己的期待挺简单挺单纯的，就像一只鸟，有几粒米、能看得清远处就够了；就像一只兔子，有一个带着嫩缨的胡萝卜就够了；就像一只虫子，能有一些新鲜的草叶，不受到什么伤害，苟且地生活，苟且地满足，仅此而已。

后来，我还养过两只兔子，在地上挖一个洞，上边就像盖房子一样搭上小房顶，两只兔子就住在里面。它们刚买来的时候很小，红红的眼睛特别可爱，好像动物们小的时候都很可爱。我一点儿一点儿把它们养大了，每天给它们往窝里铺干草。当时我们住的是一个大杂院儿，有十几户人家。放学以后，我就把那两只小兔放出来，它们满院子跑，但就是不出那个大院儿，就在我们家的那个区域里玩耍，那两只兔子一直陪伴了我有两年的时间。当时父亲当公社书记，很少回家，有一天我放学回来的时候，突然闻到了一股香味儿，我回家一看，爸爸妈妈正在吃饭，我问他们："今天买肉了？"妈妈说："吃饭吧。"我看到小饭桌上放着一个大盆，盘里有一只鸡一样的东西。我突然想到了我的兔子，我放下书包就到兔子窝里去看，两只兔子没有了，我当时站在那里，头全蒙了。我不知道怎么回到屋里，但是那顿饭我一点儿也没有吃，我一闻到那个味儿，就觉得恶心，就想吐。爸爸妈妈没说话，依旧坐在那里吃饭，我紧紧盯着他们，茫然地盯着他们，一句话也不说，眼里有泪，也不让它流下来，当时所有的怨尤，好像都无以言说。那是陪着我的伴儿啊。这件事很多年了，我一直没有对父母提起过，也许当时他们没有更多去想那两只小动物对于一个孩子意味着什么。

好像从那个时候开始，我就在幼稚的思维里注入了很多悲情的色彩，现在怀念那段时光，实际上是在怀念那个时候的真实和善良。坦率地说，在当下这个社会和我的内心里，那样单纯的情感，那种对自然、对其他生命的爱恋之心，越来越少了。

## 皮店街93号

皮店街，是辛集镇的一条街道，它的南面是繁华的商场街。辛集镇是一个商贾云集的华北重镇，我数过，在北方平原，叫辛集的镇子不止一个，我的出生地辛集镇谓之"河北一集"，它位于束鹿县的中心，束鹿县，位于华北平原。辛集以皮毛生意为支撑，亦有造酒等等产业，史料记载，在我国，用玻璃瓶装酒即是束鹿人首创，一瓶一斤，携带方便，写入了中国酒文化发展史。我的出生地在辛集皮店街，刚记事的时候，我知道了自己的家是皮店街93号，"文革"的时候，被改成了辛集三街93号。那里街道不宽，但足以装进一个孩子的童年，那些年冬天格外冷，我的手红肿着，在石德线上捡煤渣。那些年我割回家一筐筐青草，晾晒时，我总爱踩在上面深深呼吸，直到今天，我依然喜欢闻青草的香气。

皮店街93号是个大杂院，住着机关干部，也住着社员百姓，商业局长高叔叔家对面就是一个猪圈，有人在里面养着几口猪，那时候大家就这么住着，生活清苦但也其乐融融。早晨很早的时候，街上都是雾气，那雾是甜的，一会儿浓一会儿淡，飘来荡去，把小镇和街道掩映得飘飘然然。天边微亮的时候，就听见一阵阵的鞭声，那是大车店的三套马车出来了，他们满满地装着各种皮货，呼隆呼隆地从街道上穿过去，然后街上又恢复了静谧。街的东头传来似近似远吆喝声，我知道，那是卖麻糖（油饼）的老人来了，那麻糖圆圆的，很饱满，上面贴浮着厚厚的一层糖皮，又香又脆又甜。那时候麻糖一角钱一个，但不是天天都能吃到，隔十天半月，妈妈就给我买一次，每次嚼在嘴里，很久很久不愿意咽下去。

我记事的时候"文革"已经开始了，我们院的对门住的是乡间医生刘德报，他家门口有很大的一个葫芦架，街上的人看病不收现钱，只记账，年底付钱或给几斤麦子均可。"四清"以后，刘德报被罚淘粪，自称"屎壳郎"。油坊台私塾先生滕向恒，运动中不许他再教学生，但他离不开孩子，就在暂住的油坊台请孩子们来听他讲之乎者也。逢人就笑的刘文玉，被称为"笑面虎"。早年趸皮子挣了一些钱，回家置了几亩地，定成分时雇短工三人，又屡与大队支书有隙，被定为地主，遇讨饭者，必拉进家中予其饱食，1963年，破落的土宅被洪水泡塌，遂卒。皮货商孟久章，此人仅上过一年私塾，但天分极好，早年学徒，随师傅从内蒙古、张家口趸皮子，一直做到在辛集数一数二的皮货商。喜欢收藏，性格达观，善于交际，乐善好施，运动中被揪斗，家中藏品抢砸一空，后来不知道因为什么罪名被关进监狱，其妻带着三个孩子，逢星期天必走很远的路去探监，所见者无不动容，出狱后孟先生遂远走他乡。民政局长孙儒德，我家的邻居，家门口总坐着"荣军"，也就是那个年代的上访者，他总是让他们先吃饱，然后送走。破落财主张思政，好逸恶劳，老辈子积攒的家产丰厚，但其吸大烟，玩女人，家境日衰，常把金条切开到银行换钱。老了一无所有，做小买卖，蒸过馒头卖过杂货，均不得要领，老无所踪。车老板李风久，无后，镇上最有"资历"的车老板，赶着三挂马车，早晨就能听到他几声鞭响。后被大车压断腿，晚年凄冷。街口的一个哑巴，是位修鞋匠，当时我觉得自己会说话能出声，一走到他面前就张嘴，他总是看着我笑笑，嘴里发出善意的"呜呜"声……

我叙述这些我能回忆起来的旧事，也许以后，它们会成为更多的文字。我记得，皮店街胡同里住的都是大户，通往商场街的六条胡同，每一条都不是直的，土匪盗贼见了，一定认为是死胡同，必却步。曲径通幽，一条胡同也凝结着古人的智慧。几岁时我就知道那些胡同的长短，知道雾中的行人是熟人还是生人，那时候知道亲近熟人，熟人都是好人，那时候不知道躲避生人，生人不是坏人，那时候大风大雨，那时候大暖大寒，地上有田鼠洞，天上有勺子星，一场鹅毛雪，百里皆苍茫。

我的小学时代是在辛集第五小学度过的，这个学校在皮店街向北的拐弯处。我的第一位班主任、语文老师杨广达教会了我一二三四，教会了我大小多少，教会了我读书教会了我普通话。受益于那么多的老师，但总是觉得他教给我的最多。那时候学的一节课是"大小多少"，当时我没有在意，只是把它们当成几个生字来学的，后来我明白了，这几个字几乎是我一生经历、积累和起起伏伏的全部。不是什么经历都能成为记忆，能够保留的那些，就是你与俗世关联的那个点。俗世没有什么不好，它包孕所有的不俗，许多俗的不俗的理念不经意中纠结在一起，成为我内心一种复杂的写作方式和思维方式。还有我高中时期的老师、我的班主任、辛集育红中学语文老师倪洪寿，那时候他还是青年，刚从内蒙古来到河北，带着我们这一班不谙世事的孩子，教我们内蒙古民歌，带我们挖地道、学工学农，教我们写作文，但后来我们几个孩子因为一些琐事与倪老师有隙，就疏远了。他身体很好，很结实，后来从同学那里得知他去世了，没能在他去世前去看看他，成为我很深的遗憾。"文革"中期，著名的辛集中学、束鹿中学都被"砸烂"了，整个辛集只剩下了育红中学一所中学，当时甚至连教室都不够，我们还在束鹿中学上过一段时间的课。从小学到高中，我的文科学习成绩很好，在学校很受宠，也是个相当调皮的孩子。那时老师对学生很大程度上失去了约束，我的心理没有压力，能偷偷地看书、到铁道边玩、去捡煤渣、割草喂我养的兔子、和小伙伴们捉迷藏，一个孩子那个年龄应该得到的放纵和快乐，我都得到了。我懂事很早，即使家庭生活条件还过得去，但那毕竟是一个物质匮乏的时期，我就和同院的孩子们一起去捡煤渣。后来妈妈对我说，一直到我参军两年之后，家里做饭烧的还是我捡的煤渣。捡煤渣我没有感觉到苦，觉得那是我与同伴们游戏的一种方式。我的童年在一种大人繁复而纠缠、孩子简单而松弛的氛围里度过，从那时候起，我开始学会了不去简单评价一个人和一批人，不去简单地评价自己经历过的年代。

夜深的时候失眠，脑子里就感性或者理性起来，就想起了早年的一些夜晚。上面说了，我从小生活在铁路边，火车的鸣叫和节奏几乎就是我的心灵日记，记忆里有童真，就显得诱人和美好。那些时间总有存在着却不知道怎样发生的往事，很远也很近，很深也很浅，很奇妙，许多年前那些具体的经历，慢慢就成为了情感，这时候回忆里即使呈现的是早年生活的片段，也具有内在的连续性。我至今觉得，我幸运的事情很多，但有一点很重要：小的时候吃了一些苦。我对铁路的记忆源于石德线，那时候它是单轨的，蒸汽机车是"跃进"号"建设"号或者"上游"号。前面说了，我懂事的时候家里没有煤烧，就去铁路边从火车上卸下的炉渣里捡煤渣。冬天手冻成青紫色，肿着，也不觉得疼。就像捡煤渣那么苦的事情，现在想起来却觉得有趣和怀念。我从小做事就很在意就很专注，看着远去的火车，只知道远处很远，很神秘很神圣，因此就向往，后来真的到了远处，又愿意回到最初的那个起点，回到那个纯真稚气的孩子。从那时起，我就不怀疑自己，好像觉得一个人最重要的是对自己有毋庸置疑的信任，这个理念，影响了我很多年。现在偶尔听到火车的节奏声，还是觉得那么亲切。那时候石德线上的火车并不多，每天有几列火车通过都记着，晚上养成了习惯，躺在床上一列一列地数，如果到时间了哪列火车还没有来，就想，今天它晚点了，而且知道通过的列车有多少节车厢，是货车还是客车。

小时候我拆过座钟，拆过老式电话机，自己绕线圈组装过矿石收音机，工作后竟然无师自通给邻居修好了电视机洗衣机。那个时候生活苦，可乐趣也多。经历丰富是一件幸运的事，很多时候就想，火车上的旅行才是旅行，能记住一些地方，想起一些人，所以还是喜欢那些旧火车、旧车站、旧日子。有一次我乘火车从济南返回石家庄，路过我的出生地——我记忆中的那座小城，竟然发现，小时候我们在铁路边儿玩耍时的那些建筑、那些景致依然如昨，只是破旧苍老了。小时候跟玩伴在那里留下了多少时光啊，觉得那座建筑好亲，突然眼眶就湿润了。人即使能够百岁，也是一晃而过，而一棵树一座房子，都比人要恒久很多。人那么快就被天地磨老了，而时光依旧。感慨，这岁月啊！

小时候我们同院的一位发小叫赵建良，我们一起捡煤渣一起割草，恢复高考那一年他从工厂考上了北京农业机械化学院，后来成为香港城市大学的著名教授，在他那个行当颇有声望。我们小时候没有书看，连家里的大人都不允许我们读书，怕被别人看到了说是"封资修"，于是我们就偷着传递一些用各种方法找来的书籍。我上初中的时候学俄语，说是为了防止"苏修"侵略，学了几句"放下武器，缴枪不杀"之类，我们就约好了记住其中的几个单词，借书还书，都用不同的暗语，就像搞地下工作一样，直到现在我还能回忆起那些单词来。去年跟我的这位同学见面的时候，不由得感慨：像我们这一代人，生长在那么一个环境里，后来能够学成一些东西，实实在在是太不容易了。

辛集镇是县城，周围的人习惯称那里为"集上"。那时我们这些孩子很多的乐趣都来源于街头的摊贩，经常花两三分钱去他们那里买一把脆枣核，买几个糖墩儿，买一串糖葫芦。那时的玩具也经常是在地摊上买的，有时是一只泥娃娃（能吹响的那种），有时是几个玻璃球或者泥模子（用黏土烧成的圆形玩具，里面有图案），还有陀螺什么的。所以这些年我还是习惯跟朋友一起去附近的乡村赶集，也不是为了买什么东西，就是为了转转，喜欢那里的气氛。尤其是集市上大娘、大爷面前守着一把香菜、芹菜或一小袋红薯，也许是其他什么菜，品种不多，卖相也不一定好看，但一定是自己亲手种出来的，一定有着最天然的味道。而且他们也没有秤，那么一点儿东西，也不值得带秤，买什么的时候他们就随手抓一把给你，分量一定比上秤称给得还多。集市上卖的锅碗瓢盆也许不高档，但却是最实用的那一种。在集市上一边转，一边买一块新炸出来的麻团儿或者油酥烧饼，那种香味儿，和在市里面吃的味道完全不同，有一种异样的香气。集市上熙熙攘攘，你来我往，熟悉的不熟悉的，都能在一起议论一下菜的贵贱或是扯上几句家常话。总觉得那是人世间最平民化的、最让人留恋的气息之一。

那时人没有现在这么多，几乎每个人都相识，甚至我去打酱油打醋的时候，售货员阿姨也知道我是谁家的孩子。那时候是不让读书的，图书馆的阿姨就偷偷给我书看。那时候我们这些孩子逗蛐蛐，打弹弓，套知了，捉迷藏，很开心，很像个孩子。1966年以后，那个小城就有点儿乱，长大后我明白了，那些大人也无知、天真得可爱，他们都是好人，只不过坚守各自的"观点"。那个时候大街小巷里传单四处飞舞，标语铺天盖地，整个小城处在一种超常的亢奋和热烈之中。这么多年过去了，他们中有些人的名字我还记得，当时那些火热的场面我也记得，如果问起我对那个时候的感受，我无言以对。那时候的大人现在都老了，有时候我找他们聊天儿，想让他们回忆那时的一些事情，他们总是说："忘记了，忘记了。"于是我知道了，有些人愿意回忆旧事，有些人，不愿意。

那是一个特殊的年代，人与人的关系也会发生变异。我上学早，初中的时候是十一岁，大概是1967年吧，我的一个同班同学，她的父亲"文革"开始后被揪出来批斗，成了"文艺黑线"人物，母亲也因外面的传言与她的父亲离婚了，但还是躲不过批斗，被剃成了阴阳头。当时的政治氛围中，对这样的孩子是瞧不起的。我的那个女同学很内向，很压抑，几乎整天低着头。那时候不知道出于什么心理，每次遇到那个女同学，都要用很尖刻的语言贬损她，总觉得她是"反革命"和

"坏人"的孩子，应该被骂。一直到后来，放了学就到路上"堵"她，骂她。她总是和同一个女同学一起回家，远远地看到我（还有其他男孩子），就赶快躲开，这更助长了我们的气焰，这样持续了好长一段时间，似乎我们这些男孩子把这种行为当成了一种乐趣和习惯。直到有一天，我们又在路上追着那位女同学骂的时候，她突然遏制不住地转过身向我扑了过来，咬着牙，含着泪，用双手狠狠地撕扯着我的衣服。我当时真的惊呆了，我没有想到她会有这样反抗的举动。当时我的手里有一把削铅笔用的铁皮小刀，就下意识向她挥去……在她本能地用胳膊一挡的时候，铁皮小刀划到了她的手上，血流了一地。和她同路的那个女同学撕心裂肺地喊："别跟他们打呀，你打不过他们，快跑。"不记得那两个女同学是怎么离开的，但那时我突然觉得有些发蒙，有些害怕。我想，她回家后一定会和她的妈妈来找我的家长（他们都互相认识），但是，没有。

长大之后，我常常在想，我忘不掉的这件往事，我的那位同学一定记得更清，她的手上肯定会留下一道疤痕，她心里的疤痕也一定更深。我不知道那一段经历会不会影响她的生活甚至影响她的性格，但我想，有的时候，某种氛围把人的善压抑到极致而把恶调动到极致的时候，一个孩子的天真和稚气，也能变成可怕甚至恐怖。当然，一个十几岁的孩子做事可能很偶然，但我不愿意仅仅把这段经历看成幼稚，也不愿意仅仅归结为由于"那个年代"，起码我觉得，一个人的性格，真的具有多重性。我一直到三四十岁都很单纯，被朋友们称为"大孩子"，性格中更多的是敏感脆弱，悲天悯人，但为什么发生那件事情，至今我仍然对自己当时的心态百思不得其解。后来我懂得了，一个人有多少善，一定会有多少恶——无论是谁。

之后便很少再见到她，也不知道她去了哪里。长大以后，我一直想知道她究竟生活得怎么样，一直想和她取得联系，哪怕有一点点机会能够让她知道我心中几十年的悔恨，但问过一些同学，都没有她的消息。其实我知道，谈这些往事，感觉最残酷的还是我自己，而且，只能增加我心中的重负。一位记者在听了上面这段往事后对我说："过去，我只感觉到您的宽厚、谦和、善良和包容，这种性格是不是与您对这些经历的思考有关？"我说，应该有关，我不知道这件往事是不是影响了那位女同学的人生态度，但肯定影响了我的人生态度。我小的时候做过许多错事，长大了也做过，有的错事肯定比这件错事恶劣得多，但我都渐渐地忘记了，唯独这件事一直记得很清晰。我想之所以如此，大概有些错事是可以原谅的，而这件错事，是不可原谅的，它对我内心和我的性情潜移默化的影响，可能要伴随我一直到老。所以，我后来写了《罪己帖》《与己书》和《自醒录》等诗作，我想的是，我剖不开世人和世态，就把自己剖开。

每次出门的时候，来到熙熙攘攘的机场或者火车站，就觉得人这一辈子可奔波了，总在这往复之间，总在这匆忙之间。很多时候就愿意安安生生，自甘一隅，哪怕是无所作为庸庸碌碌，又能怎样？从那个时代过来的人，内心大都有超乎寻常的积淀和定力，连我自己也觉得不可思议的是，皮店街上竟然有三个孩子以后做了报刊主编。《共产党员》杂志主编杨曼军，我的中学的同学，比我大一届，因此他总是像一位兄长。我们一起在皮店街长大，他的母亲跟我的母亲是一辈子交好的同事。恢复高考的那一年，他从石家庄通用机械厂考上了河北大学哲学系。曼军为人豁达，广结善缘，他才思敏捷，思维缜密，对世态和世事有独到的理解，这跟他学哲学一定有很大的关系。他多年担任《共产党员》杂志社的主编，我从内心钦佩的同辈人并不多，杨曼军是其中之一。《民间故事选刊》主编张志勇，跟杨曼军是一届的同学。毕业后他在石家庄铁路分局工作，后来到《石家庄日报》做编辑，之后调到了《长城》编辑部，跟我成了同事。张志勇是小说作家，性格内向，为人忠厚，后来到河北省文联所辖的《民间故事选刊》做主编。可惜的是志勇英年早逝，让人惋惜。至于我自己，到省文联后，先是在《长城》做编辑，后来在《诗神》做了多年的主编，之后又创办《诗选刊》，把自己的大半辈子都留在了刊物。有一次跟朋友们谈起皮店街，朋友说："先不说这条街上走出的政界、学界人物，就是在那么狭窄的一条街上出了三位报刊主编，也真的是绝无仅有。"朋友们总以为诗人的内心世界很松弛，但我知道那不是真的，真正有价值的生活经验和经历代价太昂贵，它的确是用一代人几代人的命运换来的。好在，我们这些人内心很超然，对世俗的诱惑没有更多的期待，有一次我们三个曾经聚在了一起，我就感慨："还是留恋小的时候，所以遇到事情我就想：有什么过不去的？我们不就是捡煤渣的孩子吗？"

直到现在，有的时候乘火车旅行，火车停在某一个有感觉的小站时，就想下车，想在那里找一间房子住下，想在那里开出一块地来，春种秋收。车开了，就觉得若有所失，就觉得远离了自己期待中的境界。在辛集皮店街93号，在石德线的铁轨上，我曾经无数次想象铁路的尽头，当时铁轨的远处水波纹一般纷繁而迷乱，后来我的经历，的确如是。也想起来早年在那里读过的书，便总有一种享受感，那时候不为积淀什么学问，积累什么知识，了解什么作家作品，就觉得神秘觉得向往，读了写什么人物的书，自己就想去做那个人物。比如读了杜鹏程的《在和平的日子里》，就想着去做一个工程技术员，读了陈登科的《风雷》，就想着去做一个县委书记。那是一个孩子幼稚的幻想，这么多年了，那样的幼稚和幻想至今依旧。 好像20世纪80年代吧，读比托尔的《变》，意识流作品，就又想着坐上一列火车，去自己想去的一个城市，早晨去，晚上再返回来。皮店街93号，就这样留下了一个孩子初始的理想和记忆。

我曾经写过一首题为《辛集镇》的诗："我知道这个平原的镇子，／为什么等同于我的骨血，／年龄越大，却越觉得它神秘，／觉得它神圣，／觉得它神奇。／谁生在哪里，谁就会记住哪里，／辛集镇。在我心中，此为家，／此为皇天后土，／此为天下！"

这样的感受，是一生都不会改变的。

2008年3月6日～2019年4月28日

（注：本文中部分人名为化名）

# 大师时代

**题记：** 我刚当编辑的时候是20世纪70年代末期，那个时候活跃在文坛、诗坛的还是一批大师级的作家和诗人，从那时起，我就在编辑上、写作上跟他们有了一些交往。很多年过去了，当我再想起他们的时候，突然发现，我现在的许多习惯、性格、创作理念、编辑风格竟然都有他们的影子。有时候重读跟他们交往的信件和他们抄在稿纸上寄给我的那些作品，不由得想起了明代刘基的一首《绝句》："人生无百岁，百岁复如何？古来英雄士，各已归山河。"

## 田间：诗不可说

说起20世纪70年代的河北省文联，就首先会想到田间先生。以田间先生为代表的抗战诗歌，是中国文学史上的一座高峰。在我的眼里他是诗人，也是民族英雄，矮小的个子，但在我心中形象高大。大家熟悉的田间的名篇《假使我们不去打仗》中说："假使我们不去打仗，／敌人用刺刀／杀死了我们，／还要用手指着我们骨头说：／'看，／这是奴隶！'"这首诗，成为当时中国人一种内在的精神力量，它的热度一直持续至今。我查过资料，1935年至2006年之间，田间先生出版过六十多部诗集、散文集等著作，这个数量是惊人的。

田间先生是一位大师级的文学前辈，但在我的印象中，他也是一位常人，一位老人，是一位有个性的、让人尊重的长者，他是我见到的能称得上"大师"的人中最具诗人品质和性格的老人。20世纪70年代中后期，我调到河北省文联，那时我刚刚二十一岁，和田间先生住邻居（田间先生家在北京，所以在石家庄也是"单身"）。当时他住在北马路19号省文联（20世纪70年代初那时叫"省文艺组"）的一间十五平方米的平房里，办公室兼宿舍。他对诗歌的激情、他的执着、他的敏锐、他的创造力，一直到他的晚年都没有减退。那几年，他几乎隔不了多长时间就出一部诗集，诗集出版后，他裁一些白纸条，用小楷毛笔在上面题上字署上名字，用糨糊粘贴在书的扉页上送给同事和诗人们，记得当时我为他贴过许多这样的纸条。

1958年以后，田间先生来到河北工作，我现在想，这其中一个很重要的原因，或许是由于他对晋察冀的感情。这一年的5月，刚刚担任河北省文联主席、《蜜蜂》文学月刊主编的田间先生，在他下乡生活的怀来县花园乡南水泉村召开了诗歌创作座谈会。参加会议的除了河北省重点诗歌作者之外，还邀请了国内著名诗人徐迟、邹荻帆等人参加，会上提出了"开一代新诗风"的口号，这是新中国成立之后河北省第一次真正意义上的"诗会"。《蜜蜂》月刊在7月号推出了"诗歌专号"，那一期的专号从内容到装帧都很经典，至今我还记忆深刻，田间先生以其个人的影响力和艺术魅力把河北诗歌大大向前推进了一步。"花园乡是花果乡，花园乡是诗歌乡，万株果树种满园，万首诗歌写满墙。"这是田间先生当时创作的《花园乡颂》，1958年春天，如同抗战时期田间先生在墙壁上、岩石上写诗一样，他把这首诗写在了花园乡南水泉村农家的院墙上。南水泉诗会之后，当时的青年诗人何理、刘章、浪波、王洪涛、申身等迅速成熟，在《诗刊》和其他刊物发表了自己的代表作。田间先生在艺术上非常包容，鼓励用多样化的创作形式进行诗歌写作，比如上面提到的诗人刘章、浪波、王洪涛，他们的生活经历、写作风格都有差异，但是田间先生对他们的写作投入了同样的热情，倾注了同样多的心血，使得这批诗人迅速成熟，在中国诗坛占有了一席之地。田间先生的夫人、作家葛文阿姨回忆说："1963年，战士王石祥（河北籍诗人）把他的诗稿拿给田间看，他兴奋地称诗人的情绪是诗的情绪，是诗歌的情绪。1978年，田间带病多次给在邯郸工厂的孙桂贞（伊蕾）写信，谈诗之源，诗之本，原信均用毛笔小楷书写。"①诗人浪波先生曾经对我说过："田间先生对河北诗人的托举和精神涵盖力是巨大的，对河北诗歌的影响是巨大

---

① 葛文著：《大风沙中的田间》，中国文联出版社2003年7月版。

的。"田间先生奠定了河北作为一个诗歌大省的基础，这种影响一直延续至今。

在我的记忆中，很少有什么世俗、芜杂的事情能够干扰他的创作。他生活得很有规律，很少有什么社交活动，好像也从没有到外边有过什么应酬。他的生活简单得让人难以置信：每天早晨到食堂买一盆粥，早晨喝一半，留到晚上再把另一半热一热，买一个食堂的菜和馒头，就算是一顿饭了，中午饭也是，食堂有什么，他就吃点什么，除了参加会议，我甚至不记得他和别人到饭店里吃过一次饭。所以以后我做了几十年的诗歌刊物编辑和主编，也从没有让作者请我吃过饭，这似乎有些不可思议，原因在于我从内心依然遵循着他带给我的这些理念，少些芜杂，少些世俗，专注编辑和写作。我总想，像田间先生这样的大师都没有做过的事，我凭什么去做？

有人问过我："在写诗上，谁对你的影响最大？"我回答首先就是田间。不只是说在艺术上，而更是在做人上。田间先生身上有一种独有的诗人气质，刚毅内涵，特立独行，即使在20世纪70年代那样的环境下，他也把大量时间用于写诗。1982年1月的时候，田间先生曾经说过："近得一封来信，是在上海共同战斗的诗友写的，他的远方来信鼓励我的近作说'在你的诗里，没有白发。'"我觉得这句话是对田间先生晚年创作状态的真实写照。当时他担任河北省文联主席、《河北文艺》主编，但他不善于处理琐细的事务，经常听到有同事在会上与他吵闹，我见到他在这方面唯一一次表示苦恼是，有一天吃过晚饭，我问他下午是不是又开会了，他茫然而天真地问我："小李（我的原名叫李立丛），他们怎么总是和我吵？"对于田间先生的性格，葛文阿姨这样评价："他是一个不善言谈的人，说话吐字难成句，半句没说完，就只剩下'哈哈'代了之了，可谈起诗来，却能紧紧抓住你。""他那全神贯注于诗业的痴态，难为一般人所理解，我终于理解了他，谅解了他痴呆中的笨拙，笨拙得那么情真。"对于俗常的事情，诸如人际关系之类，田间先生处理起来很不顺畅，很书生气，在我的记忆里，每天他基本上就是在自己的房子里读书、写诗、写字。有一次跟诗人、书法家旭宇先生在电话中聊天，旭宇谈到了一段旧事：20世纪70年代的时候，他随田间先生到保定出差，当时的省委常委、保定地委书记来看田间先生，送走书记后田间先生一脸茫然地问旭宇："刚才来的这个人是谁？"现在的诗坛，充斥着世俗气、市侩气、江湖气，而缺少的，恰恰是田间先生的这种文人气、超然气、诗人气！

田间先生生活中有一些别人不理解的习惯，比如，他每天喝的茶叶要留下，第二天早晨他在炉子上煮一煮，然后把剩茶叶吃掉；有一次我熬了一小锅玉米面粥，给田间先生喝了一碗，他说好喝，一定要我去给他买来玉米面自己熬粥。第二天早晨我还在睡懒觉，田间先生就在门外喊："小李，快起来。"我赶紧起床跑到他的房间里，原来他把满满的一大碗玉米面一下子倒进了煮开的沸水里，怎么也搅不开了。后来我大着胆子问他："您在解放区是怎么待的，就没有看到过老乡们怎么熬粥？"田间先生当时木然地摇了摇头。我的启蒙老师王洪涛（当时的《河北文艺》诗歌组组长）也对我讲过与田间先生交往的一些旧事，他说："田间人真是太好了，就是不明白那些俗气的人情世故。"

田间先生回北京或者去外地时，总是把他房间的钥匙留给我，好替他接收报刊、信函和稿费，替他打扫卫生。而且出去时，他爱给我留一些便条（都是用小楷毛笔写的），我记得有："小李，窗台上的饼干快要坏了，你把它吃掉。""刊物不要少了，放好。""小李，去给我买一个腌一百个鸡蛋的小缸，买一百个鸡蛋腌上。"等等，"腌鸡蛋"是由于我母亲来看我时，带来了一些咸鸡蛋，我送给了田间先生几个，他吃了之后连连说"好吃"，我和妻子就到土产商店给田间先生买了一个小缸，并且按照我母亲教给的方法，把浓盐水揉进胶泥（一种很有黏性的黄土）里，然后再把胶泥裹在鸡蛋外面，给他腌了一缸鸡蛋。有一次铁凝对我说："郁葱，那些小条你可该留着，都是文物。"我听了以后心痛不已，后悔怎么当时就没有把它们保存下来。诸如此类的关于田间先生的故事有很多，有的是真实的，有的是演绎的，无论是真是假，都说明了田间先生独特的性格。那位老人，真是单纯、真稚而善良。

老人平日里话不多，基本上就是没话，每天晚上，田间先生都写诗到很晚，有时他半夜叫我："小李，来看看我的诗。"他在写作诗集《清明》的时候，晚上经常熬到凌晨三四点钟，我那时候也爱熬夜，省文联小院里一老一少，窗口的灯光总是亮着。有一次我与他谈起"街头诗"运动，老人话突然多了起来，他对我说，他的诗歌"最有价值的就是那个时期，那时候把自己写的诗篇写在墙壁上，写在岩石和大树上，鼓舞军队和人民的斗志"。田间先生那时创作的许多诗歌作品成为抗战文学的经典，看得出来他对那种生活状态依旧充满着向往。我问他，闻一多先生是怎么称他为"擂鼓诗人"的，田间先生用浓重的家乡口音说，闻一多的话是这样的："一声声的鼓点，不只鼓的声律，还有鼓的情绪。"后来我查了查资料，一个字不差。实际上，我们现在谈"抗战文学"，有一个现象或者说现实被忽略了：真正写作于当时的、直接作用于那场战争、后来成为经典的文学作品，在冀中这一带，田间等诗人创作的诗歌应该具有最重要的价值。1957年12月，田间先生在回忆那段往事的时候说："大约是在1939年，我在一个村庄的门楼上看见了《假使我们不去打仗》，这首诗用很大的字写着，还配着一幅画，这使我感到了街头诗的力量。"他还说："人是时代的产物，我看诗歌也是如此，是1941年吧，我住在河北平原上的一个园子里，这里有一间小屋，房东是一位老农民。他在园子里种着半亩甘薯和几分地的麻，园子就在村边，距敌人的碉堡很近的，老人非常镇定，我曾经望着他来思索，诗歌如何才能成为这些平常英雄的朋友，和他们在一起生活呢？我们从他们那里取得了灵感，如何能用他们喜爱的诗句，加倍偿还他们。"①

---

① 田间著：《田间诗选》，作家出版社2016年12月版。

那时我写了诗当然向他请教，就像隔代人的交往，很自然，很自如。田间给我记忆很深刻的一件事是：我和他做了几年邻居，经常请他看我当时写的诗，认为还可以的，他就把那一页折一下说："去交给洪涛吧。"不满意的，他就直接说："这些不行。"从没有听他说过那些诗为什么"行"，为什么"不行"，他也从来没有对我讲过应该怎样写诗、不应该怎样写诗，这对我后来的影响极大，使我悟出了四个字：诗不可说。我总想，也许田间先生想告诉我，诗可"悟"而不可"教"；也许田间先生想告诉我，诗可"异"而不可"同"，所以，他对我说过许多话，唯独没有对我说过最应该说的诗歌。他太单纯太纯净，很真实的一个人。上面说过，田间先生对世俗的事情知之甚少，也不大顾及那些你来我往的俗事，外人一看他生活中有些木讷，但是一进入到诗歌里，他的激情，他的敏锐，他的想象力，思维的跳跃，语言独特的魅力一下子就都迸发出来了，那时候就显现了他超人的智慧。我曾经对一位诗友说过：与大师交往，感觉不一样，他们身上那种超出常人的状态，潜移默化地影响到了我的性情和诗情，好像，也从他的身上获得了某种才情。

老人也有忧虑的时候，这让我想起了改革开放初期的《歌德与缺德》事件。《歌德与缺德》发表在1979年第6期的《河北文艺》上，其主要观点认为文学的功能在于歌颂，"那种不'歌德'的人，倒是有点'缺德'"，"现代的中国人并无失学、失业之忧，也无无衣无食之虑，日不怕盗贼执杖行凶，夜不怕黑布蒙面的大汉轻轻叩门。河水涣涣，莲荷盈盈，绿水新池，艳阳高照"，"当今世界上如此美好的社会主义为何不可'歌'其'德'？""向阳的花木展开娉婷的容姿献给金色的太阳，而善于在阴湿的血污中闻腥的动物则只能诅咒红日"。这个事件被称为"改革开放、思想解放大潮中的一股逆流"，受到了全国媒体和文学界的广泛关注和批评。我知道，事件发生以后，田间先生承受了极大的压力，由于他是河北省文联主席，还兼任《河北文艺》主编，许多是他的或者不是他的责任几乎一股脑集中到了他的身上，别人可以推脱的事情他推脱不了，田间先生都担起来了，事实上那个时候，也只有他能够担得起。有时候看他很焦虑，更多的时候，看他很坦然、很淡定，这个时期他的心情很复杂。葛文阿姨在回忆这一段历史的时候说："《歌德与缺德》一文出事后，田间曾受到明的责难和暗的攻击。知情者莫不为田间感到冤哉，该文既非他写，又非他策划，但田间以一颗赤子之心，承担了作为一个省的文联负责人应负的责任，从不辩解，任劳任怨，一如既往，探寻希望之岸。"对于在那个年代不理解他的一些同事，他也尽可能原谅和宽容，葛文阿姨说道："因为他们也是受害者，尽管他们一时尚未醒悟，相信那只不过是时间问题，田间绝不因为位居领导岗位而刁难迫害过他的人。我们共同生活了四十余年，我没有听到过他议论哪个人的长短。他胸中怀有一颗火热的心，宽厚是他的美德。"好在《歌德与缺德》的作者李剑和省文联的领导并没有被"打棍子、扣帽子"，而是被时任中宣部部长的胡耀邦请到了中南海座谈，坦诚、宽容、开诚布公地讨论各自的观点，使得文艺界的思想解放大大地向前推动了一步。当时田间先生本来压力很大，但从北京回来以后一改愁容，见了大家神情舒朗，这对于一向不苟言笑的田间先生是很难见到的。当时我担任省文联机要秘书，几乎每天都要给田间先生送文件和资料，也近水楼台先读到了有关《歌德与缺德》的附有各级领导签字的文件，就对田间先生说："我觉得他们的口吻没有传说中的那么紧张。"田间先生说："批评应该挨，但没有压力了。"看得出来，老人内心已经释然了。

他们那一代人的坚韧、真诚和善良是天生的。2015年春节前夕，我专程到北京后海看望田间先生的夫人、作家葛文阿姨，快到北京的时候临近中午，我给葛文阿姨打了个电话，告诉她我一会儿就到，没想到路上堵车，一直到将近下午一点才赶到后海北沿葛文先生的家门口，没进胡同，远远就看见老人在胡同口站着，见到我就说："放下电话我就出来等，等着你来。"当时我眼泪就掉下来了，老人当时九十四岁了，天那么冷，竟然为了等我们在胡同口站了一个多小时。回石家庄的路上我一直懊悔，责怪自己为什么要提前给老人打那个电话。在葛文先生的家中，老人一直拉着我的手，说起了田间先生和省文联、省作协的一些往事和今事，说起了她在意的事她惦记的事，有的让我感慨，有的让我惭愧和动情。

最近翻看旧笔记本，里面记载着一段往事：依然是20世纪70年代的一个晚上，我与田间先生罕见地聊起诗歌，田间先生拿出一个16开本的油印册子说："你拿去看看，看看我过去写的东西。"回到房间，我打开那本书，上面有田间先生发表在1942年2月4日《晋察冀日报》上的文章《文学上的一次战斗》，当时我把其中的一些话抄在了笔记本上，其中有一段说道："作家要用自己的血来写作。我看我们好些同志并没这样作，好些作品用淡水写成的，而不是用血……对生活有热情有爱，对战斗有热情，有爱，作品中才可能也表现这种热情来。"那段话很长，我在笔记本上抄了几页，之所以引用其中的一节，是由于我觉得很惭愧，抄下这段话之后，我并没有认真再读，其中关于如何写诗，写什么样的诗，田间先生已经说得很清楚了，如果年轻的时候能认真领悟田间先生的论述，在写作上，或许比现在要更长进一些。

至今，想起田间先生的时候，我就觉得，一个诗人，当有一天终要离去的时候，仅仅有两点能够留下，也仅仅这两点有意义，那就是人的品格和文字。

还有，一个人厚重的、永恒的背影。


## 牛汉："立体的、冒烟燃烧的良心"


认识诗人牛汉，首先还是要先认识他那首著名的《华南虎》。我想多用一些篇幅引用这首佳作：

在桂林小小的动物园里／我见到一只老虎。／／我挤在叽叽喳喳的人群中／隔着两道铁栅栏／向笼里的老虎张望了许久许久，／但一直没有瞧见／老虎斑斓的面孔和火焰似的眼睛。／／笼里的老虎／背对胆怯而绝望的观众／安详地卧在一个角落，／有人用石块砸它／有人向它厉声呵喝／有人还苦苦劝诱／它都一概不理！／／又长又粗的尾巴／悠悠地在拂动，／哦，老虎，笼中的老虎，／你是梦见了苍苍莽莽的山林吗？／是屈辱的心灵在抽搐吗？／还是想用尾巴鞭击那些可怜而又可笑的观众？／／你的健壮的腿／直挺挺地向四方伸开，／我看见你的每个趾爪／全都是破碎的，／凝结着浓浓的鲜血，／你的趾爪是被人捆绑着／活活地铰掉的吗？／还是由于悲愤／你用同样破碎的牙齿／（听说你的牙齿是被钢锯锯掉的）／把它们和着热血咬碎……／／我看见铁笼里灰灰的水泥墙壁上／有一道一道的血淋淋的沟壑／像闪电那般耀眼刺目！／／我终于明白……／羞愧地离开了动物园。／恍惚之中听见一声石破天惊的咆哮，／有一个不羁的灵魂／掠过我的头顶／腾空而去，／我看见了火焰似的斑纹／火焰似的眼睛，／还有巨大而破碎的／滴血的趾爪！

牛汉先生的这首诗创作于1973年6月，1998年人民文学出版社出版《牛汉诗选》时，牛汉先生又特意在倒数第二段根据当年的札记，添了一行诗："像血写的绝命诗！"之所以全文引用这首诗，是因为，《华南虎》其实就是牛汉先生的心灵史和命运史。

2003年4月19日，牛汉先生的诗歌研讨会举行，当时正值"非典"初期，形势很紧张，但由于是牛汉先生的研讨会，还是有近百人参加了会议。第一天，主持人杨匡汉先生点名让我发言，我没有说话。一是在座的有许多久负盛名的诗人、理论家，我想听一听他们对牛汉老师的人格风范和诗歌成就系统的阐述，再一点我觉得，我们面对的是一个让人尊重的老人，我们面对的是一些让人尊重的、有尊严的文字，这么多年，我一直以一种仰望的姿态来看待这位老人和这些作品。如果有了这样的感受，你反而会觉得这些刻骨铭心的东西不可言说。而且在中国诗歌界，有几位诗人我真的不敢轻易去评论，这其中就有牛汉先生。我说过：不敢轻易说牛汉！

第二天，几位前辈发言之后，我说："邵燕祥老师提到的牛汉先生为诗的几个关键词，其他朋友提到的牛汉先生为人的几个关键词，我甚有同感。不再复述和牛汉先生交往的一些细节，但有一点我必须说：在我的性格特征里，有着牛汉等诗歌前辈们对我的精神涵盖。牛汉是我国现当代文学上的著名诗人，也是'七月诗派'的代表诗人之一。他的诗歌创作从上世纪40年代开始，至今已近六十年。他一生历尽坎坷和磨难，但人的尊严不倒，诗的品格常青，从他诗歌的现代性、真挚的生命情感、灵魂对苦难的超越与升华、历史的趣味，以及悲怆硬朗的艺术风格等方面，都表现了牛汉诗歌创作独特的艺术魅力、人格力量和大家风范。在这个特殊的季节里来到这里，不是仅仅想来说什么，而是为了表达一个晚辈对一个真正的诗人——牛汉先生的敬重，表达一个刊物对牛汉先生的敬重！牛汉先生是我们这个时代为数不多的真正的大师了，让我们珍爱他！"

2006年11月我们在北京出席第七次作代会，9日的下午在政协礼堂召开党员预备会，散会时在门口熙熙攘攘的人流中遇到了牛汉先生，几年不见，牛汉先生没有多少变化，我发自内心地对他说："见到您真亲。"牛汉先生拉着我的手说："好，《诗选刊》办得好，比别的刊物好，有内容，有想法，不空。"老人对《诗神》《诗选刊》格外有感情，几次对我说过类似的话。后来在会场又多次遇到牛汉先生，记得在北京饭店的金色大厅里，与牛汉和屠岸先生照了一张合影。当时我想，已经三四年没有与牛汉先生合影了。

了解牛汉先生的诗与人，最直接的办法就是读一读《牛汉诗选》中他的自序，先生在其中说道："加拿大有一位诗人安妮·埃拜尔（Anne Hebert），写了一首诗，说她是一个瘦骨嶙峋的女孩，有美丽的骨头。我为她这一行诗流了泪。她是个病弱的诗人，比我大七岁，但她的骨头闪耀着圣灵的光辉。如若没有美丽的骨头，也就没有她的诗。我的身高有一米九十，像我家乡的一棵高粱。我也是一个瘦骨嶙峋的人，我的骨头不仅美丽，而且很高尚。安妮·埃拜尔精心地保护她的骨头，她怜悯她的骨头。而我正相反，是我的骨头怜悯我，保护我。它跟着我受够了罪，默默地无怨无恨，坚贞地支撑着我这副高大的摇摇晃晃的身躯，使我在跋涉中从未倾倒过一回，我的骨头负担着压在我身上的全部苦难的重量。当我艰难地跋涉在人生旅途中，听见我的几千根大大小小的骨头在咯吱咯吱地咬着牙关，为我承受着厄运。谢天谢地，谢谢我的骨头，谢谢我的诗。现在，我仍正直地站立在人世上。由于劳役，我的手心有不少坚硬的茧子，还有许多深深浅浅的疤痕。几十年来，我就是用这双时刻都在隐隐作痛的手写着诗，写一行诗一个字都在痛。不要以为茧子是麻木的，伤疤无知无觉，骨头没有语言。其实，它们十分敏感而智慧，都有着异常坚定不泯的记忆，像中国远古时代刻在骨头上的象形字，经得住埋没和风化。大家都说诗人的感觉灵敏，我的感觉的确也是很灵敏的。但是，我认为我比别人还多了一种感觉器官，这感觉器官就是我的骨头，以及皮肤上心灵上的伤疤，这些伤疤，有如小小的隆起的坟堆，里面埋着我不甘幻灭的诗和梦。"

牛汉先生还说过："我不属于任何美学的'主义'，我不在什么圈子里。我读的书很多很杂，恨不得把人类全部优美诗篇咀嚼完，但是我永远不倚赖文化知识和理论导向写诗，我是以生命的体验和对人生感悟构思诗的。我的人和诗始终显得粗糙，不安生，不成熟，不优雅。我的诗都是梦游中望见的一个个美妙的远景，我和诗总在不歇地向它奔跑，不徘徊也不停顿，直到像汗血宝马那样耗尽了汗血而死。死后升天或入地，变神或变鬼，想都不去想。这也可以说就是我这个人，以及我的诗的性格吧！"应该说，把这两段话和《华南虎》一起读，就看到了一个秉直、钢硬、挺拔、巍峨的牛汉。

我做编辑之后，和我一直崇仰的牛汉先生有了来往，熟悉了老人一生把诗视为生命的个性，他饱经沧桑那么多年，身体几乎垮掉，但有诗歌在支撑着他，因此，在他的经历中对那些低下和卑劣就更加刻骨铭心。2001年12月，在第六次全国作代会上，河北代表团和中直国家机关代表团同住在京丰宾馆，19号晚上我和姚振函等几位诗友去看望牛汉先生和其他几位前辈，牛汉先生的房门开着，我看到对面房间贴着的住房标签，就说："对面住的是X老师。"牛汉先生往对面瞥了一眼，摇了摇头说："我不认识他！"其漠然之情难以掩饰。我当然知道先生指的是和那位诗人心灵上的陌生，牛汉先生刚直率真的性格也溢于言表，让我现在回忆起来，都历历在目，看得出来曾经的那个时代带给这一代诗人的一堵厚厚的墙。在我们年轻的诗人眼里，这些老人无论观念和理念如何，他们都是好人。我知道他们中间有些人终生不往来，看到他们之间这样的隔阂，我内心也很酸楚。许多人把这些仅仅归结于文人相轻，我说不是，是历史的烙印打在他们身上和心理上，前些天我翻看那几天写下的日记就觉得，这印记在他们心中太深了，在我们晚辈人的心中，也太深了。

2013年9月29日，九十岁高龄的牛汉先生去世。2014年初的时候，我在《诗选刊》当主编，"冲浪诗社"的诗友、时任《诗选刊》下半月刊执行主编的张洪波给我来电话，对我说，牛汉先生去世后，他的内心一直很低抑，问我是不是编辑一期"牛汉先生纪念专号"，我说："这个想法独特，还没有哪个刊物为一位诗人办过一期专号，你组稿吧。"那些年，洪波和我配合得很默契，这么多年的深交，心灵相通，不用多说什么，一点就透。2014年9月，牛汉先生逝世一周年的时候，《诗选刊》下半月刊"诗人牛汉纪念专号"出版了。张洪波很细致地在做这件事情，他跟牛汉过从甚密，对牛汉先生的心路历程和创作轨迹十分了解，编辑过程中，我的朋友、诗人林莽，理论家刘福春都为这个专号付出了很多心血。这个专号是迄今为止文学期刊中唯一的牛汉先生专号，也是迄今为止文学期刊中唯一为一位诗人编辑的一期专号。其中以"谢谢我的骨头，谢谢我的诗"为题编辑了牛汉先生生平及创作年表，选发了牛汉先生的《汗血马》等三十六首代表作和十三篇牛汉先生的文章。张洪波整理得很精粹，把能够代表牛汉先生创作风格的作品几乎都收入了，体例也很新颖，没有选发一些纪念文章，而纯粹是牛汉先生的作品和诗歌观点的展示。那一期刊物非常经典，成为具有文学价值和史学价值的一期刊物，编辑了这个专号，张洪波余情未尽，又写了一首《要对得起诗》，其中说："想先生了／打开他的诗集／到每一首诗里去找他／他每次都会和我说话／我的眼前和心里／到处都是飞来飞去的蝴蝶"。我们这一代诗人中，许多跟牛汉先生感情很深，这源于他的诗，更多的是源于他的人。

"帕斯捷尔纳克说：'一部书是一种立体的、冒烟燃烧的良心——而非任何别的什么。'每一首诗都应当如此真诚。古今中外的传世之诗，无不是发自内心的冒烟燃烧的正气，而非任何别的什么。"这是牛汉先生1995年4月14日为《诗神》创刊十年发来的题词，牛汉先生这份珍贵的手迹，我一直珍藏着。"立体的、冒烟燃烧的良心"，我想，这是牛汉先生做人和为诗的最为真实的、刻痕一般的印记。

## 公刘：把提纯的血结晶为诗

其实说起来，我与公刘先生也就只见过两次面，1979年之后，我先后在《长城》和《诗神》两个编辑部做诗歌编辑，平日里和公刘先生只是书信、稿件往来，虽神交久矣，但和他一直未能谋面。我与公刘先生应该说缘分很深，说个细节，我结婚时，我所在的《长城》编辑部送给我的礼物就是一部人民文学出版社出版的公刘先生的诗集《离离原上草》，扉页上有当时的《长城》编辑部诗歌编辑、后来成为书法家的中国书法家协会副主席、诗人旭宇先生用毛笔写的"郁葱、安俐同志新婚之喜。《长城》编辑部，一九八一年二月"几行字。当时这部书四百二十六页，收录了诗作一百八十三首，定价仅仅一元钱，我一直觉得弥足珍贵，当作珍品保存着，至今崭新如昨。这件事情，我却一直没有对公刘先生讲过。

公刘先生生性正直率真，但一生坎坷。他在《离离原上草》的自序中说："我被允许可以发表作品的时间，大约不过十年多一点儿。"这样算起来，到他2003年1月去世，他才写了三十几年的诗，如果不是由于政治的原因，他应该能写出更多的好诗，但即使如此，他还是创作了《五月一日的夜晚》《运杨柳的骆驼》《上海夜歌（一）》《沉思》《星》《十二月二十六日》《读罗中立的油画〈父亲〉》等佳作，出版了与人共同整理的民间长诗《阿诗玛》和数十部诗集，影响极大。

1989年2月的时候。我打电话向公刘先生约稿。很快先生寄来了他的组诗《公刘访美诗抄》，发表在了《诗神》1989年第五期头条。1989年7月，《诗神》编辑部在秦皇岛昌黎黄金海岸和北戴河举办"全国新诗大奖赛"颁奖。当时，诗人张志民夫妇、公刘先生等都被邀请来参加颁奖仪式，记得公刘先生是在他的女儿刘粹的陪同下来昌黎和北戴河的。开幕式上当我介绍到"著名诗人公刘"时，老人打趣说："不著名，不著名，诗人我都不敢当，别说著名了。就是诗人公刘吧。"大家也许注意到了，我最近写了我与几位大师级诗人的交往经历，都没有用"著名"二字。他们那一代人有共同的风范：写作扎实，做人低调，不事张扬。而有时候在网上浏览，看到一些没有写过什么作品的"诗人"到处发帖称自己为"著名诗人"，那种急不可待，那种惶惶不可终日，让人看了忍俊不禁。

在海边的那几天很诗意，诗歌作者们有时很晚了还在与几位师长聊天。那几年，是中国政治、经济、文化都发生巨大变革的一段日子，公刘先生话不多，经历过无数沧桑的老人，知道用眼睛和心来度过一些时光。我们经常在吃过晚饭后相约到海边走走，当时我年轻，情绪总是很起伏，公刘先生对我说："你的性格太执拗，太执着，这跟我相似。别总是太在意，世间的事情，时光会让你忘掉也让你记住。比如过去许多的经历，我就不记它了，不是不记，是留在心里了。"有一天晚上，他把我叫到他的房间，我一看，老人正在写书法，他对我说："郁葱，这一幅是写给你的。"老人已经写好了几个大字："蓬蓬勃勃皆正气。郁葱诗友留念 公刘"。我知道老人这几个字的含义，他以自己的独特方式告诉了一个晚辈他想说的话：正义、正气、艺术、良心，应该说是公刘先生一生的写照。那几天，公刘先生、张志民先生都写了不少字，那个夏天出奇的热，房间里也没有空调，公刘、张志民先生都只穿了一个跨栏背心，身上冒着汗为我们写书法。张志民先生的书法潇洒流畅，公刘先生的书法苍劲浑厚，那些珍贵的条幅，我都好好珍藏着。黄金海岸和北戴河的那些日子，一直成为我很深刻的记忆。

有一件事是我直到现在还觉得对不起老人的，上面提到，那天晚上很热，公刘先生和我都脱掉了外衣，只穿着一件背心在房间里给其他与会的朋友写字，公刘先生看到我穿的网眼背心，很喜欢，问我在哪里能买得到，我当时把我带去的一件没有穿过的背心送给了老人，对他说："我回石家庄问问我爱人，买好了再给您寄去。"回来后我便到处找这种纯棉的网眼背心，但一直没有能找到，后来打听到厂家已经停产了，只好写信告诉老人买不到了，一直觉得遗憾。

1991年，我的诗集《生存者的背影》出版，我在第一时间给公刘先生寄去了一本，老人很快就回信了：

郁葱：

　　惠赠大著《生存者的背影》（书名起得好！）已读，印象甚好，理当驰函致贺。

　　显然，作为哲理诗人，精于思辨，擅长将所有物质的东西抽象化、理念化，环顾国中，还没有几个人堪与你相匹敌，你创造了许多警句，这是长处，难得。伊蕾等的序和后记极好，与你的诗珠联璧合。

　　当然，世界毕竟是物质的，人的精神说到底还是一种物质，过分采取疏离的态度，窃以为亦不足取。适当考虑这个方面，让它们进入诗人的诗中，似乎会使思想、理念得到某种润滑，从而使诗加倍丰满。

　　也许这是我的偏见。我主张，诗人不妨固执一些，认准了什么路子，径直走下去，而不要理会四周看客们的叽叽喳喳。忠于良心，忠于艺术，可矣！不知你能否接受这不召自来的絮叨。

　　　　　　　　　　　　公刘　1991年3月21日

老人是真诚坦率的，我读了这封信，内心很感动，原来想马上发表出去，但又觉得，老人"环顾国中，还没有几个人堪与你相匹敌"的赞誉让我实在承受不起，于是就把信珍藏起来，一直到后来，《河北日报》来约《生存者的背影》评论稿时，我才把公刘先生的信交给了他们。

　　《生存者的背影》出版后，当时我给许多前辈都寄了，牛汉、洛夫、公刘、蔡其矫、李瑛等等前辈都各寄了一本，蔡其矫先生是最早回信的，他的信热情洋溢，他说"书是精装的，诗也是精装的"，赞赏的同时他指出我的作品"理性多于感性"。这本来是前辈的肺腑之言，而且与公刘、洛夫先生对我的诗的看法是一致的，洛夫先生4月15日来信说："你确实是一位知性的、用思想写诗的诗人。我很钦佩你这独特的，强调主体意识的诗人风格，但诗的价值在于创造，当然也包括语言的实验。诗是一种'演出'，而不应是、至少不应完全是一种思想的阐述。"但我当时对自己作品的"理性"很自赏，竟然回信给蔡其矫先生说："理性是我刻意追求的风格，失去它也就失去了自己的个性。我的诗歌价值就在于此。"其自负和偏颇可见一斑。实际上那个时候我的诗歌还正在变化中，就奢谈什么"自己的风格"，显得好笑。其实真的在那时就有了自己认定的什么"风格"而不再寻求变化，便一定会束缚自己。后来在第六次作代会的会场上见到蔡其矫先生（我和先生只见过这一次面），他听说我是郁葱，握着我的手说："《生存者的背影》不错，我记得。你诗写得好，刊物编得也好，不狭隘。"老人的风范让我脸红。公刘先生"世界毕竟是物质的，人的精神说到底还是一种物质，过分采取疏离的态度，窃以为亦不足取。适当考虑这个方面，让它们进入诗人的诗中，似乎会使思想、理念得到某种润滑，从而使诗加倍丰满"和洛夫先生"诗是一种'演出'，而不应是、至少不应完全是一种思想的阐述"说得何其之好，蔡其矫先生关于我当时的作品"理性多于感性"说得何其之好，三位前辈诗人虽然用语不同，表达的观点是一致的，当时我却不以为然。而且你看大师们的谦和：公刘先生说"也许这是我的偏见。我主张，诗人不妨固执一些，认准了什么路子，径直走下去，而不要理会四周看客们的叽叽喳喳。忠于良心，忠于艺术，可矣！"洛夫先生则说："我个人的看法，也许不完全符合你的诗观，说得不对之处，请原谅！"这让我懂得了，人的才智、学养、成就和风范是应该一致的。当然前辈们还是有先见之明，到了1997年之后，我的诗果然变得感性了，想来，即使当时是"愤青"了一把，但几位大师的话还是对我潜移默化起了作用。我的创作有了之后的成就，的确得益于受到了一些诗歌大师的指点。像田间先生、张志民先生和公刘先生等等。当时没有悟出来，年龄越大，这种感受越深。

1992年春天，我又向公刘先生约稿，公刘先生对我说："恰好最近我有些话想要说，写了一段文字，给你寄去吧。"这篇文章题目是《可以用诗唱挽歌绝不为诗唱挽歌》，发表在《诗神》1991年第11期。当时在诗歌界，一直在喧嚣诗歌小众化，渲染"诗歌读者日渐稀少"，于是有人就大谈诗歌的消亡，说什么"要为诗歌唱挽歌"之类观点。但作为老一辈诗人，公刘先生准确地把握了艺术的发展趋势，他对这么多年诗歌的起起伏伏了解甚深，看得非常透。文章中写道："一个真正的诗人，也许才力不逮，但不可不作经典性、权威性的追求。诗人创作一百首诗，其中哪怕只有一首能臻于艺术，这位诗人也就无愧了；一百位诗人当中，哪怕已有一位能达到经典性、权威性的水平，这些诗人也就无愧了。"文章发表后，我给他寄了两本刊物，公刘先生说："可以再给我寄两本，我想多给些朋友看看。"收到刊物后，先生在电话中说："最近写了一篇随笔《九儒十丐新例》，是写文人生存之艰难的，能发吗？"我说："就像您刚才对我说的，儒者，仕人也，书生也，'儒'不能成为'丐'，没有什么不能发的。"公刘先生就把这篇随笔寄了过来，在《诗神》1993年第1期发表了。

从那以后，公刘先生担任了历次"诗神杯全国新诗大奖赛"的顾问。20世纪80年代和90年代，公刘先生的创作力极其旺盛，那一段时间，《诗神》多次在头条推出他的力作。老人很随和（我在这一点上和有些人对他的感觉可能恰恰相反），只要我写封信或者打个电话，老人就会很快把稿子抄好寄来，我记忆深刻的是公刘先生一首题为《诗是怎样集中的》的作品，其中写道：

血液本身不带有任何病毒，且拥有

绝对高贵的品质

一滴，又一滴

一丝，又一丝

流贯于笔尖

过滤

提纯

结晶为诗


我想，公刘先生在写这些诗句时，一定是想到了自己，他用血液在写诗，用提纯的血液在写诗，一生如此。沉浮亦为雄，这就是公刘！

那些手稿我至今认真保留着，一页页稿纸应该已经成为文物。

作为诗人，我不知道能不能写出这样一首诗，作为编辑，我不知道能不能再找到这样一位诗人。


## 张志民："人"这个字何其难写


熟悉诗人张志民先生的人，一定会记得他的《死不着》《社里的人物》《祖国，我对你说》等名篇，我小的时候，记忆最深刻的当代叙事诗就是张志民的《死不着》、郭小川的《将军三部曲》和闻捷的《复仇的火焰》。我开始读书的时候正值"文革"时期,这些书都被封存了,还是图书馆的一个阿姨从书库中偷偷翻出来给我看的。20世纪70年代中期我开始写诗,以后又做编辑,与我曾经敬仰的大师们开始有了联系,接触多了,我对张志民先生的评价是:一个真正的好人,一个真正的好诗人。

张志民先生是宛平人,宛平曾经是河北省的一个县,后来划归了北京丰台区,但每次我向他约稿,志民先生寄来的简历都注明"张志民,河北宛平人"。而且几次见面时他都对我说:"我是河北人,老家是河北。"向他约稿的时候,他总是在电话中嘱咐:"郁葱,简介不要改啊,我是河北宛平人。"这不由让我想起了另一位现居住北京的河北籍著名作家,记得一段电视台采访,记者问他:"您长期生活在北京,那您觉得自己是北京人还是河北人?"那位"著名作家"犹犹豫豫地说:"应该算是北京人吧。"其窘态让自己和别人都觉得尴尬。后来我再见到他时就觉得内心跟他有距离,就觉得无话可说。我不是说人家这么说有什么不好,有什么不对,而是我内心的感觉不对了。我知道,对于他们那一代人,是应该把祖籍的那捧土看得很重的,看那段采访时我想起了张志民先生,更多了对他朴素、真诚人格的敬佩。说这些,好像跟诗、跟文学无关,我也并不是有狭隘的地域观念,我想说的是,张志民先生尊重自己固有的血脉,并且以这块土地和这里的人为骄傲,这是一种骨子里的杰出品质,这是好作家、好诗人的一个特质。

张志民先生正直忠厚，处事低调，大概真正有内蕴的诗人都是这样，与这样的长者交往心里踏实、充实。《诗神》编辑部几任主编戴砚田、旭宇和我都与张志民先生交往甚密，《诗神》创刊号的第一组诗便是张志民先生的组诗《大西南》，张志民先生还长期担任《诗神》月刊的编委。我曾经多次跟张志民先生约稿，许多名家的稿子编辑部是不能改动的，哪怕是一个标点符号，但志民先生寄稿时总是注明"删削随意"，这四个字一直让我很感动。有一次我在电话中对他说，他的诗作有作者写了评论，我们想发出去，张志民先生赶忙说："可不要，刚发了我的诗，别再占刊物的版面了。就寄给我吧，我自己看看，给人家回个信就行了。"其内敛和大度让人感慨不已。

1989年7月，《诗神》编辑部在秦皇岛昌黎黄金海岸和北戴河举办"昌黎酒神杯全国新诗大奖赛"颁奖，邀请张志民夫妇来参加颁奖仪式，颁奖结束后买返程车票，先生的夫人来找我，问我车票买了没有，我说："阿姨您放心，已经订好了软席车票，我现在就去拿。"阿姨对我说："郁葱，我就是想跟你说，不要买软席，买硬座，我们跟大家坐在一起回去，行吗？"我说："按志民老师的资历，应该坐软席的。"（按照官方的"级别"，好像张志民先生是享受副部级待遇。）阿姨坚持说："不要了，他说的就买硬座，也省得给你们添麻烦。"后来，张志民夫妇还是坐硬座回的北京。

记得那次的一个傍晚，吃过晚饭，我陪张志民先生和阿姨在北戴河东山鸽子窝下面的海滩上散步，我跟他聊起了性格与诗歌的关系，我对他说："我性情相对急躁，不安分，总是在一种冲动躁动中。"我说我特别羡慕张志民先生的这种理性和沉稳。张志民先生对我说："不着急，这是诗人气质，没什么不好。性格是可以变化的，我的性情也有变化。什么年龄有什么年龄的性格和什么年龄的作品，你这个年龄有什么，你就写什么，以后也是这样，别苛求自己。把心放松，诗也就好起来了。"这段经历，我记在了自己的日记中，时间愈久，重新再读的时候，感受愈深。

1993年的时候，《诗神》编辑部策划了一个栏目"纵论中国当代新诗"，我出了几个题目请张志民先生和其他诗人回答，他特别赞同宽松的文化氛围，说："今天我国在经济上改革开放，用我们的语言讲，可以说是经济上的一种宽松，这种形势也将带来一种文化的宽松，我们期盼这种形势在今天出现。如果没有宽松的形势，就没有今天的繁荣。"当时《诗神》的办刊风格就比较超前，他很认同，特别主张创作上和办刊物上要体现个性。他说："目前诗刊诗报有几十种，我希望把每一份诗刊诗报都办成'茶座'，高朋满座，八方宾客欢聚一堂，就要搞大团结，不搞小团结。我作为写诗的老同志，希望年轻的朋友有诗才有文才有干才。我作为一个精神的富翁，你们的就是我的。"我在回答《诗神》编辑部的五个问题中也提到："很赞同张志民老师的观点：文学界不应该仅仅是阵地，也应该是'茶座'。无论如何火药味总不是个好味道。"张志民先生对探索、对先锋精神的宽容，对青年诗人的关注，对我策划的刊物风格的理解，一直让我深深感动。

了解张志民先生的人也许会记得他的许多名篇，但他的一首题为《"人"这个字》的诗我却记得更深：

听书法家说：

书道之深，着实莫测！

历代的权贵们

为着装点门面

都喜欢弄点文墨附庸风雅，

他们花一辈子功夫

把"功名利禄"几个字

练得龙飞凤舞，

而那个最简单的"人"字

却大多是——

缺骨少肉，歪歪斜斜……

每次读到这些诗句，我都觉得这首诗和臧克家先生的《有的人》异曲同工。他们那一代人把做人看得与作诗同等重量，或者做人比作诗分量还要重，这是我从内心敬重张志民先生的缘由。张志民先生去世后，我们在《诗神》1998年第5期头条重新发表了这首诗。之后的许多年，我在跟年轻诗友们谈到诗人和诗歌时，也屡次提到张志民先生。

1998年4月7号那天，《人民文学》杂志社的诗友商震来石家庄，谈话中得知张志民先生去世了，我当时很吃惊。前一段知道他患病，我还给他去信询问病情，志民先生很快回函："由于身体情况，很久没有给你们写信，请原谅。我的病经过住院治疗，情况还算可以，请诸友放心。"没有想到，那竟是他写给我的最后一封信。我很快撤下已经三校了的稿子，编辑了六页《张志民诗选》刊发在了1998年第五期《诗神》月刊的头条。作品发出后，反响很大，张志民先生的亲属还来函表示谢意。在编后记中我说，我一直认为，张志民先生"是最具长者风范的诗歌前辈"，这是我对一个好人、一个好诗人、一个我们河北人永久的感受。

又想到了张志民先生诗中写到的"人"字，这个字很简单，但何其难写啊！

## 李瑛：红花开满山

2019年3月，九十三岁的杰出诗人李瑛去世了，李瑛先生是河北人，他一生创作了五十多部诗集，数量惊人，其中诗集《生命是一片叶子》获得首届鲁迅文学奖。前几天我翻老照片的时候，看到当年李瑛先生委托女儿李小雨大姐给我发来的四张照片，又想起了跟老人交往的许多经历。这四张照片一张是他的标准照，一张是在青海，李瑛先生与两位小喇嘛的合影，还有一张是在黄河岸边，背景是滔滔黄河，另外一张拍摄于他的书房，老人姿态优雅。

跟李瑛先生的交往，始于上20世纪70年代，当时我是一个刚入伍的新战士，喜欢写诗，那个时代可读的书很少，我最初读到的诗集，就有李瑛先生的《红柳集》《枣林村集》《红花满山》等等，这些诗集我一直带在身边，从地方带到部队，又从部队带回了地方。李瑛先生的诗歌艺术气息很浓，语言纯美，富于想象力和感染力，属于那个时代的艺术型作品，在当时的诗歌创作里显得非常有特点，年轻人很喜欢。1975年的时候，我开始向《战友报》《解放军报》投稿，并且连续在《战友报》和北京军区的《连队文艺》上发表诗歌。当时的《解放军报》文艺副刊编辑是杜志民先生，他在《解放军报》上发表了我的一组诗作，让我很兴奋，1976年的夏天，我到北京解放军报社见到杜志民先生，向他敬了一个标准的军礼。杜志民先生当时嘱咐我说要多读书，尤其是要读李瑛、王石祥的作品。回到部队以后，我又重新读李瑛先生的诗集，有了更为诗意的感受。那个时候年轻，胆子大，就给他写了一封信。没有多久，收到了一封牛皮纸信封的来函，我打开一看，竟然是李瑛先生的亲笔信。信中大意是他读了我发表在《解放军文艺》《解放军报》上的诗歌，他说："感觉你读书不少，要多体验部队的生活，当好兵写好诗。"我拿着这封信兴高采烈地给部队冯世群政委和报道组李万城干事去看，冯政委书生气很浓，喜欢文学，读书也多，特别爱惜人才，他看了信函以后兴奋地说："李瑛是大诗人，能给你回信，实在难得。你要好好写。"然后，我从连队调到了机关，在创作上也一发而不可收，还因此在部队荣立了三等功，1979年，又意外获得了一个北京军区建国三十周年文学创作奖，收到证书的时候我很惊讶，我那时候就是一个基层部队的战士，连北京军区的大门朝哪边开都不知道，就这么发了作品得了奖，让我很是意外，那是我平生得到的第一个文学奖。想起来依然还很感慨：我在《战友报》《连队文艺》发表了那么多的作品，还得了奖，但至今也不知道责任编辑是谁，是谁给我评的奖。

1978年底，我退伍回到河北省文联之后，也开始做了编辑，最早在《长城》，后来到《诗神》编辑部，当时我首先想到的约稿诗人中就有李瑛先生，就写信给他，之后便收到了他的手抄稿，从那时开始，我跟李瑛先生有了更多书信往来，而且，先生每出一本诗集，都要签上名寄给我。所以在我保存的前辈的签名书中，李瑛先生的作品是最多的。而且每次寄来作品和诗集，他都非常细心地注明"收到以后请回复"。1992年6月的时候，我对时任《诗神》月刊主编的旭宇先生说："我写了一封约稿信，向李瑛先生约稿。"李瑛先生和旭宇先生是同乡，多有往来。旭宇先生说："好，我给李瑛先生附一封信。"7月底，李瑛先生寄来了组诗《漓江的微笑》，并且给我和旭宇先生各写了一封信。在给我的信中先生说："去年五月我第二次去桂林之后，便陆续写了《漓江的微笑》等两个较大的组诗，在一些报刊上发表了。这只能算是创作上的尝试，寄给你们。"在给旭宇的信中李瑛先生说："编辑部嘱我写一则2000字左右的附记之类的短文，作为'开卷组诗'栏目之用，感谢你们对我的尊重和厚爱，这是一个好主意，作为一个统一的格式来要求，按说应该写出。但是我也不大擅长写这类文字，为避免破坏你们设想的格式，我意这三首诗可否不发卷首，顺便安排在哪一期哪一栏的后边儿就行了，可选一些好诗，配合以有话要说的言之有物的短文，真能给读者一点教育和启示就好。"从这段话中，先生的风范可见一斑。信中还说："由于我长期以来始终是业余写作，时间有限，对文学艺术系统的深刻的钻研很差，不像很多读者朋友们那样，有好的写作条件，又才思敏捷，为诗文得心应手。当然，对文学艺术对诗，我也并不是没有自己看法的，在我的《诗选》和《抒情诗选》两个选本的序言和我有些诗集的后记以及一些座谈会的发言中，都可看出我对诗的主张和观点。尽管这些看法也许是片面的，偏颇的，乃至是错误的，但是我不愿意隐瞒自己的看法，并且不愿轻易改变。"这封信至今读来，依然能够体味到先生对诗一如既往的真诚。1992年《诗神》第9期发表了李瑛先生这组诗，发表以后，我打电话给他，说作品发得太少了，李瑛先生宽厚地说："已经不少了，发了三页已经不少了，我是说补个白就可以了，你们还是发了头条。"后来在一些诗会上经常见到李瑛先生，每次都过去打个招呼，他看到我总是说："北京军区的兵，我们是战友。"我当时心怀惶恐，我怎么敢跟李瑛先生互称战友？但每次他都说我是他"北京军区的战友"。2006年11月第七次作代会的时候，我们又在北京人民大会堂见面了，李瑛先生拉着我的手说："战友你过来，咱们合一张影。"记得当时为我们摄影的是一位摄影家，应该是参加会议报道的记者，摄影器材很专业，但之后我一直没能见到那次拍摄的照片，很是遗憾。第七次作代会联欢晚会的那个晚上，我写下了以下日记并发到了自己的博客中："在开幕式的会场遇到了绿原先生，他和屠岸老师的座位挨着，过去问候了一下，由于马上要开会了，没来得及多谈。2006年11月13日晚上是人民大会堂的联欢晚会，晚会结束后，在大会堂东门外的台阶上遇到了李瑛先生，看他是一个人，便走过去搀扶着他走到了车前。温家宝总理在报告中提到了李瑛先生和他的作品，我说：'李瑛老师，为您高兴。'老人微笑着对我说，惭愧惭愧。"老人在晚辈面前，总是那么随和。

其实，不仅仅是李瑛先生，我和他的女儿李小雨也有很深的交往。小雨大姐在《诗刊》当编辑的时候，屡次做我诗歌的责任编辑。1997年的年底，我写了一组诗《1998年的晴空》，其中包括《1998的晴空》《和平》《鸽子》《河北》等几首诗，寄给了小雨大姐，1998年二月号的《诗刊》就发表了，而且是发了头条，那是很长的一组诗，小雨大姐几次打电话说千万不要把稿子再给其他刊物。诗歌发表后她又专门打电话给我，说："父亲看了你的那组诗，很是兴奋，说这个小战士把诗写得这么明朗，他嘱咐我一定要给你打这个电话。"李小雨大姐可能有自己的性格和性情，但在编辑的专业精神上是值得让人敬重的。后来在几次场合，她又谈到这组诗，并且将其中的《和平》收入了她主编的《节日诗选》中，《和平》后来又被编入多种选本，并被方明、虹云等几位朗诵艺术家朗诵。2010年7月25日，在北戴河中国作家协会主办的"全国诗歌理论研讨会"上，又见到了小雨大姐，请她问候李瑛先生，小雨说："他身体和心情都很好，还总是写，我劝他歇笔，他不听。"那次会上小雨大姐的发言与我的内心很契合，她说："诗歌是经验的体验，是以往经历的总结，是想象的总结。当然，技巧也可以成就许多诗人。"

我也知道，由于出版等事务，李瑛先生与河北省的出版部门有过一些小小的纠结，但这里毕竟是他的家乡，对这个地域的诗人依然关爱有加。2001年第二届鲁迅文学奖评奖的时候，中国作协通知我担任初评委和终评委，但由于不可描述的原因，我在初评结束后回到了石家庄。初评委第一次集中的时候，评委会主任李瑛参加了第一次的评审会，他问起河北诗人的近况，一再说："我的家乡是河北。"我向他介绍了几位河北诗人的作品，他点点头说："我都知道，写得都不错，读到了他们不少写得很聪明的好诗。"但是由于后来的一些原因，这几位诗人落选了，而且据说跟李瑛先生有直接的关系，在中国诗歌节上我见到李瑛先生时对他说："河北的几位诗人可惜了。"李瑛先生没有说话，只是紧紧地握了握我的手。

1989年的时候，《诗神》编辑部在河北昌黎和北戴河举办全国新诗大奖赛，请李瑛先生做顾问。我给他打电话的时候，李瑛先生说："《诗神》刊物办得好，我要支持，获奖作品如果是好诗，我更要支持。替你们做不了事儿，挂个虚名。"我在电话里说："顾问顾问，您要'顾'也要'问'，到时候我把进入终评的作品给您送过去。"李瑛先生在电话里爽朗地笑了，说："旭宇我是相信的，你我是相信的，不必送稿子，我尊重你们。"那天我写了长长的日记，记下了跟李瑛先生交往的这段经历。后来每一届的"诗神杯"全国新诗大奖赛都要邀请他做顾问，先生都非常爽快地答应。

　　李瑛先生去世后，我一直想写一些文字，但是一直没有动笔，我知道对一位诗人尤其是一位经典诗人进行评价是很难的，我没有能力做到。但我是读着李瑛先生的诗歌走进部队、学习写作的，而且当时我们那一代部队的诗人都摆脱不了李瑛先生作品的影响和涵盖，在诗风上、语言上都从李瑛先生那里汲取了很多滋养，每每想起这些，想起那些给我最初的诗歌创作以鼓励的前辈们，我都有着同样多的感情和感激。这些，别人听来都是一些琐事小事俗事，但不是什么经历都能成为记忆，能够保留的那些，就是你与俗世关联的那个点。俗世和俗事包孕着所有的不俗，许多观念就在这些不经意中纠结在一起，成为我内心一种复杂的写作方式和思维方式。也正是这些细节，让一位经典诗人给了另外一位年轻诗人以自尊和自信，从此，他使自己在文学创作上有了更高的尺度和追求，这是李瑛他们这一辈诗人带给后来者的最大财富。

2006年7月10日～2019年4月16日

# 浮 生 录

## 搬 家 记

2012年的时候，我要搬家了，从石家庄和平路搬到新华路。

和平路原来叫北马路，我二十岁从部队退伍到河北省文联，就在北马路19号院里生活和工作，在那里结婚，在那里有了我的孩子。那个时候北马路街道不宽，路两边儿一层灌木，一层槐树，一层杨树，绿意葱茏，我就在那里生活了几十年，对那条街道的每一个细节都记得很清楚。后来这条路改成和平路，路加宽了，槐树和白杨树被砍了，路上也嘈杂起来，但即使这样，依然觉得那条路对我有着非同一般的渊源和维系，而且我生性怀旧，虽然新房子早就装修好了，但我一直迟迟不愿搬走。要离开居住了三十多年的院子，很不舍，周围的一切都很熟悉了，卖水果的、卖菜的甚至出租车司机都很熟悉，在一个地方住久了，就有了那个地方的亲情和气息，觉得很难割舍。

于是就总是不着急，慢慢整理着家里的物什，一点一点搬。最多的是那些书，装满十二个书柜，都是我一本一本买来的。记得1978年之后，改革开放初期，书店里陆续有了一些新出版的书籍，我印象深刻的有《汉译学术名著丛书》和《20世纪外国文学丛书》等等，我每个星期天早晨要到书店门口等着它开门，去别的城市，第一个要找的地方也是书店。现在想起来，年轻的时候很纯粹很专注，那些书就是这么一本一本积攒起来的，几乎每一本都有故事。我还有一个习惯，说不定往哪本书里夹一张纸条、一张纸币、一枚邮票或者是一封舍不得丢弃的信（那时候都用笔写信），很随性，里面就有了当时的温度和记忆。后来我读书的时候，找回了不少能够记起来但觉得已经丢失了的信件，这也给我重新读那些著作的时候增添了一些乐趣。

搬家的时候才知道，那么多买来的书都没有读，原来总想不着急，以后时间宽裕了再慢慢看，但记忆力、视力都不如过去，书一放就是几十年，拿出来之后还那么崭新如昨，只是上面有了灰尘的味道。年轻的时候总是急着写作，觉得读书是以后的事，现在想，其实应该反过来，年轻的时候尽可能多地读书，有些年龄、有些经历之后再写，阅历积淀都够了，写起来从容，也就不再多想什么形式啦语言啦，随心所欲。书多，我就把它们分成了三部分，带到新家几书橱辞书，名著给了孩子，其他的放到了小仓库里。搬家之前，专门请铁匠师傅打了几个铁架子放在仓库，书是很重的东西，放在书架上和放在心里的时候重量是一样的。

还有柜子里那些本来已经忘记了的东西，一些旧邮票、旧纪念章……毛泽东纪念章就有几百枚，那是一个时代的记录，有的是我的父母攒下的，有的是我自己当时留下的。还有各种纪念章，孩子小学、初中、高中、大学时候的校徽，孩子的玩具，小学、中学时的校服，都好好保存着。我还翻到了几本前辈的笔记和档案，那些文字记录着那一代人的生活。这些东西有的我看过，有的没有，用了将近一天的时间翻看，那些纸页都发黄了，显现了岁月的沧桑，也显现了那个时代的印痕。让我知道了那时候每天一元钱的伙食费就是"高消费"，托人买两轴缝纫机线就要做检查……（这些我会专门用文字记录）看过后我的一个感觉是：在我们这些后人看来，那些经历几乎是不可思议的。

还找出来一盒旧钥匙，仔细看着它们都那么眼熟，它们不知道打开过自己家的哪一扇门和哪一把锁，可是现在，都老了废弃了。还有一些宾馆的信封、信纸和导游图，能记起来当年曾经到过住过的地方。我有一个爱好：搜集导游图，这么多年下来，有几百张了。还有一些烟标、糖纸，那是我小时候攒起来的，我喜欢收藏，就攒了很多这样的东西，后来我参军，把那个大箱子留给了最好的一个朋友，请他替我保管，还有我当时买的一些书籍，但当我参军回来之后，他就再也没有提到过那个箱子的去向，这在我心里一直是一个结。对于他那也许仅仅就是一张纸，但对于我，却是一个年代的回忆。

搬家的时候，收废品的河南老乡也来帮忙，说是要帮我们往新家里搬运一些东西。平日里我们家的废品都不卖，一些旧书刊纸箱子啤酒瓶子之类的东西，就给了人家，所以那两位师傅一定要骑着三轮车帮忙搬家具之外的零碎东西。第一次妻子给人家一百元钱，老乡要了八十，第二次要了六十，第三次只要五十，推了半天，让我心里很过意不去，第二天早晨又赶紧收拾出来一些旧东西给了他们。

让我觉得留恋和珍视的不是那些物什，不是那些用具，甚至不是那些书，而是那所旧房子熟悉的气息和沧桑了的容颜。我做什么事情都太在意，常常有一些恋旧的情绪。比如那些旧衣服，翻来覆去地掂量，还是没有舍得扔。它们虽然旧了掉色了，但是穿起来特别贴身，一看就是自己的衣服。我的衣服穿十年二十年的都有，我在2007年第一届河北青年诗会的时候穿了一件T恤衫，直到现在依然还在穿着。2005年的时候我穿着一件衬衣到深圳参加第三届鲁迅文学奖颁奖，那件衬衣直到现在还整洁如新。那些衣服不见得是名牌，有的甚至还很便宜，是在自由市场买的，但朋友们见了总是问："你怎么总穿名牌？"我就笑了说："连我都不知道这是什么牌子。"

搬家的时候清理楼下的储藏室，那里还放着几书橱读过的旧书，可发现已经受潮了，散发着霉味，心疼不已，只好请收废品的师傅成箱地装走。恰好诗人浪波前辈走过来，我对他说："看来今后书是不能出了，不然自己的书也是这番情景。"但有几块几年前捡回来的石头，虽已染尘，依旧光华不减，不禁感慨。更多的石头，反复观察觉得没有留下的必要了，朋友们说："这么重，从大河滩里一块一块背回来，费了那么大的力气出了那么多汗，不要了，不是太可惜了吗，当时是怎么想的？"我对帮助搬家的朋友们说："不是啊，一来那些日子，编务工作那么紧张，我在单位的心情和状况都不怎么好，就靠去捡这些石头让心里得到了许多宽慰。再一点，现在看着他们的品相一般了，是因为审美的层次提高了。"帮助搬家的朋友们说："也有道理。"

有的时候，我脑海里常常回忆起最初来到这条路时的情形，那时北马路跟中华大街交叉口有一个菜店，晚上茄子、西红柿就在菜店外边堆着，西红柿我记得是二分钱一斤，每天晚上来来往往的人也不少，但是没有人去动那些菜蔬。石家庄桥西很多条道路的树都不同，每一条路都有自己独特的品种，这是当初规划石家庄的人的智慧。北马路的树也极有特点，高的白杨矮的槐树错落有致。是啊，最初来到这里的时候，我还是个孩子，而现在，我的孩子也有了孩子。那个时候有简单的快乐，不谙世事但充满着渴望，而恰恰是那些单纯平实的生活，却留下了那么多永恒的美好。前几天傍晚的时候，我在和平路走了一圈，看着匆匆忙忙或者从从容容的人们就觉得，生活实在是越朴素越真实越好。

有时候就想，人这一辈子真正需要的东西，实在太少。后来，书橱、衣柜、房间的家具，甚至墙上的油画，所有东西都搬走了，旧家里就只剩下了卧室的一张床和一台电脑，还有放在小餐桌上的几副碗筷，房间里显得很空旷，说话声音大点儿都有回音，但一直不想离开旧家，就那么生活了几个月，也没有觉得太缺少什么。原来觉得许多东西不可忽略不可缺少，现在看来，没有什么是必须的，除了每天离不开的空气、水和食物。其实人离不开的东西很少，更多的东西，都是累赘。

搬走了，对那里好的回忆反而越来越多。现在我跟那个院子没什么关系了，但偶尔经过和平路，偶尔经过那个曾经被称为北马路19号的陈旧了的院子，心里还是在说，这里，是我的家。

# 闲 趣 记

我是一个乏味、单调的人，除了简单的生活、写作，没有多少其他爱好，不善交往，不善应酬，也不喜欢迎来送往。我性格的形成，除了先天的那一部分，大概就是受最初结识的那些前辈大师们内涵洒脱、特立独行性格的影响。所以我做了几十年的诗歌刊物编辑和主编，除了会议和活动，跟我在一起单独吃过饭的作者几乎没有。这听起来让人觉得不可思议，但几十年就是这么过来的。有人总觉得现在的文坛，充斥着世俗气、市侩气、江湖气，我无力改变，但起码我自己尽量多些文人气、超然气、诗人气，离那些非诗的事与人远一些。离得远了别人会说你孤僻、没情趣，时间久了，朋友有饭局也就不叫我了，正好，清心寡欲，各得其所。

一直说生活是第一位的，所以除了写作，乏味的我也有自己的乐趣和喜好，比如说，我爱逛古玩市场，爱赏石赏玉，喜汝瓷，觉得能识新旧，辨真假，这也属于我浮浅生活中不多的爱好。好像我的不少同行都有这样的雅好，文人之趣有很多共同的地方，所以一些物什才被称作"文玩"，我也没有能够脱开这个"俗"。

喜欢捡石头，喜欢去欣赏一些旧物件，这是我在编辑部最艰难的那一段时间养成的习惯。我并不懂收藏，也并不是很喜欢收藏，有几年在编刊物的思路上与当时的省作协领导尖锐对立，那些年《诗神》办得很有影响，却一定要我改成《诗选刊》，说是可以盈利。我的性格倔强刚硬，宁折不弯，就一直顶着。当时我的心理压力很大，如果长期在那样的纠葛与矛盾中，我会撑不下去，去旧货市场是我在这个特定的阶段为自己选择的一个缓解压力的方式。每到星期六星期天，可以到那里走走，逛旧货市场的时候是需要专注的，一些繁杂的事情也就忘记了。当然造假的永远走在人们认知的前边，所以有时候就买到不真的东西，这些东西无所谓值不值，有个嗜好确实在当时缓解了我的心境，这就值了。

收藏这种事情是没有尽头的，像个无底洞，永远没有满足，比如石头，每一块石头都是独特的，无论它的品质和形态怎么样，见到每一枚石头你都觉得它是新鲜的，刺激人的购买欲，于是就有得到的冲动。买回来之后如果是很有品位的石头，说不清道不明为什么就是让你喜欢，这就买对了。我非常不喜欢所谓像什么不像什么的石头，像什么动物，像什么树像什么鸟，越看越觉得乏味。所以朋友们有时候问我摆在案头的石头像什么的时候，我就说它什么也不像，就像一块石头。石头本身数万年数亿年，最后能把自己修炼成为一块石头，已经是很大很大的造化了。

星期天的时候，爱到石家庄高东街古玩市场转转，换换心境。古玩市场艺术界的熟人多，跟朋友们聊聊天，偶尔也花个三五百元钱，淘一件喜欢的物件，给自己带来起码几天的欣慰。讨价还价，你来我往，不为几元纸币，淘来的也不会是什么传世之宝，仅是一种乐趣。不过说句实话，能够"捡漏"的机会，也实在不多，这要看眼力，也要凭缘分。有时朋友们问我怎么能辨别玉的真伪，我说，这跟写诗一样，靠悟性。朋友给我刻过一方闲章，上面刻着我经常说的八个字：心有闲趣，身无虚名。这方印章，是我心境的真实写照。

喜欢赏玉在于它的"质"，喜欢汝瓷在于它的"变"。你看那一枚和田玉籽料，虽是软玉，但质地温润，坚硬如铁，不是坚硬如铁，而是比铁还要硬。如果你用刀子刻在上面，留下的不是石头的痕迹，而是铁的痕迹。它的硬度，它的润度，它的韧度，它的密度，甚至它的亮度，让人觉得有一种神韵。许慎老先生在《说文》中讲玉有五德，玉之德其实在于人之德。你性情中韧它就韧，你性情中温它就温，你性情中仁它就仁，你智它智你锐它锐你洁它洁。子曰："玉者，温、洁、润、韧，其声金，其性和，其质纯，与君子无异。"这句话，是我冒充子们"曰"的。当然不要说古代的璞玉了，就是中国当代雕刻大师一些精美的玉雕作品，那价格也让人瞠目结舌，非我等所能企及。一块玉，无论你怎么雕，你雕的是佛，它就有佛性，你雕的是花，它就有灵性，但只要你一雕，唯独就欠缺了神性，欠缺了初始的自然的味道。欣赏玉，就欣赏它原始的状态，欣赏它的质感，所有附着在玉之外的东西全部不存在了。许多东西，你赋予它什么，它就是什么，比如茶，它其实就是一片叶子，比如玉，它其实就是一枚石头。最近读到朱熹老夫子一句箴言："古之君子如抱美玉而深藏不市，后之人则以石为玉而又炫之也。"这句话映射了今人的浅薄，也说到了真正璞玉应有的内敛、内涵的品质，还是没有离开"质"字。其实除了玉，其他的石头我也喜欢欣赏，前些年常到附近的河里捡石头，北方的石头由于少有水的滋润，所以粗粝，后来就放弃了。但每到外地，还是要捡回一块那里的石头，倒不是因为别的，而是由于那里面有记忆。这几年雾霾渐重，到旧货市场的心气也就不那么大了，仅有的这点儿爱好，也就渐渐淡了些。

有一些爱好，也就有了一些故事。2009年5月我去西安参加中国诗歌节，吃过午饭到西安古玩市场转转，看到一枚雕件，玉质雕工都看得上眼，但犹犹豫豫，就错过了。回到石家庄，还是惦记着那块玉佩，就给西安的朋友打电话，把钱汇去请他们替我买下来，好在那是一个古玩城，有固定的店面，朋友找到后给我寄来，至今仍然经常带在身上。我的一位兄长就没有这么幸运了，他从北京来石家庄，恰好还是星期天，我陪他去古玩市场，在地摊上看到一个双面雕的和田玉童子，当时他行程匆忙，卖家也不让价，就放弃了。回到北京后兄长给我来电话，吩咐我再去找。因为没有记住那位摆摊者的模样，而且摆摊的大多不是本地人，连着几个星期，我一个地摊一个地摊去看，还是没有找到，这成了那位兄长的遗憾，也成为我对兄长的一份歉疚。

再说我的另一个喜好：汝瓷。中国这么多好的瓷器，钧窑、哥窑、官窑、汝窑、定窑、龙泉窑，我们邯郸的磁州窑等等，说不出有多少种，土皆为瓷，有多少土就有多少种陶器瓷器。而我独赏汝窑，是由于它的"变"，也就是变化。

汝瓷以玛瑙入釉，用一只汝瓷茶杯品茶，用着用着就"开片"了。开片就是渐渐显现其纹理，"久用之后茶色会着附于裂纹处，形成不规则的变幻交错的花纹，故而手感润滑如脂，有似玉非玉之美。"你用绿茶，时间久了，会发现茶器上面有一条暗暗的金线慢慢浸出来，如果你用红茶，会发现慢慢有红线，你如果用普洱，慢慢会发现褐色的纹理，如果这几种茶一起"养"这只茶器，也许渐渐浸出来的就是"金丝铁线"。这些变化突如其来纵横捭阖不可预知，或者张扬或者细腻，或者无序或者均衡，总之会出乎意料。我的脾气急，"养"几只杯子也是在养自己的性子。而且好的汝瓷有个特点，叫做大器开小片，小器开大片。大茶洗，开非常细腻的片，而一个小杯子，却开大片，也就是大的纹理。北宋皇帝喜欢汝窑，但那时受工艺限制，据说入窑百件仅得二三，有点儿过，总之说明了烧造的难度。那时候人工烧造，上千度的高温，把握之难可想而知，足见汝瓷之珍贵。中国有很多奇妙的现象，比如许多很好的东西，像汝瓷、明代的宣德炉，那么好的东西，突然就没有了，汝瓷作为一种官方的瓷器，最后竟然失传了，而且成器的相当少了。还有像宣德炉，它本来是铜铸，那么坚硬的金属重器，怎么会在明之后突然就消失了？我的一个朋友在文物研究所工作，考古方面颇有些造诣，他也经常去古玩市场转转，我说："你告诉我，什么样的是宣德炉？"他对我说："说真话，我在这个市场上转了这么多年，没有见过一个真正的宣德炉，有的只是高仿，无非年代远近而已。"

早年的时候我还收藏过许多导游图，那时候我走到一地就会留存一张当地的导游图，还有一些是朋友们知道我有这个爱好帮我搜集的。我认识一位旅游局的朋友，她为我找到了几百张国外国内的导游图。这些天闲在家里重新翻出来的时候，发现除了有很多城市的导游图之外，还有几十张博物馆、艺术馆的导游图。20世纪80年代至90年代的那段时间，我一个人走过许多城市，每走到一个城市最早要找的是书店和博物馆。比如1992年的时候，当见到旅顺博物馆的藏品时，我激动不已，一个东北小城的博物馆竟然比许多大都市博物馆的藏品都丰厚，而且一个旅顺口本身就是一个博物馆，就是那里的下水道都盖着闪着金黄色光泽的厚厚的铜制井盖，上面印铸着年代与俄文。太阳沟路边的一座不起眼儿的小楼，也许就是当年震动中外的一段历史的发源地。所以博物馆无论大小，关键是看它的含量，这个道理跟评价一个人差不多。再比如三星堆博物馆，比如塞尔维亚斯梅代雷沃博物馆，并不是很大，但足以让人震撼。喜欢博物馆最初是喜欢那种静谧厚重的氛围，博大、神秘甚至神圣。有时需要那种感觉来提升自己的状态，总是能从中找到独特的东西，许多闻所未闻，许多惊世骇俗。看到那些导游图，就想起了那些城市和那些建筑，那里面总是有一种特殊涵义与符号。记忆这东西可奇怪了，有的越久远越模糊，有的越久远越清晰，就看那个时代带给人的烙印深不深了。

我还一直保存着几十枚旧钥匙，那些钥匙有的是铜质的，有的是铝质的，也有其他合金的，斑斑驳驳新新旧旧。看这些钥匙似乎都很熟悉，但忘记了曾经用在哪个门上或抽屉上，当时一定是很在意地把它们带在身边的。一年一年，岁月更替，几十年锁换了不少，钥匙自然也就换了不少，但还是把它们留了下来。许多东西就是这样，也许没有什么用了，但却是自己内心很深的痕迹。

实际上还是我曾经说过的那句话："有用的才是最好的。"世界上有许多非常好的东西，但是对于你没有用的，或者可望而不可即，它的好与坏对你无足轻重。当然，这么多年近朱者赤，我不是不知道什么东西好，收藏从根本上说不是眼力的问题，更是经济实力的问题。我当然知道什么是好玉，什么样的玉有价值，但我买不起，我没有那个经济实力，完全不可能买到自己真正喜欢的东西，也就是玩一玩，消耗一些时间而已。当年徐光耀先生也总去古玩市场，我们就一起转转，他总是买一些很小的雕件，而且徐光耀先生不大在意真假，他的标准是"喜欢"，他说"我喜欢就是好"。其实一件物什自己能够喜欢，这是一个很高的标准和尺度，你想想，能让自己喜欢的东西，世界上能有几样？

我自己在家时，想得更多的是生活。有兴趣了，翻过来倒过去"养"几只禅定杯，看着它们一天有一天的变化，很有成就感，觉得很养心很养神。虽然这篇短文里说的是闲情逸致，但这些话跟诗也未必没有关系。如果有，那我显然是想通过我的雅好来说：我喜欢诗歌，闲暇时也赏石赏瓷，核心都是两个字：质和变。物在其质，一生求变。

不仅仅局限于石头或者汝瓷，其实喜欢其他一些什么自然界的东西，都好。喜物但不恋物，喜物但不被物所累，触类旁通，对其他艺术，也许就有感觉了。我原来对玉对瓷也是一无所知（现在也知道得不多），没兴趣，随着年龄渐长，想去了解了，虽然买不起，不一定能得到，但正如我的题为《国之木——题海南黄花梨》一诗中所写的："也不一定看见，许多时候，想象就是陶然，也不一定得到，许多时候，仰望就是拥有。"我总想，学会欣赏，这本身就是一种拥有，如此，内心甚慰。

# 失 眠 记

有一些年，我经常失眠。看到过或者听到过许多人描述失眠的痛苦，而我却觉得失眠是一件幸福的事情，为此还写过一篇随笔，题目就叫《幸福的失眠》。感觉在深夜，一个人醒着，去想那些有或者没有的故事，被别人想，或者想别人，很专注也很浪漫。深夜平静、安静，深夜感性、神秘、空旷、暧昧，深夜里什么都特别清晰，深夜里特别有想象力。我的许多思路都是在晚上形成的，有了一些想法，就把灯打开，暖暖的灯光让人极有创造力，很放得开，感受也很广博。

深夜里有各种声音各种想象。京广线列车的音律格外清晰，我从小时候就听着这种节奏。想着那么多的人从这个城市穿过，我为此写过一首诗，题目叫做"深夜的石家庄"：

> 深夜，我听到京广线上
> 一列火车穿过
>
> 我知道，有一些人
> 路过这个城市的时候
> 就一定会想起我

夜深的时候，脑子里就感性或者理性起来，就想起了早年的一些夜晚。我从小生活在铁路边，火车的鸣叫和节奏几乎就是我的心灵日记。记忆里有童真，就显得诱人和美好。那些时间很远也很近，很深也很浅，许多年前那些具体的经历，慢慢就成了情感，这时候回忆里即使呈现的是早年生活的片段，也与现在具有内在的连续性。我至今觉得，我幸运的事情很多，但有一点很重要：小的时候吃了一些苦。像捡煤渣那么苦的事情，现在想起来却觉得有趣和怀念。那时候石德线上的火车并不多，每天有哪几列火车通过都记着，晚上养成了习惯，躺在床上一列一列地数，如果到时间了哪列火车还没有来，就想："今天它晚点了。"这大概是我能够回忆起来的最初的失眠了。

假日里天气清丽时，深夜我就坐在窗前看星星，我居住的这个小区人们爱熬夜，经常半夜了还灯火通明。但一遇到节日的那几天，对面楼群灯影稀疏，平日里有的窗口明亮有的窗口黯淡，猛然都暗下来了，竟然感到了几分落寞和寂凉，觉得内心孤单，觉得不适应，我知道他们在路上或者到了另外的城市，看着那些漆黑的窗口，竟然若有所失。人真的有依赖性，甚至是对素不相识的人。那些素昧平生的人和那些平日里一直亮着的窗口，那些熟悉但是猛然黯淡下来的灯光，在这个时候显现出了它们的温度。人需要互相依偎，有时是有形的，有时是无形的，所以，才期待着那些相识的人陌生的人、那些很远的人和很近的人都好，都总是那么暖意。当时就想：其实许多温暖，是那些素不相识的人们不经意中带来的。

我还写过一首诗《京广线穿过石家庄》，其中写道："整个城市，差不多都能听到列车远去的安然。//那些名字多好多甜呀，/有一些痕迹就是这样留下的，/有一些深入和一些松弛就是这样留下的，/多少窗口，带走石家庄的空气。//真的不想再承受许多年前能够承受的变故，我越来越想干净，纯净，安静。/越来越想默默地体味，越来越想回忆，/想在傍晚的站台，/去送一个人或者去接一个人。"这是我真实的想法，许多朋友路过石家庄的时候给我发信息："在经过你的城市。"那个时候我甚至要拉开窗帘，看着京广线石家庄火车站的那个方向，就感到亲切和温暖。

编刊物那些年，应该是职业和性格的原因，太在意，事无巨细，心事就重，二三十年一直吃安定。后来想，世上无大事，有什么值得失眠的？就不吃安眠药了。不把失眠当成病态，它仅仅是一种习惯。醒着真的很幸福，在深夜，低低地说话，感觉有人在听，就更幸福。我读的书大部分是我在失眠的时候读的，我总觉得记忆力在深夜出奇的好。而且失眠的夏天是一个挺好的季节，我对朋友说："这个季节多好，可以不谈艺术，不谈诗，不谈书，不谈音乐，不谈爱情，不谈悲伤和永恒，站在雨里，凉凉的，轻轻说一句想说的话，或者不说话。"朋友们说我理想主义，外在严谨，有时候却有一点儿小浪漫，我自嘲说："诗人大多如此。"原来因为失眠起床晚，很少知道早晨是什么样子。后来醒得早了，看到了这个城市的另一副模样，就觉得，真的不能总沉浸在一种习惯和性情里，那种习惯和性情害人，无论是好性情还是不好的性情。

有一天晚上跟朋友一起散步，他就感慨："好的性情也害人啊。"我说："是啊，有的时候养心，有的时候害心。"

2018年除夕的那个深夜，我一个人在新华路上散步，路上很少有车，很少有行人，那个夜晚也没有雾霾，能看得很远，甚至能看到新华路东端的大厂街，我好像又回到了几十年前的老石家庄。几十年前石家庄路比现在窄，灯比现在暗，但是有城市的味道，有生活的味道，有人的味道。那时候孩子们随意在街上玩耍，空气是甜的，每年秋天，路上铺满了叶子，一到冬天，天上飘洒着雪花。我曾经在自行车后面用绳捆上一个马扎，在雪地里骑着自行车，带着孩子从北马路回菜市街和维明路交叉口的姥姥家，路上偶尔有行人和自行车，都不紧不慢，孩子坐在马扎上在雪地上滑行，一边走一边纵情地笑，我总是记起那时候雪地里孩子们肆意的笑声。那时候这个城市，人也不多，天尽蓝色，秋自橙黄，很优雅。每一条街道都是一个树种，有的广阔有的高大，极有特色。像桥西的北马路、维明路、新开路、华西路，街道不一定多长，但很静谧，有味道。早年有时候我出差，经常深夜从石家庄老火车站下车，然后一个人走过南小街口，沿着寂静的中山路北侧，从老万宝、怡芳斋甜食部、新中国菜店、八一礼堂、人民商场旁边走过，一直走回北马路19号的省文联宿舍。现在，这些地名和街道好多你找不到了，这个城市最初的美感，也便丢了许多。应该说，我对早年深夜的石家庄印象都是美好。冬夜深远，苍穹辽阔，那时候，我觉得自己的渺小和微不足道，竟然都成为一种幸福。

一个很晚的晚上，看到一本杂志上有米开朗琪罗的一句话："睡眠是甜蜜的，成为顽石则更加幸福。"这跟我的性格很相像，后来我就称自己为"失眠的顽石"。去年的国庆节，一直到凌晨才睡，看着外面的楼群，发现竟然无论几点，依然还是有窗口的灯光亮着，那时就想，无论这个城市的夜有多深，总是会有醒着的人。有时我读书，夜里爱读一些浅显好读的书，但在某一天的夜里我却在读帕斯卡尔的《思想录》，那是一些道理、哲理甚至是真理，我想，不是说有多少人遵循这些道理，而是，有多少人读过这些道理，如果读过，他会懂得生活还有一个尺度，而且那个尺度，经常悬在我们的眉间。

夜里有一种寂静中的声音，很近很近。它喧闹、它时尚、它欲念、它雅和俗、它和夜贴得很紧，也和夜一起暗下来。我会记起寂夜中曾经的耳语，不知道是不是最远最远处的那一丝温存。

夜深人静，我常常失眠，几乎是幸福地失眠。更多的时候，我不会去想天会不会亮，我想的是：深夜，这个城市，在为谁亮着灯光？

## 烟　酒　记

我不嗜烟酒，从小到大一直是这样，几乎没有喝酒的经历，完全没有抽烟的经历。20世纪70年代我在部队的时候当过两年机关的文书，保管着一些烟和酒，但是我从来没有动过。后来当了编辑，有朋友来看我，趁我不注意，就顺手给我留下两条烟，那些烟就在办公室里放着，哪位吸烟的同事到我办公室来，就让他们拿走，很多同事都吸过我办公室的烟。还有一些时候，我就将那些烟送给退了休的老同事老前辈们，他们那里去的人少了，有时候去跟他们聊聊天，送给他们两条烟，也很自然。我不喜欢凑一些吃饭的场合，觉得在那样的场合没有话说，别人都在那里相互敬酒，而且那些敬酒词一套一套的，幽默诙谐，我不会说，就在那里看着他们发怔。而且到了饭桌上，我不喝酒，别人也就不好意思在那里呼天喊地，影响别人尽兴，干脆我就不去。再一点我怕耽误时间，一次聚会起码要几个小时，搞得很疲劳不说，说了一些话未必有用，甚至越听越烦，不如不听。偶有聚会，大家喝一点儿，不熟悉的朋友总是问我："你一点儿也不喝吗？"我说："一滴也不喝，从来不喝。"另外，我当编辑的时候对自己有约束：不跟作者们出去吃饭，所以这么多年，我没有与哪位作者单独出去吃过饭，于是就落下了不出去吃饭的名声。一位刚调到省作协的行政官员问我说："你不去外边吃饭、不应酬，不影响你的交往吗？"我说："没有啊，我没有觉得影响了我的交往。"什么事情其实就是一种习惯，久而久之，我周围的同事和朋友没有人再认为我这样做有什么不妥或者是对谁的不恭敬，有什么场合也就不再叫我了，正好，各自安好，各得其所。

还有，我怕在饭桌上遇到话不投机的人，显得尴尬。有一次邻省的一位作家来河北，我跟这个人有过书信交往，对其善恶内心有所感知，所以吃饭我是不想去的，但是当时的单位领导一再劝我，勉为其难就去了，结果那顿饭我一句话也没说，一句话也不想说。有的时候不是一类人，坐在一个饭桌上，的确是一件让人难堪的事情，别人难堪，自己也难堪，何必呢。这跟我特立独行、什么事情都要求尽善尽美有关，当然这肯定也是我的性格缺陷，怨不得别人。不过，如果在一起吃饭，没有了随心所欲、畅快自如、无话不谈的感觉，那顿饭吃起来也真的会是索然无味，不去也罢。

　　实际上，有的时候有三五知己在一块聚聚，聊聊天，海阔天空，非常开心，觉得那是一种放松，而有一些应酬，搞得内心很紧张很紧凑，也不是自己所愿，就想：不愿意做的事儿，何必去做？实际上至今我并不知道自己的酒量，也并不是一次也没有喝过酒，在我的记忆里起码有过三次：一次是2005年的时候，因为获得了鲁迅文学奖，省作协领导为三位获奖作家庆功，那次我这么多年的酸甜苦辣一下子涌了上来，就喝了几杯白酒，再加上心情郁闷的原因，感觉失控了。同事把我送回家去的时候，只觉得楼道和自己的家变得特别宽阔，那是唯一的一次我喝醉了的经历。还有一次跟外地的几位诗友聚会，我那次不知道为什么，竟然主动找别人喝酒，一直把平时很有些酒量的朋友都喝得说"不再喝了，不再喝了"，我还在那里张罗。后来出去开会，有朋友劝我喝酒，编辑部的同事在一边嘟囔："你劝他吧，一会儿他能把你喝死。"另外一次是在2000年第二届鲁迅文学奖评奖的时候，我当时作为初评委和终评委，在终评开始之前，竟然在一种神秘力量的作用下被临时撤换（这个奇妙的过程我会另文记载），我当时内心极度郁闷和不解，初评委秦岳自己从家里拿了一瓶茅台酒，大家在饭桌上喝了起来，说是为我送行。我不管不顾地喝多了，饭也没有吃，就觉得头非常晕，林莽一摸我的脉搏每分钟心率一百八十次，赶忙把我扶回了房间。在我的记忆里，我喝酒的经历仅仅有这三次。

不抽烟不喝酒，一来是我对那些应酬不感兴趣，再一点，我对烟酒的味道十分厌恶，尤其是烟。有一次我坐出租车的时候，刚一上车，我就问司机："你是不是抽烟了？"他说不是，是刚才下车的乘客抽的。我请他把窗户打开，当时是冬天，我说宁可让北风吹着，也不能忍受那种烟的味道，尤其是车里那种烟的味道。我有轻度的洁癖，参加某些场合回来，都要把全身的衣服换掉，不然几天会觉得身上有味儿。在我的办公室，任何人是不能抽烟的，但是只有两个人例外，一个是诗人浪波，一个是萧振荣。萧振荣在著名的"冲浪诗社"被称为"萧老大"，是由于他年长的缘故，也是因为他相对成熟。记忆深刻的是1999年初，当时老萧已经退休了，那年我主编《河北50年诗歌大系》。这是一项浩繁的工程，选编二百零一位有代表性的河北当代诗人、诗歌理论家的成名作或代表作，这部著作应该说是河北省诗歌五十年发展的一个里程碑。由于我当时忙于《诗神》《诗选刊》的改刊和编辑事务，主要选稿工作结束后，后续大量的编辑、校对工作是由萧振荣、苗雨时两位兄长完成的。那么多的作品、评论、诗人介绍、大事记，振荣都看了好多遍。而且当时经费不宽裕，没有什么编辑费，萧振荣、苗雨时两位几乎都是无偿在做这件事情。这部著作得以在1999年9月出版，振荣可谓呕心沥血。后来编辑《河北历代诗歌大系》，同样也得益于萧振荣的辛劳，查找资料、编辑注释，真的是日夜兼程。两部著作都是16开精装本，《河北50年诗歌大系》七百七十六页，《河北历代诗歌大系》七百二十三页，那时稿件在我办公室的办公桌、床上都铺不下了，又铺了一地，校样来了，我就给萧振荣老兄打电话，他骑着摩托车就赶来了。至今想起来，依然让我感慨和感动。那些年，我在《诗神》和《诗选刊》当主编，由于省作协主要负责人对刊物的漠视和挤压，工作遇到了前所未有的困难，我几次想调动工作，都是先跟振荣商量，每次都被老萧拦住了。老萧说："什么时候你想离开刊物，我都不同意。"事实证明老萧是对的。前面说过的那个细节就足以说明我与老萧的关系：他是可以在我的办公室抽烟的为数不多的人之一。老萧很自觉，每到我的办公室来，看到禁止吸烟的桌牌，总是问我："我吸一根行不行？"我就对他说："当然可以，你来我的办公室别忍着，想吸就吸，在你面前我这里没有禁忌。"

朋友们总对我说："你是诗人，怎么对酒一无所知？"一无所知到什么程度，举两个例子：20世纪80年代的时候，我的妻子去贵州开会，带回来两瓶茅台，放了许多年，我感觉里面的酒已经逐渐在减少了，就想也不能浪费呀，我不喝酒，可怎么办，就把它打开做了料酒。一位朋友来我家串门，惊讶地说："你这是多么奢侈啊，连做菜用的料酒都是1982年的贵州茅台。"我愣了，说："我也不喝，不能当料酒吗？"他说："能啊，怎么不能，太能了！"再一个是我有一位非常要好的朋友，他从外地来看我的时候，带给我两瓶水井坊，我的同事、作家老城来我的办公室里好几次，一般我这里有酒有烟，他就拿走了。但这次他看是两瓶水井坊，就没有好意思开口。过了一段时间一位郊县的作者来看我，给我带来了一袋红薯和一小袋蔓菁，我觉得没有什么东西回赠人家，就顺手把两瓶水井坊送给了他。老城过了一段儿时间来我的办公室，问我说："那两瓶水井坊呢？"我说送给作者了。老城说："你知道那两瓶水井坊多少钱一瓶吗，你就随手给人？"我说："不知道，你知道对于我来讲，所有的酒都是一样的，味道都是辣的。在我的印象里，一般叫什么坊的酒都不是太贵重，就是再贵，对于我也没有意义。"老城说："我来了好几次，都没有好意思冲你开口，没想到你就这么随意送人了。"

　　我在《诗神》《诗选刊》的时候，很多年刊物一分钱的财政补贴都没有，都要靠自筹资金办刊物，有时候朋友们就帮忙介绍一些企业家，给刊物要一些赞助，这样就要跟人家吃饭，这就让我犯了愁，坐在一起我不知道话怎么说，显得很尴尬。我多次说我只适合做主编编刊物，做不了经营、创收之类的事。有一次跟一位企业家吃饭，我话很少，那位企业家端着酒杯站在我的身边说："主编，您是不是瞧不起我们？"我说："没有啊，怎么会？"他说："那您为什么不喝酒？这杯酒一定要喝，不然我就觉得是瞧不起我。"我当时情急之下就说："你如果非要这样认为，那我就是瞧不起你。"结果搞得不欢而散。诗友们在一起聚会。朋友们看我是老师，是长者，就说："您说个开场白吧。"我总是说："我不会说酒场上的话，大家吃饭聊天儿就是了。"几分木讷，几分无趣，这我是知道的。

　　不喝酒也不应酬似乎成了我人生的短板。由于我的这种性格，所以我也很少出去参加一些诗歌活动，一来见同样的人说同样的话，还要拿着人家的红包，于心不忍；二来我当主编，每次出去总是要想着还人家的人情债，对待稿子上就会不客观；再一点，许多诗人都有这样那样的偏执，我怕见了面印象发生改变，影响以后对他作品的选发，所以这些年几乎所有的诗歌活动我都拒绝了。我做了几十年的主编，编发的作品不计其数，但与我见过面的诗人并不多。而且我还有一个缺陷，编了稿子，一般不直接给人家回信，委托编辑通知作者。我在编辑部的时候总是自己直接在来稿中选稿，每次稿子发表了，都是其他编辑给作者回信。有的人愿意交往，而我既不疏远也不热情，就是这么一种性格。我觉得这样也挺好，我在编辑部安安静静编作品、策划刊物，其他的事情让别人去做，如果我整天出去应酬，对自己心里也是个压力，这样心很静，我觉得挺踏实的。

虽然我不抽烟不喝酒，但是我从20世纪70年代初期就爱收藏一些小物什，比如小时候我攒了许多花花绿绿的烟标，大概要有几百枚，后来我参军的时候，就把那些烟标和我的书等等我在意的物品寄存到了一个朋友那里，那些东西放在一个小柜子里面，我还加了锁，我是想等我退伍以后再从他那里取回来。但是我从部队回来之后，他早把那只箱子打开了，那些书也摆在了自己的书架上，他也再没有跟我提起我寄存在他那里的那个箱子。这件事我内心很受伤，那里边有我读过的书，有我写的日记，有我收藏的一些小东西，那毕竟是我那个年龄阶段的记忆和回忆。我太爱面子，也就再也没有跟朋友提起过这件事。那些烟标的图案我都记得，这大概是这么多年来我与烟最贴近的渊源了。

　　有时候我就想，人有些嗜好，诸如烟、酒、收藏之类，其实未必跟德行有什么关系，就是一种习惯，另外可能跟周围的环境和影响有关。比如在我的家庭，从我祖父那一辈就不近烟酒，而且我清晰地记得我十来岁时回老家陪爷爷过春节的时候在昏暗的油灯下为老人们读《杨家将》《呼家将》的情形，清晰地记得那些夜晚浓浓的旱烟味，记得他们听书时陶醉的眼神。我的祖辈不是书香门第，但恰恰因为我刚刚懂事的时候是一个不允许读书的年代，却让我更多充满了对读书的一种焦渴，其他的嗜好也就变得很淡了。这种心理状态一代代就这么延续了下来，成为一种心境，或者是成为一种性情。

# 读 书 记

写过一些随笔，谈过一些旧事，但最应该谈的应该是读书，我却一直回避这个话题，印象里最深刻的，往往也是回忆起来最为感慨最为五味杂陈的。我一直说："读什么样的书，就有什么样的命运和生活。"我之所以成为诗人和编辑，跟我读的书有相当大的关系。

2009年4月23日上午，应河北省图书馆之邀跟孩子们谈读书，我对孩子们说："今天是'世界读书日'，给我的题目本来是'阅读与写作'，我改成了'和孩子们谈读书'，我想多谈谈读书，谈谈读书对我的生活和写作的影响。一来直接一些，二来写作是一个更大的话题，读书不一定单纯为了写作，更不一定单纯为了成为一个作家，而是深刻自己、成熟自己的一个手段。今天我们在图书馆谈读书，面对这么多巨著谈读书，这让我忐忑。我们苦思冥想的许多道理，我们许多自以为深刻的经历和思想，其实我们的前人早就在书中告诉我们了，在前人那里几乎都能找到答案，政治的、经济的、文学的、科学的、神学的等等无所不包。因此说读书是间接认识社会的一个捷径，是把别人的思想和经历变成自己的意识和经验的一种方式。对于一个梦想成为作家的孩子，读书一来是为了深刻自己的积淀，也使自己懂得了前人曾经达到的高度，使自己内心有了一个可以感知的参照物。

"当然首先必须承认，我对当下孩子的阅读了解并不很多，'儿童是成人的父亲'，这是英国诗人华兹华斯的话，当然不是说孩子是大人们的长辈，这句话的真实含义是，孩子许多时候、许多方面其实是成人们的老师。我自己基本上是一个教育的失败者，大人们经常做的事情是：当孩子们还是孩子的时候，我们把孩子当作成人；而当孩子成为成人，我们又把他们当成孩子。我在面对自己孩子的时候，没有对他有过多少发自内心的赞美和启发，（我做编辑有一个体验：好诗人是夸出来的，同理，好孩子也应该是夸出来的）更多的是要求他怎样怎样，束缚了和限制了孩子的思路和想象力。对孩子太苛刻，要求太严，束缚太多，按照自己的思维去塑造孩子，这对他性格的形成肯定有不好的影响。好在孩子自己后来把握得还不错，这也使我明白了，如何对待孩子的艺术是真正的艺术，是需要天才和智慧的艺术。而我们成为大人之后，最可怕的便是失去了孩子所有纯真的快乐。"那天我想对孩子们说一些心里话，整整说了一上午。

　　有朋友也曾经命题，约我写一篇随笔，内容为"我最喜欢读的十本书"。我不知道为什么一定要写十本，我喜欢的或者说敬畏的著作数不胜数，从线装、精装的到简装的，从薄的到厚的，古的今的中的外的……平日里不大想，偶尔脑子里一过就有一大串书名，哪个我也不愿放弃。这里面甚至有我儿时读过的连环画和小学课本。我见到过一些学者朋友回答这类问题，大多列举的是那些吓人的名人名著，我最想列出来的反而是小时候读过的连环画和小学课本，可我也很虚荣的，怕把这些都列出来，人家会说自己"浅薄"。

那就起码说《时间简史》《尤里西斯》什么的，可说实话，这些著作我真的想看懂，真的想读明白大家都在赞美的这些著作怎么就那么顶级的好，但我也真的翻了几次又放下了几次，至今没能看完，这也许更加验证了自己的"浅薄"。可能我在读这些著作时大脑在一种阅读的盲区里，因此我只能坦率地说：我没能读进去。我的意思是说：书真的无所谓大小，我从许多薄薄的小册子甚至是连环画里获得过诗意，读了被许多人津津乐道的大部头著作反而没有什么感觉。读不懂就不读，别为难自己，找机会再读。还有人问我对我影响最大的一本书是什么，我的回答是除了一年级的语文课文之外，就是《现代汉语词典》，我要说实话，这部书我买得最多用得最多，办公室、书房、卧室里都有。有用的书才是最好的书。

我开始读书的时候是20世纪60年代中期，几乎所有我这个年龄的人都有偷书看的经历。也许现在的孩子不会理解，为什么会不允许看书，为什么还要偷着看书。当时我不到十岁。图书馆里有限的世界名著和人文书籍都被封存了，但我恰恰从那个时期迷恋上了文学。可能也是孩子的逆反心理，越不让看什么，我就偏要找什么。那时我和小伙伴儿们经常到铁路边儿去玩，铁路边儿是一片厂区，从那里的垃圾中经常捡一些碎铜废铁卖到收购站，然后便到新华书店去买小人书看。那时候妈妈是很少给零花钱的，记得妈妈去让我买醋，八分钱一斤，给我一角钱，剩下的二分，我就不还给妈妈了，这样渐渐攒一角钱，就赶紧去买一本小人书（那时的小人书有的才几分钱一本）。有的时候我去看姥姥，她也给我五角或一元钱，这在当时对于我是一个天文数字，够我买十本小人书的，这使得我也有了自己的一个书箱。我小的时候手还算巧，经常自己鼓捣出来一些小玩具，像什么弹弓、发火枪、陀螺什么的，都是我自己做。还自己找了一块儿麻将，把其中的一面磨平，找了一根钢丝磨出刃来，刻了一枚我的名字的印章，把买的那些书编上号，再盖上自己刻的印章。儿时对那些小人书，是相当在意的。

后来我开始看小说和文学刊物，那是我从父亲放在床下面的一个书箱子里偷着翻出来看的。父亲年轻的时候是个文学爱好者，发表过小说和散文，买了不少当时出版的经典小说，最初我拿到的是苏联作家柳·科斯莫杰米扬斯卡娅的《卓娅和舒拉的故事》、伏尼契的《牛虻》以及那部几乎人人都知道的《钢铁是怎样炼成的》，然后是《青春之歌》《红旗谱》《三家巷》《晋阳秋》等等这些大家现在很容易读到的著作。有一个细节我一直忘不了的：看到里面写爱情的文字，一定要多看几眼，幸亏，这样的文字在这些作品中是有限的。父亲的书箱里还有20世纪五六十年代的《人民文学》，那时候的《人民文学》质量很高，尤其是它的小说，几乎每一期的头条小说都是精品。坦率地说，那个时代被人称之为"政治时代"，其实任何时期的作品都摆脱不了当时的背景，但我觉得我读过的那些小说还是闪烁着人性的光辉。记着当时读了赵树理的《卖烟叶》、胡万春的《年代》、任斌武的《开顶风船的角色》、可华的《鱼店里的喜剧》等等，由于那时候的大环境，父亲是很限制我读书的，直到我十岁左右，一个偶然的机会他再也不完全把我当成孩子，从那以后，他就再也不干预我读书了。

还有一些书是图书馆的一个阿姨从书库里偷偷取出来给我看的，而且还有几本是繁体字，竖排本，像《保卫延安》《西游记》等等，很多字我不认识，是按照故事大意顺着读下来的，这倒有一个好处，使我大致学会了繁体字。有一天的下午我到图书馆去还书，阿姨给我拿出来郭小川的《将军三部曲》和闻捷的《复仇的火焰》，那是我早就听说但没有机会读到的两部叙事诗，这让我兴奋异常。看过之后，一直舍不得还给阿姨，幸好那时这类的书籍也不允许再向外借阅了，阿姨后来也没有再提起过，就一直在我这里放着。除了小说和诗歌，当时阿姨还给过我一本郭沫若的《甲申三百年祭》。有一次父亲和我在书店柜台的下边看到一套落满了灰尘的《各国概况》，那套书很厚，记得是人民出版社出的，定价好像是两元钱，当时这对于一个孩子说来已经是一笔"巨款"了，但还是买了下来。那本书印有各国的国旗，有各个国家政治经济军事物产地理等等基本概况，让我第一次知道了世界如此之阔大如此之丰富如此之美好。类似的书还有《季米特洛夫在法庭上的演讲》，也是这样得到的。买这些书的时候我未必看得懂，但我却反反复复看了好多遍，现在想来，后来我的内心能够宽阔一些，应该是跟小时候读了《各国概况》这一类的书有直接关系。而且我一直觉得季米特洛夫的演说用词有一种犀利、刚性的精彩，当时还有一种孩子气的肤浅感觉：拥有这样的书显得很"学问"，所以一直很珍惜，包上书皮放在书包里好好保存着。那个时候年龄小，我也没有读懂，只是觉得那些高深的东西读起来很有些分量。那几本书和我从不同渠道得到的其他一些书我一直带在身边，后来我参军，那些书就散失了。所以朋友问我，读什么样的书能记住？我对他说："儿时和年轻时读过的书。"

20世纪70年代中期，当时我还在部队，借调到《河北文学》帮助工作。那时的政治气氛还很紧张，作家和诗人依然在"紧跟形势"中写作，刊物也依然贯彻着"为政治服务"的方针。但由于当时一些外国文学名著以白皮书的形式在小范围内部印行，使得这批"供批判用"的作品在一部分年轻人中广泛传播，我记忆最深的，是那部《多雪的冬天》。记得是1975年的11月，当时的《河北文学》诗歌组的编辑、我的兄长张从海神秘地对我说："有本书，看不看？"我说："当然看。"他谨慎地从抽屉里拿出一本白皮书："今天看完，明天我去还给人家。"他给我的，就是那本《多雪的冬天》。我整整一晚上没有睡觉，带着新奇和贪婪躺在被窝里看《多雪的冬天》，那种感受，现在年轻的读者无论如何不会理解。那是苏联作家伊凡·沙米亚金的长篇小说，主人公安东纽克是位苏联将领，曾身居要职，因为坚持自己的主张而失宠，被迫退休。退休后，他常常独自一人坐在卫国战争纪念碑经年不灭的火苗前，不为什么，只是沉思不语地坐在那里。然而即使他独自坐在卫国战争纪念碑前，值勤民警还是会来告诉他"不能在这里这么久……"。也有时，他独自一人躺在大片向日葵地里，仰望蓝天，野蜂飞舞……但毕竟他退休了，能够看到当时苏联的底层社会真实情况，因此更多的阴郁也就经常伴随着他。《多雪的冬天》里有一句打动人的话，好像是说"人的初恋是永远不会忘记的"——这对于我这个刚刚在部队经历过情感的年轻人说来更是如此。

说实在的，那一夜的激动直到现在我依然能够回忆起来，我没有想到苏联除了我读过的那些小说之外，还有《多雪的冬天》这样一些深刻开掘现实的作品。第二天还书的时候，从海和我谈起了他在一些内部资料上看到的有关"解冻文学"的介绍。自从那时候，我开始了解了20世纪50年代苏联的"解冻文学"，并读到了爱伦堡的中篇小说《解冻》，在这之前，那个时代的苏联文坛大都是歌颂文学，宣扬"无冲突论"，造成了公式化、概念化、粉饰生活、回避矛盾的状况，并且粗暴批判一些触及现实的作家作品。斯大林逝世后，苏联第二次作代会召开，部分纠正了"左"的偏向，作家们开始大胆地表现生活矛盾和冲突以及现实中的黑暗面。苏联国内文艺界赞扬《解冻》"给一个重大题材打开了大门"，以《解冻》发表为标志，被称为"解冻文学"时期的作品从此源源不断地出现，如柯涅楚克的剧本《翅膀》、佐林的剧本

《客人》、帕斯捷尔纳克的《日瓦戈医生》、索尔仁尼琴的《伊凡·杰尼索维奇的一天》、叶甫图申科的诗歌《斯大林的继承者们》等等。《解冻》一书结尾有"你看，到解冻的时节了"的句子，因此评论界认为个人崇拜时代已经结束，将这股新的文学潮流称作"解冻文学"。爱伦堡说："我将叙述各自独立的人物，各个不相同的年代，间杂以某些未能淡忘的旧日的思虑。看来，这将是一本写自己多于写时代的书。当然，我将谈到许多我认识的人——政治活动家、作家、艺术家、幻想家、冒险家；他们之中的某些人的名字是人们所共知的，但我不是不偏不倚的编年史的编者，所以这只是做肖像画的尝试。而且那些事件，不论是大事还是小事，我也试着不去按照历史的顺序叙述，而是结合着我的渺小的一生，结合着我今天的思想来叙述。"

由于苏联人道主义思想传统比中国的要久远、丰厚得多，而且苏联不同于中国的是，西方思潮对它的影响从没有完全地切断过，因此流亡作家的存在反倒成为它们之间思想互通的纽带，当然也出现了一种样式别致的抒情小说，它们的抒情意味主要通过对大自然的描写传达，实际上是人道主义文学的延伸，因为人本身也是大自然的一个组成部分。大自然的美能激起人内心最美好的感情。弱化情节、表现大自然的美是这一类小说的共同特征。记得我当时读到过一篇忘记了名字的苏联短篇小说，叙述的是在广袤而荒凉的西伯利亚，一个女孩手中拿着野花，跳上火车的守车与和善的车长聊天的情形，那个短篇极其抒情，以致我的脑海里总是一直有着那个姑娘的影子。之后，我又到省委图书室借到了尼古拉耶娃的《拖拉机站站长和总农艺师》、肖洛霍夫的《一个人的遭遇》等苏联小说，也是在那个时期，我又读到了屠格涅夫、契诃夫、巴尔扎克、杰克·伦敦的现实主义作品，还意外读到了茨威格的《一个陌生女人的来信》《一个女人一生的24小时》（我一直说，茨威格的作品让我感受到了人世间真正的爱与不爱）等等。坦率地说，由于那个晚上和之后那个阶段的阅读，我改变并重新形成了自己的艺术观念，使得我的内心产生了很深的批判现实主义的情结。

还有一部书叫做《军队的女儿》，记得它是中国青年出版社出版的，邓普著。其他人可能不太在意这部著作，但对我很重要，我看了很多遍，由于它语言的抒情性，我甚至在那部书精彩的语言上画满了红线，那种纯美的感觉在当时的小说中极其罕见，我受这部小说的影响很深，甚至我后来参军的念头也部分源于其中。这部著作"名头"并不是特别的大，但是我十岁左右印象最深的一部书，比以上提到的那些名著印象还要深刻，这是我长大了以后才感觉到的。我的父亲当时一直不赞成我看上面提到的这些书籍，但看到我读《军队的女儿》他没有说话，后来他说该看那样的书，那是一种纯美的东西。这也使我懂得，写作一定要"在意"，一定不能轻率，因为你自己在不经意间，便不知道会怎样地影响着一个单纯的心灵，甚至会影响他的一生。在部队的时候，每个星期天，最早要去的就是新华书店。有时候从张家口回石家庄，要坐整整一夜的绿皮火车，我就在过道里站一路，手里拿了一本书，一夜把它看完，在部队的时候是要按时熄灯睡觉的，我就拿一只小手电在被窝里看书。

1978年底，我从部队退伍到省文联，见到的许多人竟然是过去只能在书上见到的名字，比如田间、梁斌等等，而且还和那些大师们成了忘年交，那是我当时作为一个二十多岁的大孩子怎么也想不到的，那是给一个孩子留下美好记忆和想象并且塑造了他的理想的年代，阅读给了他幸福感和想象力。那时的情绪特别受读书的影响，比如读了杜鹏程的《在和平的日子里》，我就在很长一段时间里幻想着长大之后一定做一个桥梁工地的技术员；读了陈登科的《风雷》，我又对去做一个偏远地方的县委书记充满了憧憬；读了《军队的女儿》，我就想以后一定要到部队去，后来果然去了，而且在部队有了那一段纯真而短暂的初恋。

那是个天真的时代，稚气而单纯。我觉得我们这一代的人作为一个孩子的时候就很有主见，很沉厚，自己内心很有底气，坚韧、倔强而执着，这与读了那些较为阳性的文学作品有关，起码我自己感觉是这样。前些年我偶染眼疾在医院住院，医生不允许看书报，不允许看电视，不允许看手机，把所有带有文字的印刷品全都收走了，那几天我百无聊赖，只好偷偷看牙膏盒上的说明，又重新感受到了没有阅读的残酷。到了这个年龄，不说阅读有什么大的意义了，读书实实在在成了一种心灵依托。

我到省文联工作之后，自己挣工资了，那个时期图书出版也逐渐开放，可以渐渐买到一些名著了，书店里的书渐渐多了起来，应该说，这个时期对我影响最大的是三套书："20世纪外国文学丛书""外国文学名著丛书""汉译学术名著丛书"，这三套书给了我非常大的启发甚至是震撼，应该是我读书的一个新的阶段，也是我系统读书的阶段，我创作内容上的批判现实主义、形式上的浪漫主义和现代主义、意识流的文学观念，也大致是在那个时期形成的。那时最大的乐趣就是到新华书店去，甚至到另外一个城市去，一定要先去它的新华书店，现在重新翻我那一段的藏书，有很多盖着各个地方新华书店的章，像镇江、九江、上海、杭州、绍兴、宜兴、苏州、南京等等。新华书店，这是留下我最多记忆的地方。曾经有很长一段时间，我的大部分休息时间都是在这里度过的。那时候几乎每个星期天的早晨，我都早早站在中山路新华书店的门口等着它开门。几十年过去了，现在一想起来仍然觉得，那个时代那种阳光的纯美的心态真的挺好。

对于许多比我大一些的人们来说，那个时代是灰色的，但我一直觉得那是一个诗意的、童稚的、值得眷恋的年代，我不知道别人怎样理解，起码对于一个内心没有压力的孩子是这样。我的性格、性情、观念都形成于那个时期，那个时期和那些偷偷阅读的文学作品给了我并不深厚但却非常扎实的文学、文字以及做人的积淀和积累，也使我养成了经常读几本书的习惯。

又想起了2009年在图书馆与孩子们关于读书的对话，提出这些问题的是一些十岁左右的孩子，和我刚开始读书时的年龄差不多，那是我跟他们座谈读书之后他们随意的发问。在孩子们面前我不敢多说话，恐怕哪句话说错了或者有失偏颇而影响他们以后的思路，他们提了很多问题，大部分回答以后我忘记了，但以下的话我记了下来：

1. 您最不喜欢什么样的书？

答：说假话和说废话的书。我曾经读了不少这样的书，不但没用而且害人。

2. 是先读必须读的书还是先读课外书？

答：当然是先读必须读的书。我知道你指的是你们的课本。一定要认真完成学业，原因很简单，就是为了考上一个好的大学，这样可以使得你今后的生活相对好一些。我说得很实际，因为生活本身是很实际的，我不能对你们说太过于浪漫和理想主义的话。

3. 您读过坏书吗？

答：读过。直到现在我也不敢说我读的都是好书。但长大了你们就能明白，其实世界上更多的不是好与坏、对于错，而是介于这两者之间的东西。年龄越大，就越知道绝对的"好"与"坏"其实都很少。还是回答读书吧，比如我读过一些公认的"坏书"和禁书，当然它里面的观点和描写可能并不足取，但还起码有一定历史价值和研究价值。有许多属于这一类的书。不过我强调一点：诲淫诲盗的不健康的书在你们这个阶段不要读，因为你们毕竟还不成熟，过滤能力、理解能力都受到限制。

4. 您为什么说受书所益也受书所累？

答：我刚才是说走了嘴，不该对同学们说这句话，现在孩子们读的书越多越好。受书所益不必解释，受书所累我指的是有时候书会限制你的想象力，会使你唯书而是，这不好。书也是可以怀疑的，比如我就一直不相信达尔文的进化论，我相信人类一定有其他"起源"，当然我不是研究人类学的，仅仅是凭我的感觉。我的意思是说，即使读了书，也不要因此淹没和掩饰自己的观点。

5. 我的家长总给我读我不喜欢的书，怎么办？

答：首先告诉他们你喜欢读什么样的书，请他们找给你看。再一点，也许他们有自己的道理，他们给你的书你试着看一下，也许就有兴趣了，也许你今后会受用一生。但我绝对不赞同家长给孩子买很多的教辅书，因为我深知其编纂的粗糙。

6. 您刚才提到小的时候父亲不愿意您看小说，他从什么时候不再干涉您读书的？

答：记得在我上初中的时候，那时我十二三岁。有一次春节回我的老家深县（那时为了省钱，我和父亲是骑着自行车回家的，一百多里路），在路上我滔滔不绝地对他谈了一路的文学，以及我读了一些作品的感受，他一直都在听着。等我参加工作之后有一次聊天他才告诉我，从那时起，他知道再也挡不住我对文学的爱好和痴迷了，他说他没有想到我看了那么多的文学书籍并且有了那么深的理解。从那时起，他就想再也不阻止我阅读文学作品了。

7. 为什么您的家长当时愿意让您读纯美的书？

答：我前面说过，我的父亲当时一直不赞成我读文学书籍，但看到我读《军队的女儿》他没有说话，很多年后他对我说当时他觉得我应该看那样的书，那是一种纯美的东西。我想，文学的功能之一是给人美感，给人对生活的希望，而《军队的女儿》那样从内容到语言都很美好很诗意的作品一定容易让人接受。它不繁复，不芜杂，简单而明澄，这样的故事、情境和思想的作品对于一个开始成熟的孩子显然是必要的。这本书对于我后来创作和生活的影响很大，我曾经说："即使面对着沉郁和压抑时，我们依然固执地歌唱美好。"这显然是儿时读书对我的影响。

8. 您希望您的孩子读了书会怎么样？

答：我希望他起码懂得八个字：学识、教养、真诚、快乐。前面两点是靠读书得来的，后两点是性格。这对他对待人生的态度和他的生活状态有好处。

9. 什么样的书最应该读？

答：如果按照我的理解，除了儿时的课本，没有什么书是必须读的。应该读的书也就是你最有兴趣读的书。每个人的生活、经历、职业、爱好不同，选择的读物也肯定有差异，读自己不想读的书是一件很痛苦的事情。自己喜欢的书最应该读。当然，我还是说，无论从事什么职业，都要尽可能多读几部文学名著，它能够使你的一生有情趣有色彩。

10. 您能够给我们开一个必读的书目吗？

答：这是个看似简单却很难回答的问题，如同"该吃什么水果，什么水果最有营养"一样。我刚才说了每个人的兴趣、境遇、经历、关注点、兴奋点不同，读的书自然也不同。许多学者很早就列举过不同版本的"必读书目"，如梁启超先生的"最低限度之必读书目"、胡适之先生的"一个最低限度的国学书目"等等。近年来各类"必读书目"层出不穷，甚至有若干版本的"大学生必读书目""中学生必读书目""小学生必读书目"，各有各的道理。我不能再列了。从小到大我都很崇拜老师，这个问题请你们的老师回答最好，因为他们知道你的性格和个性，他们会告诉什么样的书最适合你。

11. 有的课我不喜欢，怎么办？

答：我小的时候就不喜欢数学和物理，都是勉强及格，而我的文科在全校成绩每次都是排在前列的，我的作文一直是范文。我的班主任就对我说："不喜欢的就少看，去写作文。"我一直很感激我的两位班主任，一位是我小学时代的班主任杨广达，他使我打下了很坚实的文字、汉语拼音基础。另外一位是说刚才那一番话的我中学时的班主任甄义用，他使我有了很宽松的读书环境和选择读书的可能。但是我还是以为，现在的环境和我那时是不同的，还是要较为均衡地完成所有的学业，为以后的大学生涯打下基础，这对于你们今后具体的生活是很关键的。

12. 您印象最深刻的一本书是什么？

答：我刚才说到了：是我一年级时拿到的第一本语文课本和《现代汉语词典》。

13. 您小时候的理想就是当作家吗？

答：不是。我最初的理想是当火车司机（孩子们一片"哇"声）。小的时候我经常到铁路边上去玩，看到火车司炉把炉膛打开，把一锹煤投进炉膛，很潇洒也很光彩，通红的火让我觉得很灿烂，于是我一直想当一名火车司机。

14. 小的时候好还是长大了好？

答：我现在肯定回答小的时候好，因为我长大了，而我小的时候一直是盼着长大的，现在不想长大了。所以我说，也别总是听大人说什么，很多时候他们言不由衷。


这些话我对他们说了有十年了，现在想，那些孩子现在也已经上大学了，我所欣慰的是，如果他们还能想起我说的这些话，起码会以为我没有对他们说假话。还有，我的父亲也是一位公职人员，但他从小就反复对我说六个字："多读书，不为官。"他对我们同院和我一起长大的孩子们也说过同样的话，所以在我们那个大院里的孩子中，有的后来成为国际上著名的学者，有的成为其他行业里的精英，但是走仕途的几乎没有。这可能是一种无形的涵盖和影响，是前辈的一种理念，是他们读书和经历丰富了之后的一种感受，也就无形中形成了对后人的一种约束，成为一种恬淡从容的生活习惯，而有些习惯一旦形成了，就会转化为性格，成为性格之后，再改也就难了。


# 植 物 记

我最早认识的植物，大多是阔叶树，北方多杨柳，多榆槐，多桃李，阔叶树在我的感受中，如同北方自身一样阔大，那些树的叶子也绿也黄，果子也熟也生，叶片宽阔，叶脉成网，总觉得，它跟北方山脉、河流的纹理相近。

几乎所有结果的树都是阔叶树，阔叶树爱拔高，爱成林。北方的树种一般硬度不大，不像小叶紫檀黄花梨什么的。说是蒲柳贱质，不堪大用，那是它自觉卑微，但在我的家乡，所有的鸟巢都筑在那些卑微的树上。树越高，喜鹊老鸹一类的大鸟就爱在上面筑巢，一般是一棵树上只有一个鸟巢，也有两个或者三个的，那一定是它们觉得互相依偎才更能够躲避寒冷。

我见过的那些树，有的几岁，有的百年，每个村庄里面，都有百年的老树、老宅、老人。一直想写一篇文章，题目是《于底落日》。于底是石家庄西部一个小村镇，那是个明清时代繁盛起来的小镇，充满了沧桑、优雅和繁华，那里的街道、树木、房屋、石桥颇具典型的北方村镇的风格，百年大树丰实苗茂，几乎具有我们传统中审美的所有元素。但是它消失了，在那么多人的呼吁呼喊中消失了。我和朋友曾经多次到过那个小镇，亲眼看着推土机怎样碾过它的身躯。那个小镇和我并没有什么渊源，但曾经有一个落日的傍晚，我们在那里的断壁残垣上落泪。上个星期我又路过于底古镇，发现村口的那个牌楼也被拆掉了，没有了，这个村子彻底没有了。我曾经当面问过一位曾经主政这个城市的长者，我问他：“你知道于底吗？它为什么就消失了？”他没有给我回答。许多事情总是没有答案，但是结果往往又是那么凄凉和凄惨。我们能做什么呢？只能用笔来记住它，让人们知道起码我们还曾经有过那样的晴明、古朴和美好。

北方很多村庄叫杨庄或是柳庄，每次路过那些村子的时候，我都想走进去看看，总想象既然叫这个名字，便应该杨柳成荫。树越大，好像寒暑就与它没有什么关系，阴晴与它没有什么关系，雨不雨风不风也与它没有什么关系，风不吹那树不动，风吹，它也不动，那阔叶树总是显得那么矜持，一树沧桑。我觉得那阔叶树满是灵气，无论绿树还是枯树，都有独特的神圣和神性。阔叶树遮天蔽地，阔叶树单形独影，一树绿叶之香，几颗青果之涩，许多时候，我对世事感觉迷茫的时候，就想："若悟世事，皆问阔叶树之枯荣。"

原来，我是不认识植物的，朋友们一起出去，看到路边的树或者草，问到我它们的名字的时候，我大多答不上来。在我看来，植物可能是这个世界上最多的物种，它们或青或黄，亦高亦低，浸染大地颜色，养育其他生灵，到底有多少种，数是数不尽的。肯定有更多的植物，你不能想象它是什么颜色，肯定有一些未知的生命，你不能想象它是什么状态。肯定有一些新奇的花，它们至今没有名字，肯定有一些我们没有听到过的声音。肯定有更完整的美丽，肯定有更深的快乐、有更深的夜，肯定有许多美好的事物，存在于我们的视线之外。

这几年陆续发表了《树木记》《植物记》《青草记》等系列作品，就总想去山里看树、看那些不认识的植物，也习惯了去花卉市场，这几年雾霾也大，听朋友说植物可以消减雾霾，就买了很多绿植。不知道在哪一个春天，我突然就喜欢上了它们，它们帮我打发了不少寂寞和无聊的时光。我生性笨拙，一开始没有耐性，养不好绿植，连几片绿叶儿也养不好，总是黄叶、打蔫。后来我发现，只要经心，只要在意，只要你对它们好，就行。于是我用心、专注，琢磨它们的喜好，那些叶子渐渐绿意葱茏，让人有更多的喜爱。比如水竹，什么发财竹、观音竹、转运竹，有很多叫法，其实都是一类，就是水竹。买回来以后如果直接栽，叶子很快就黄了，要斜着把从它的根部削去二三厘米，泡在水里，如果二十天左右没有新根系长出来，那就再削一次，基本上削两到三次，它的根系就会慢慢发育了，嫩嫩的，根部和叶子就很旺盛。按照书上的说法，瓶里的水是不能太多的，只能放到三分之一，但我的经验是水一定要超过一半甚至是三分之二，水竹才能长得更好。另外水竹的水一定不要总换，只可加水不可换水，这样叶子就不会黄。而绿萝一类植物，浇水不要多也不要少，夏天一个星期一次足矣。不缺水的时候，夏季和早秋的早晨，它们的叶尖上会有晶莹的水珠，而且这些植物就如同人一样，很快就会变老，养过几年之后，再怎么施肥浇水也无济于事，会越来越弱，叶子也会逐渐变小，这是规律，指望它还能像刚开始那么茁茂是不现实的。有时候我就总想，这怎么那么像人呢！我和朋友一起在花市买的水竹，朋友回去总是换水，把根洗得干干净净的，结果叶子越来越黄，我对她说，一定只兑水不换水，一定不要多管它，许多植物的生命力和韧性是惊人的。

朋友说他好奇，问起我平日的生活，我说："绳床瓦灶，布衣蔬食。上班坐公交，进家养花草。写字散步，偶尔远行。对财富不那么热衷，对浮华没什么向往，不在外面吃饭，偏好陋室翻书。不愿意热闹，也不怕孤独，愿意谁也别理我，能更多做自己的事，好有时间每天多写几个字。"朋友说："看你平时也不孤僻，挺随和的啊。"我说："性格和习惯有时候是两码事。"

石家庄友谊公园里有一条竹林小径，很幽深很安谧，我一直感慨这些生于南国的植物是怎么在北方的冰天雪地里生存下来的，跟我见过的庐山、宜宾的竹林、竹海相比，它们也许不值得一提，但是，我敬重它们的程度一点儿都不亚于那些百年大树。还有一段时间，我总是跟朋友在夕阳西下的时候到滹沱河沿岸或者北新城附近的秀水公园，那时，便知道我不认识的植物有很多，但我熟知蒲公英、马齿苋、蔓子草和星星草，很早以前它们就是这么茂密，我小的时候是这样，我年龄大了它们还是这样。小时候我养了一只小羊和几只兔子，就天天去给它们割草，所以现在闻到了青草的香气，就想起来我的童年。早芒种晚秋分，一棵小麦吐穗的时候，另一畦菜蔬已经熟了。一到那个季节，我就想住在康庄、于底、北新城，住在一个随意走到的村子，它们在滹沱河南岸，离夏天的高远秋天的疏朗最近。那些经历让我知道了，有时候一棵浅草，比树比石头比一座桥一个村庄的生命还长。尤其是秋天，这个季节是一年里最好的季节，冷暖温和，高天清雅，田野里有很多获得，植物有各种色彩。这个季节，早中晚都有各自的味道，你偏爱什么，就能有什么满足。早晨起来天是蓝色的，望着远处的太行山，就觉得，一个清透的世界，会显得更加饱满。

到了我这个年龄，就不再盼望明年的花比今年红，叶子比今年绿。世事就是循环，有时候是昨天、往年的循环，有时候是很多年以前的循环。散步的时候，朋友问我这是什么草，我说不知道，问我这是什么花，我说不知道。我不知道的事情太多了，越来越觉得，自己有那么多的不知道。冷暖交替，寒暑易节，现在想，经历了那么多的尘世沧桑，尽在这春深冬浅花红柳绿之间。所以也总是劝自己，别忧虑草们树们花们的枯荣，它们或盛或衰，是固有的天数，天地若在，就是这样，什么时候也不会改变。有的时候旅行，爱看着车窗外面，就觉得那些异乡的花啊草啊树啊，如果你信仰它，它就是你命定中的事物，它就会连根带叶都是你的。树的香气和草的香气是不一样的，树的香气更丰厚，草的香气更单纯。树越高越让人仰望，草越深越让人低头。所以，我常常在青草和树面前低头。

小区里有人把草地除掉，种上了花啊蔬菜啊什么的，可是总也养不好，草还是长出来了。别忽略那些卑微的东西，越卑微生命力越强，不然，它们也就茂密不到今天。每隔一段时间，小区里就会响起割草机的声音，空气中就弥漫着草香。那时候想，不如让这些青草疯长，长得参差不齐高低起伏，有一种本来的野性的风韵，知道这是在城市里寻找乡野的记忆和情趣，所以看着被割得整整齐齐的草坪，总觉得有几分残酷和凄冷。一直以为植物最不应该受到限制，它们本来是自然与神灵的造化。

前面说了，南方的树种和北方的树种品质有差异，但很难说哪种更高贵哪种更贫贱，比如海南黄花梨，我为它写过一首诗："国有万木，唯你／成为一个时代的精灵和魂灵，／成为国之重器。／／把你雕成花，就有了灵性，／把你雕成佛，就有了神性，／其实什么也不雕，／才更显蓬勃着的原始生命。／硬是因为有骨，／红是因为有血，／重是因为有心。／／我一直在寻找我与你的共同：／坚韧、光泽、有密度，／你的纹理是我筋脉的纹理，／你的硬度是我骨骼的硬度。"即使这样，我也没有觉得它比北方的白杨、柳树珍贵到哪里去，我印象更深的，还是我儿时跟同伴们一起捉知了蛐蛐的那些灌木丛。那些经历对于我刻骨铭心，而距离我很遥远的那些树木，即使再珍贵，对于生性清高的我等，吸引力并不大。写这首诗时让我醒悟到，写诗既是写自然，写植物，也是在写人，写自己。

每天走路，看到一些叶子，就会想起一些往事，想起一些故人，从嫩叶到阔叶，有的由绿到黄只有一季，有的由荣到枯却要数年。你数不过来有多少叶子，但认识了其中的一枚，也就认识了许多枚，你跟它们说话它们能听懂。亦清透亦才情，亦柔嫩亦沧桑，就觉得那枝叶也感性了，也知性了，也智慧了，它们比人好，人熟悉了还会再陌生，它们不会，就是被折断，它们的气息也是青素的。我知道人的生命其实比植物还要脆弱，看着那些草的散淡叶子的散淡，就觉得生活不需要什么大智慧，忽略一些忘记一些，就知道那枝叶的淡然与不经意，是何等的一种尊严。人不过百年，有时不如一树，不如一树的从容与深重，不如树的静气。植物之心，良善、清朗，也纯粹，也广博也坚韧。所谓人间，无非枝叶，无非浅草，无非微尘。

"如果你看到一首诗像花草一样长出来了，那么你可以断定它是一首好诗。"惠特曼的这句诗，曾打动过我。草坪上新铺了青草，那些草长起来之后，就不怕寒了，它们相互挡风。那些绿色紫色粉色的植物，我们复杂，而它们清纯，它们一年繁似一年，年龄大了也就知道，其实人的生活如果是植物那种简单的方式，就是最完美的境界。

早春的时候，植物们发芽了，一点儿声音也没有，几天就把这里那里都染绿了，它们什么时候积聚的底蕴和能量你根本不知道。安静的时候，就是显露自己色彩的时候，高树生得惨，浅草活得长，你不能期待草有树的根系，所以也就不必在意它们的浮浅。其实你永远无法知道这个世界有多么丰富：这当然包括人，包括一树一叶一草。那无处不在的青草，那被人忽略的植物，让尘世满是颜色，"春园之草，不见其长，日有所增"，这人，哪如一棵草啊？！人如衰草，我常常在那些植物面前感慨，是由于，每一棵树或者每一株青草，都是悬之于日月的神灵！

洛克说："世界上最卑贱的动物或者植物，也可使智慧的人类迷乱而不知所措。我们在见识和耳闻了许多事物之后，并不能因此治愈自己的无知。"这话我信，对于那些智慧的人，经历了越多越智慧，而对于我等愚钝的人，经历了越多越愚笨。所以我曾经说："自己就是自己的树、草和歌曲，就是自己的氧和植物。我弄懂这些，也是不久前的事情。"早晨又想到这句话，感受依然。

## 散 步 记

人总是要做一些事情的，这句常识性的话说了似乎等于没说。有些事是必须做的，比如挣钱养家，柴米油盐，还有一些事，是有乐趣才去做的，比如我这大半辈子只做了一件事，就是编刊物，编《诗神》编《诗选刊》，这是我的兴趣所在。那些年虽然在单位遇到一些人和事，内心不是很畅快，但由于做职业编辑是自己一辈子所愿的事情，无论多难都觉得有乐趣，因此面对其他许多诱惑，这样的持守终究还是没有被世俗所替代，刊物就一直这么做了下来。我知道自己智商情商都有限，只能集中精力做好一件事情，所以就没有了其他杂念。还有就是执着，我的骨子里有一种刚硬和坚韧，追求至善至美，做什么事情一定要做到最好，做正事时是这样，做闲事时也是这样。朋友说闲事也有必要往最好里做吗？按道理讲，闲事是闲散中的可做可不做的事，做闲事是为了换换心情，调解情绪，没有必要太在意，但有的时候一个人的习惯一旦形成了，就渗透到了骨子里，改就难。无论是做正事还是做闲事儿，其实都有一种性格融汇在里边。

早年在编辑部的时候是没有时间散步的，那个时候，晚上睡得晚，早晨也就起得晚，久而久之就成了神经衰弱。我记着《河北文学》的老主编肖杰对我说过："当编辑一定要注意眼睛，一定要注意大脑，职业病，就坏这两个地方，坏了眼睛就失明了，坏了大脑就失眠了。"结果这两点儿都被我染上了。工作其实是一种惯性，长期在一种惯性里，反而不容易出什么问题，但一旦松弛下来，可能身体某一部位就会不适应，比如眼睛，做编辑的时候，一直没有什么问题，看了大半辈子稿子也习惯了，松弛下来以后，突然就视网膜脱落，然后看这个世界就很模糊，但是时间长了也就认可了，就满足于这种模糊，不愿意看得那么清晰，觉得那个清晰的世界反而更加陌生。至于失眠，完全是编刊物精神紧张的缘故，年龄大了之后离开了刊物，慢慢竟然有了改善。在编辑部的时候要靠吃安定睡觉，一般安定的药劲要到上午10点才能基本消退，而早晨8点要去单位，所以就挣扎着起床。到编辑部以后，最先做的一件事是冲一杯浓咖啡或者浓茶，刺激大脑兴奋起来，这样晚上吃安定，白天喝咖啡，长期循环，对大脑的刺激不言而喻。不编稿子之后，心理上逐渐轻松起来，神经衰弱也渐渐改善，我总是说人的自愈能力可强了，原来吃两片安定，后来只吃一片儿，之后只吃半片儿，然后又吃四分之一片。再后来就彻底停了。不像在编辑部的时候那样整天伏在案头，有了一些自己休闲的时间，于是就养成了另外一个习惯：散步。

刚开始散步的时候，是因为突然有了一种意识：要注意一下身体了，怕一下松弛下来，身体的机能发生变化。最初的时候追求一种超量的运动，上午走七八千步，下午和晚上又各走七八千步，每天行走的步数超过两万步，持续了一段时间以后，突然觉得疲劳，腿关节也不舒服。什么事情一旦超量，就失去了它原本的意义，之后就开始找规律，我是一个规律感、规范感非常强的人，如同每天给自己设定的一些程序，这些程序是必须要完成的，习惯了走步，就完全按照这个程序开始，上午8点到9点，下午3点到4点，晚上7点半到8点半就成了固定的散步时间，而且一年三百六十五天，天天如此，即使是刮风即使是下雨，即使偶有小恙也一天不间断，夏天下大雨冬天下大雪，就到小区的地下车库散步，养成了一个不可更改的习惯，而且感觉身体明显舒展开了，如果哪天没有出去走走浑身觉得不舒服。我上面说了，我做许多事情是因为有乐趣，原来不觉得散步会有什么乐趣，慢慢地从中体会到了这其中的味道，就觉得再也离不开它了。

我散步不是纯粹为了锻炼身体，白天散步的时候，大多是想事，晚上散步，就什么也不想了。白天一边散步一边儿回忆一些旧事新事，感觉有用的就用手机记下来，所以我爱找一些偏僻的路线走，而且每天走的总是这样的路线。一个小时也不觉得时间长，想着想着就过去了。遇到我的一些长辈，就跟他们聊天，觉得许多的时候他们说的不是经验，是命运的痕迹，唯有命运的痕迹才那么真实。现在想，他们琐细的生活才是智慧，而且后来发现，不过是时间早晚，我走的路，跟他们基本相同。我曾经坚信我的神态和步态不会老于他们，但后来知道，我比他们还沧桑。天气好的时候，小区的树荫里总有八九位七十多岁的老阿姨（还有两位坐在轮椅上）在一起唱歌，一开始是"一条大河"，后来是"九九艳阳天"，有的也不在调上，阿姨们边唱边自嘲地笑着。也许这些老人一辈子有千般烦恼，但这个时候她们是忘我的。散步到那里仔细看了她们一眼，竟然在想象着她们年轻时的模样。我知道她们唱这些歌的时候一定会想到过去，想到她们那些曾经鲜灵清纯的日子。这岁月，这时光，一代代老去其实就是瞬间。那时候看周围的树，有的叶子枯黄了，有的，还嫩绿嫩绿的。

小区里有一段环形甬路，很安静，花草丛生，那里晚上散步的人很少，每天就是那么几个人，黑暗中看不清他们的面容，但久而久之，就熟悉了他们的身影、姿态甚至步态，偶尔有一天没有见谁到，反而还会有一些牵挂，人是群居动物，有时候需要别人甚至是陌生人给自己一些莫名的心理慰藉。散步的时候还总遇到一对老夫妻，手里拄着拐杖或者推着老年车慢慢踱步，有一段时间老奶奶已经走不动了，过了些日子，看她竟然甩掉拐杖也能自己走了，虽然没打过招呼，但看着她一天天好起来，从心里为她高兴。朋友说，看你的微博里很多时候说到老人和孩子，我说："是啊，每天早晨看到路边蹒跚的老人和匆匆的孩子们就觉得，人这么多年，最值得说的就是老人和孩子，说老人说一些经历，说孩子说一些纯真，其他的，又有什么值得可说呢？"

我喜欢那些平实的、平静的、世俗的甚至有些平庸的生活，每当走在并不宽敞然而生活气息很浓的街道上时，内心就有欣然和满足的感觉，就觉得这才应该是真正的人间。不喜欢高楼林立，灯影交错，不喜欢车水马龙，人声嘈杂，所以在城市里如果有一条很安谧的街道很幽深的胡同，就觉得与自己的内心很契合。有时候傍晚的余晖下走在石家庄的水产街、维明路，竟然有了几十年以前的感觉，路边卖粉条的配钥匙的卖干果的炸油饼的等等一幅幅简单而又亲和的生活场景，让人觉得其实生活不一定非要那么多的深奥和玄奥，你觉得踏实，就正好。

一位艺术家说起一个寓言："一些人往前走，一个老者总是停下来，别人问为什么，老者说：'不着急，我要等一等自己的灵魂。'"老人是智者，能够"等一等"的人，你看吧，他其实会一直走在前面。于是我总想，我们能为这个世界做的大事并不多，那就做一些琐事，比如给老人让让路，跟孩子说说话；比如说真话，不狂傲，不自夸；比如把废报纸留给那些捡废品的人，在楼道里遇到不熟悉的邻居，微笑着点点头；比如在超市别把货品翻乱，不把宠物的污秽留在路上；比如天气肮脏时，别让自己心里也生霾……若如是，则幸甚。为此，2016年我还写过一首诗，题目就是《为捡垃圾的老人让路》，其中说："已经成为了习惯，／这么多年，我一直为捡垃圾的老人让路。//这辈子，权贵我不让路，/恶人我不让路，/我给捡垃圾的老人让路，/我在她面前走路侧身，脚步放缓。//给捡垃圾的老人让路，/让一次，那路就宽了一次，/你让路，路还是你的，/路是你的了，天和地也是你的。"

小区的大门口左侧是幼儿园，就愿意多去那里走走，是由于那里更有生气更有活力。早晨孩子们总是要喧闹，一会儿就安静了，小区里便只留下了树影、草香和老人。远处有浮霾的时候，让人迷蒙，就不抬头。这些年我常常低着头走路，也许我狭隘也许我简单，近处的我看透了，远处的我看不见。有一段时间我患眼疾，视野模糊，视力只有0.1到0.12，看世界一片混沌，内心很压抑，朋友就带我去石家庄西部的山前大道散心。散步的时候朋友问我不远处是什么，我说："是树和森林。"朋友说："不是，是一面爬满了荆棘的岩石。"再走一会儿，朋友又问我前面是什么，我说："是路，是一条铺满石子的甬路。"他说："不是，是堆满了乱石的河滩。"他说："我发现，你怎么总是把世界看得那么美好？看不见的时候，你就把它想象成美好。"我说："这是诗人的天分和本能，内心越芜杂和繁杂的时候，越是这样。"

人的关系有时候在某种氛围中就会变得很松弛，比如在裕西公园散步的时候，相识或不相识的人（也可能见过一两面）会互相打个招呼或者点点头，那个时候人们性格中孩子的成分纯真的成分更多一些，更接近真实。公园里的孩子多，人们的性情就受感染，这样的氛围浓了，就觉得周围有更具体的善意。在裕西公园散步的时候，看到一位老哥在水泥地上写字，就走了过去，老哥见我看得专注，把大毛笔递给我说："来，也写两笔。"我说："不行，字写得很差。"老哥说："老弟文质彬彬，像是个文人，写字怎么能差？"我说："算是个文人，可是没能练好字。"老哥问："是不是用电脑写字了。"我说："对呀，电脑用习惯了，对写字就生疏了，有的字就是写出来，都不敢相信它的对错。"这让我想起来20世纪八九十年代编辑部收到的来稿都是手稿，那时候每天要收到数百封信函，如果能把当时一些诗人的手稿留到现在，能办一个手稿书法展了。我们这一代诗人现在用笔抄稿的不多了，在我的记忆里，似乎只有张学梦和柳沄，每次向他们约稿的时候，都是寄来厚厚的一沓手稿，现在想起来弥足珍贵。

今年秋天的一个傍晚在小区散步，偶尔听到路边两位老者的对话："兰兰还在吗？""兰兰？""就是中文系的那个兰兰，孙亚兰。""还在还在，不在石家庄，跟闺女去珠海了。""王自蒙呢？还在不在？""王老师不在了。""张老师呢，就是那个张云启，课讲得好的那个张老师。""不在了，有好几年了。""也不在了？他也不在了？哦，张老师也不在了……"从他们身边走过去之后，我回头看，好像觉得，夕阳下老人的身影，像是一幅沧桑的油画。

最松弛的时候，应该是和两岁的孙子小布丁一起在裕西公园散步了，那个时候，什么世间俗事，什么人间冷暖，在大脑中都不存在了，带着孩子看着那些树、那些鸟、那些草、那些叶子，跟他在一起跑起来跳起来的时候，完全忘记了年龄，觉得自己又长成了一个孩子或者成为一个真正的爷爷，那是一种无与伦比的忘情与忘我。自从有了布丁之后，裕西公园就成为我经常去散步的地方，一个陌生的所在突然就变得非常熟悉，里边的音乐，里边的空气，每一片花草似乎都很熟悉了，成了平时生活的一部分。"早冬的上午，我推着婴儿车，／跟周岁的布丁在裕西公园散步，／布丁张开的小手里像有无限，／看着他天就干净了，／天、地、人，什么都干净。／阳光照在他的身上和我的身上，／在那个瞬间，／我竟然觉得，／普天之下，尽是孩子。"这是我当时心境，真实而纯粹。

早晨散步的时候，就常常惊叹于小区或者公园里那些草们的生命力，无论它们是深草还是浅草，每年总是会生长；惊叹于许多北方阔叶树的生命力，每年冬天，它们被锯得只剩下了躯干，来年春天，重新长出的枝杈照样蓬勃。所以我一直说，人不如草，不如树。散步的时候我爱迎着太阳走，朋友们说，你晒黑了。我说："大半辈子都太白了，太干净了，黑点儿就黑点儿，也算是一种平衡。"可是风吹日晒，天阴天晴，还是没变多少。本色这东西，是从娘胎里带来的，褪去也难。

养成了散步的习惯之后，不只是在石家庄，就是出门在外，每天也要挤时间走步，而且到了一个地方，首先要做的事就是一个人在那里的街道上静静地走一会儿，让自己的内心平和下来。2017年6月1日，在上海参加完一个诗歌奖的颁奖典礼，大家都很放松，相约在浦江边散步。我与安琪边走边聊，走了很远的路。回来后，我记下了那段经历："一个很好的晚上，／与安琪在浦江边散步，／谈到了一些如岩石的人，／谈到了一些如枝叶的人，／谈到了一些如糙鼠的人。／谈到了一些沉默的人，／一些忘形的人，／浦江水轻拍江岸，灯影璀璨，／多少很近的人，已成故人。／／浦江的每一滴水都曾经喧哗，／而面对平静的人，／江水不再出声。／看着那些简单生活的人们，／就想，我们一生所做的事情无非是繁文缛节，／太繁复太冗杂。／曾经经历过的，／有多少是真实的？／觉得别的人内心不洁，／是因为自己内心不洁。／／所有的都会归于平凡和平静，／世间万物，有那么多的匆忙与紧凑，／一切都被包含在其中，／什么样的生命都会淡然，／高贵依然，卑微亦然。／／哪有什么永恒，／看那江水，一瞬，就是千年。"2017年9月的时候，在宜昌参加中国诗歌节，那些天，每到晚上和早晨都约几位朋友去长江边散步，长江北岸这个江水润泽的城市，人们生活得松弛、细腻、从容而优雅，很少看到眉头紧皱和雾霾缭绕，总觉得那就是一个城市的从容和优雅，是这个城市的气度、气质与性格。早晨看宜昌的天色，那么奇妙，一瞬间，也就是那么几分钟的事，天就亮了。那时候我懂得了，平时我们总说"天渐渐亮了"，其实不是，是一瞬间就亮了！那个早晨，我茫然地望着窗外，远处传来江水的轻叹，这时候，博大或者渺小，竟然那么相近！

散步的感觉真好。散步的时候就觉得，这大半生长长短短和起起伏伏，就这样被一步一步地丈量出来了。我说过，写诗就是写自己，那个时候，我在内心重复着自己内心中的那些文字："大江大河知道什么时候放纵，也知道什么时候平和，不急不缓就浩荡成了经典。这冷暖人生，亦是江河亦是浅草，如沧海时，如桑田时！"

2006年12月10日～2019年7月11日

# 青 海 日 记

**2007年8月5日**

　　很久没有乘火车长途旅行了，外出我一般尽量乘火车。我是在铁路边上长大的，小的时候铁路就是我们的游乐场，我和小伙伴儿们在铁路边玩耍、游戏、捉迷藏、捡煤渣，把钢丝放在铁轨上，等火车通过后，钢丝就变成了我们手中锋利的小刀。我小的时候火车头还都是那种老式的蒸汽机车，我最初的理想就是做一名火车司炉，那时看着司炉脚踩风门，把煤送进通红的炉膛里时，我觉得神奇无比。长大后，我还是愿意听火车擦过铁轨的节奏，愿意听深夜汽笛悠远的长鸣。一坐火车我就想起了许多往事，火车让我心里踏实。我写过许多有关火车的诗，比如《记忆中的小车站》："小车站，小车站／你给了我多少欢乐／你看起来在四周／在左边，在右边，也在后边／你的树叶唰唰作响／／让我们进去，／让我们用粉笔记下快乐／每叶窗内都有一双眼睛／并且有声音在深处呼唤我们／小车站，小车站／正午时，十二点时／小车站敲响美丽的钟声／／小车站，小车站／你让我们一直在站台上／等到今天。"

2007年8月5日下午，乘T151次北京西—西宁的特快列车赴西宁参加"青海湖国际诗歌节"，妻子和孩子把我送到车站。上车之前，我把列车到达沿途各站的时间抄在了笔记本上：石家庄发车17点11分；邯郸18点34分；安阳19点18分；郑州21点10分；洛阳22点39分；三门峡6日0点09分；西安3点12分；宝鸡4点52分；天水6点27分；甘谷7点09分；定西8点41分；兰州10点10分；海石湾12点27分；平安驿14点03分；到达西宁的时间是6日的14点39分。

人世喧嚣，好久没有自己沉静一些时间了，一个人的旅行，能让我好好想些什么或者什么也不想，多好。一直坐在车窗前，看着外面掠过的景色，车过河北与河南的交界时，夕阳把中部平原染成了紫红的绿色。邻座的一位七岁的男孩儿跟他的爷爷奶奶去天水旅行，就和他说起了一些能听懂的、听不懂的、清楚的或者莫名其妙的话。他很兴奋，说："我今天一夜也不睡觉了。"我说："那好，叔叔失眠，陪你一夜不睡。"天暗下来了，凭着声音，我知道火车默默地通过了黄河大桥，晚上9点多，列车停靠在郑州车站。我居住的小区距离铁路不远，总能听到火车的汽笛声，每到失眠的时候，听到一列火车穿过我就想，有一些人路过这个城市的时候，一定会想起我。

其实感觉都会一样，列车路过郑州时，我也想起了马新朝、高旭旺，想起了故去的苏金伞先生。马新朝我很熟悉，我们一起获得了第三届鲁迅文学奖，在深圳鲁迅文学奖颁奖时我们一直在一起，其他河南的朋友这些年一直没有见过面。我生性爱静，很少参加活动，与许多文字相知的朋友都不曾谋面。

列车到洛阳，过三门峡，已经是凌晨0点09分了，那个一定要"一夜不睡"的小男孩儿早就沉沉地睡去，只有我和另一位乘客临窗而坐。我吃了一片"舒乐安定"，看着车窗外的灯火渐渐走近又渐渐远去……

### 2007年8月6日

早晨7时左右，T151次列车到达天水，火车晚点四十多分钟。一觉醒来，看到那个小男孩儿懵懵懂懂地对我招手说着："叔叔再见。"把他们送下车，到洗脸间洗漱。

停车时间很短，开车后再看车窗外的黄土地貌，竟然是我非常熟悉的景象。土黄色的山、丘陵、山上稀疏的草……我很小的时候在河北的张家口当兵，那里的地貌和眼前的景致极其相似。还有那些土房、土院墙，好一些的房子三面是砖，一面是土墙，一般的房子就都是土的了。原来想象着醒来之后会看到期待中的西北风光，有些失望。丘陵上生长着我熟悉的玉米，也有少量的油菜花，像是苍凉中的一点点缀。

上午将近11点，车到兰州。快进兰州时，就看到列车的左侧是一道青色的山峦，植被很好，后来在会上我问过娜夜，她说那叫皋兰山。兰州具有带状盆地城市的特征，是黄河流域唯一黄河穿城而过的城市，一山一水，滋养着兰州这座城市。列车停在第三站台，这让我想起了2004年写过的题为《第三站台》的那首诗："缓缓的，一点儿也不急促／一点儿也不喧嚣／很充盈，很饱涨／傍晚的阳光一缕一缕／一缕比一缕清晰。∥第三站台／含蓄，冲动，可以触摸／一会儿丰满，一会儿又空旷；／一会儿闭合，一会儿又敞开。"这首诗是写石家庄而不是写兰州的，但我还是觉得很贴切。我没有到过这座城市，但知道兰州有娜夜、有叶舟等朋友，心中便有几分温暖。

列车再往前走，过了海石湾车站。到了青海境内，原来土色的山峦变成了红色的，云也高远起来，树多是榆树和白杨，黄河在车窗外一会儿出现一会儿又隐去。下午将近3点的时候，T151次到达西宁。刚到西宁火车站，我的朋友、石家庄日报的王占军给我发来信息："我在纳木错5180米，冒雪攀上，在最高点照相，全车只有三个人能为，我是一个！雪线之下下雨，之上下雪，冻得耳朵疼。"占军聪慧干练，颇为率真，是石家庄成就斐然的女记者之一。她当记者编报纸是好手，现在又拍开了电视片。我一看笑了——这像是她干的事。给她回了信息，告诉她我也来了青海，只不过没有她那么英姿飒爽，带着那么多的豪气。

接站、报到、领取会议资料……一些会议必要的程序之后，住进了青海宾馆的2028房间。这个房间可以俯瞰半个西宁市，正好使我对这个城市有了一个大致的了解。青海的中国移动发来信息：西宁6日夜间，雷阵雨。7日白天，雷阵雨。明天早晨最低气温13℃，明天白天最高气温26℃。

晚饭时报到的人还不多，遇到了李老乡、李秀珊、树才等朋友，在餐厅又遇到谢冕、吴思敬、寇宗鄂、朱先树等先生。吃过晚饭本来想出去散步，但刚出宾馆门口，就被凉凉硬硬的风顶了回来，高原气候很有趣，温差很大，早晨和晚上10℃左右，而中午能达到三十几度，内地来的人会很不适应。宾馆的前台经理对我们说："别出去了，一会儿要下雨。"我看着外面并不阴沉的天气，有些不相信。但没有几分钟，果然雨下了起来，而且还很大。过一会儿后，又突然停了下来，天也变得晴晴的。神奇的高原！

晚上见到了屠岸先生和韩作荣、李琦、林染、娜夜等朋友，有的也是初次相识。大家刚刚见面，都在说着一些很高兴的话，让人感觉有了"节日"的氛围。

觉肯定会睡得一般，何况是在高原上。


## 2007年8月7日

在"青海国际会议中心"举行诗歌节开幕式之后，紧接着便是中外诗人的高峰论坛，这也是本届"青海湖国际诗歌节"的重头戏之一。由于这次会议请来的国外诗人不是那些怪异和诡异的食客，多是一些有成就的诗人，所以国外诗人的发言大多集中在诗意本身，而且我发现，他们对诗的表现手法很包容，诗感更纯粹，更讲究人性、灵性和神性，更注重诗的美感、情感和经典感。我整理了一篇题为"诗歌是什么？——'青海湖国际诗歌节'部分中外诗人对诗的阐述"发在了博客里。给我印象较深的是法国诗人德里和德国女诗人乌苏拉·卡莱希尔的发言。德里说："我们知道，有许多好的诗人，也有许多不好的诗人，在中国是这样；有许多好的诗人，也有许多不好的诗人，在世界上也是这样。诗在不同的人之间编织着共同。"我没有记下他发言的全文，这是一个遗憾。但我幸运地看到了乌苏拉·卡莱希尔演说的翻译文字，多用一些篇幅，我把这些文字录在这里。她文字的题目是《唯其写作，方可抹去'做作'的痕迹》。她说：

　　写作始于一种冲动，而不是始于一种非要写出点儿什么不可的勤奋或努力。写作源于自主，不受强迫——只有在为了保持写作的连续性的时候才受些无伤大雅的强迫——那是一种幸福。简而言之，重要的不是通过写作实现什么，重要的是写作本身。预先为写作计划，这样会毁灭一切灵感；然而计划又是这样一个小而不可或缺的部件：它能把暴露的血管、多孔的组织以及流动的养料等连为一体。技巧是必要的。写作始于一种恒定而不是"摇摆的"注意力。（常有人瞪大了眼睛惊恐地问我：难道您写个不停？）写作是一种能量的汇聚。一种天气来临，循环减弱，但之前已经有好多种天气来过，灾难性的天气与美好的天气。你得观察它们。写作始于惶恐，始于走到楼梯的第三个拐角时步履的不安，始于当你急速地奔向一张无处不在又无处存在的纸条时步履的零乱。一张请柬的背面被写满，还有购物清单、你读过的书的页边。但这都不算是写作，而是把记忆向外翻转，是把还不曾被实现的东西实现。有了写作的冲动之后，随之而来的就是无尽的、并且是可以无尽向往的聚精会神。无助是自造的托辞，并不是一字无成的理由，也不是写出那些拉杂如马勃牛溲的文字的理由。唯其写作，方可抹去"做作"的痕迹。写作是以一种别样的物态突袭现有的物态，是语言的突袭，语言的侵入。比如里尔克在1907年8月3日给索尔姆斯·劳巴赫伯爵夫人的信中写道："……我的寂寞终于合拢了，我沉浸于写作就像果实里的果核……"如同婴儿的母亲在猜测：小孩们在什么时候生长？夜里吗？像草一样生长吗？拼凑，精神上的冷水擦拭，高度抽象与顺从偶然并行，这都属于写作。一篇文章必然有结尾的时候，它是可以结束的（或者说可被封闭的），写作却不可以。文章是对无限的一个有限剪辑。

读者对你怎样写作、写于何时何地等保有固执的好奇心，就跟你能够像讲述一桩事故的发生过程一样，复述你的写作过程，怎么写的？以一个过程！七年之久！受着酒的滋润！还有黄油面包！还有苹果！关着窗户！疏于同任何人来往！——多久来往一次？跟谁？——好像因写作造成的或与之俱来的外在状况就是一个舞台布景，谁都可以把自以为是的部分往上安似的。好像写作的状况要比在这样或那样的状况下写成的东西更有说服力似的。写作不是逼人坦白的理由。假如坦白被误解为写作，那么从事美学创作的人一开始就已经无所作为了。他的感知权都被废了，剩下的将无非是随波逐流。

我还读到了美国诗人伦诺德·施瓦茨的一首虽然很短却震撼人心的诗《我的爱》："愿我们一同死去／那样我们可常在一起／我们的尸骨在同一具棺木里对视／深深地凝望对方的眼眶／抚摸着你我的颈额和肋骨／再没有写信的必要。"在我记住了这些文字和诗句的时候，我突然发现，其实诗的概念是那么的广阔和没有限制没有节制，她是我们肆意驰骋的想象，千万不要限制她。

会议开得很轻松，会议中心右侧有一个优雅的休息厅，一些诗人到那里喝着咖啡，聊着天。我喜欢那里面二十几块黄河石，欣赏了不下五六次。

晚上青海省政府举行招待会直至9点。回到房间，章治平、曹有云等一些当地的朋友来看望，聊到深夜。

## 2007年8月8日

　　上午9点，在赴青海贵德的途中，我们翻过了海拔3820米的拉脊山。拉脊山又称垃圾山或拉鸡山，属祁连山脉，因为是一连串的山脊，所以称为拉脊山，丹霞地貌。丹霞地貌属于红层地貌，所谓"红层"是指在中生代侏罗纪至新生代第三纪沉积形成的红色岩系，一般称为"红色砂砾岩"。形成丹霞地貌的岩层是一种在内陆盆地沉积的红色屑岩，后来地壳抬升，岩石被流水切割侵蚀，山坡以崩塌过程为主而后退，保留下来的岩层就构成了红色山块。让人惊愕的是，西宁到贵德一路的山峦却呈红色、蓝色、黄色、灰色等等颜色，山上有许多神奇瑰异的酷似城堡、寺院、城墙的景象，让人忍不住赞叹自然的鬼斧神工。我原来一直以为我的轻微的心脏问题会使我很难翻越如此的海拔高度，但在一天之内，我两次到达了拉脊山最高处的蒙蒙云雾中，而且并没有明显的感觉，坐在我旁边的李琦说："别犹豫了，去拉萨吧，没问题。"

　　今天的旅行目的地是贵德和互助。会上分了组，我们是第五组，因此也就乘坐5号车。5号车上安排了四十余人，有王久辛、吴思敬、树才夫妇、小雨大姐、张桃洲、北塔、傅天琳、李琦、冯晏、潘洗尘、杨克、谭五昌、马新朝、曲有源、祁人、郭玉山等等，还有几位年龄较大的学者、诗人如叶廷芳、白桦、孙玉石、任洪渊等。过拉脊山之前，我终于看到了想象中的青藏高原的景象——延绵的无尽的山峦和草地、延绵的无尽的牦牛和羊群，延绵的无尽的白云和阳光……有人问，哪是云，哪是雾？我说：低的是雾，高的是云。那草地那羊群让人忍不住就抒起情来。李琦对我说："你看那草地上，羊群那么白，白得耀眼，而最显得丑陋的，就是其中的人了。"仔细看果然是，漫山遍野的雪白的羊群，映衬在碧绿的草地中，像是神话和童话。而这个时候如果其中出现一两个人影，就让人觉得极其不协调。在自然面前，此时的人真的成了多余的存在。而且我总感觉，青海最美的景色，都在路上。真正去采风的那些地方，反倒平淡些。

在宁贵公路112公里处的贵德黄河大桥上，车队停了下来。黄河流经贵德县，中贯全境。贵德地处黄河谷地，上有龙羊峡锁关，下有松巴峡守户，四面环山，平川开阔，土地肥沃，素有高原江南之称。"天下黄河贵德清"，就是说，黄河绵绵数千里，唯独在贵德水是清的。但可惜我们的车队到达之前下了一场雨，没能看到"清水黄河"的景致。但大家还是颇有兴致地留影合影。毕竟青海是长江、黄河、澜沧江的三江源头。

10点多的时候，诗人们抵达贵德玉皇阁。贵德县文庙和玉皇阁是贵德县现存明清古建筑群最具代表性的建筑。这处古建筑群位于贵德县河阴镇，史料记载，明万历十七年（1589），为保佑"皇图永固，时岁享昌"，乃"恭择城中场地，创修玉皇圣阁"，历时四年竣工。至清道光十七年（1837），玉皇阁重建、扩建工程告竣。建筑群占地面积61亩，建筑面积4915平方米，是一处庙观相互毗邻，集儒、道、佛为一体，捐弃门户之见，并存相依，布局独特的古建筑精品。整体建筑采用中国传统的中轴线左右对称的形式，单体建筑以甘肃、青海两地风格为主，富丽堂皇，布局国内罕见，极具历史文物价值和建筑艺术价值。

由于这是抵达贵德的第一站，当地的藏族少女为诗人们献上了哈达。我趁着诗友们在玉皇阁游览参观的机会，走到附近街上的藏饰店中为妻子和女儿购买饰品。虽没有选到称心的东西，但遇到一位老妈妈，一定要送给我一个她自己亲手做的手指大的精美的小鸽子，那只小鸽子用的面料很讲究，做工也很精细，回来给诗友看了都很喜欢，索性就送给了他们。后来我想到要与老妈妈合一张影，再去找她时，老妈妈已经离开了，很遗憾的。

在藏族同胞的家中，他们拿出了青稞酒、酥油茶、馓子（我们这里的叫法）、糌粑、各种糕点来迎接客人。傅天琳大姐提议："我们别走了，今天就在这里住吧，反正都吃饱了。"在转经堂，几位藏族女性手中握着牛皮绳，虔诚地转着经筒。娜夜问她们："每天都要转吗？"她们回答："每天要转三个小时。"两位藏族小姑娘非常漂亮，诗人们都在与她们一起照相。

下午1点左右，我们来到黄河边上的梨园别墅，大家要在这里用餐。其间我收到一个信息："王中生昨天在北京出差，上午11点突然昏迷，没有抢救过来……"看过这条信息，我一直没有明白是怎么回事，信息是王中生的妻子发来的，看了两遍之后，我"啊"的一声站了起来。王中生是我在部队时的战友，才四十五岁，省公安厅巡警防暴总队的总队长，我最好的朋友之一。在部队，我们都把他当孩子的，他出身名门，但从没有酸腐之气，他有非常好的性格，有非常好的家庭，妻子是1999年大阅兵时女兵方队的领队。王中生做人做事近乎完美，他怎么会走？我懵懵懂懂地给他的妻子打了电话，我问："究竟是怎么回事？中生是在抢救还是已经走了？"当我知道了确切的消息之后，我蒙了。赶紧往餐厅外面走，当时泪水已经实在忍不住了。恰好张同吾、韩作荣二位看到我，作荣问："怎么你脸色这么难看？"我忍不住把事情告诉两位兄长，然后自己跑到了黄河边上。

在黄河岸上，我为无论如何不该走的朋友落泪了，黄河水咆哮而过，压制了我的抽泣声。我不知道这是怎么了，我不知道好人们这是怎么了？他当时要去秦皇岛检查奥运场馆的安全工作，就这么匆匆走了，甚至没有留下一句话。我给妻子打了电话，告诉妻子和孩子马上到王中生的家里去看看。在以后的几天里，我一直很压抑，一直在没有人的时候掉泪。诗友们知道了我的心情，也来劝我。晚上在土族寨子就餐时，靳晓静对我说："听说了，你要把心放宽。"我说："我知道，但我怎么也不相信。"2007年8月11号上午9点，王中生的追悼会举行，远在西宁的我在那个时间里向着石家庄的方向默默地对我的挚友说："好兄弟，走好。"是啊，走了一个朋友，就多了一份孤单，其实我们即使在一个城市，有时也是一年两年不见面的，但当朋友真的走了，才觉得过去那么多的日子里，我们都在忙些什么？值得吗？

晚上，诗人们到了互助县的土族民俗文化村采风，那里的土族风情极其浓郁，但说句心里话，在土族民俗文化村，给我印象最为深刻的还是它的"百年老油坊"。"百年老油坊"为木石结构，包括油梁、炒锅、石磨、石坠子和蒸笼等。它是一种传统的榨油方法：将油料放进炒锅用微火炒至微糊，把炒好的油料用畜力牵引的石磨磨成浆后，放到木质的蒸笼里蒸，温度达一百多摄氏度、满屋蒸汽升腾时，凭人力拉动油梁挤压，清澈透明的油便顺着出油口汩汩而出。"百年老油坊"距今约一百五十年历史，是从互助土族自治县台子乡搬迁到西部土族民俗文化村的。看过土族姑娘小伙儿们的演出，吃过很有特色的晚餐之后，大家又围着篝火跳起了舞，天气有了些凉意，我坐在舞场旁边的椅子上，看着那堆篝火渐渐燃尽，由黄色，变成红色……

## 2007年8月9日

早晨6点，宾馆叫早的电话铃声响了。

由于今天举行"青海湖诗歌宣言"的签名仪式，青海电视台要直播实况，会议通知大家一定不能迟到，因此起床很早。上车之后大家还都有些倦意，大都沉沉地睡去。

接近青海湖的时候，大家都醒了。面前就是传说中的青海湖，大得让人兴奋，蓝得让人兴奋，宽得让人兴奋。真的是湖天一色，草原、油菜花、湖面，绿色蓝色黄色交融一片，车上的朋友们有的忍不住站了起来朝外看。

后来我查了一下"中国夏都旅游网"的资料："青海湖，是我国第一大内陆湖泊，也是我国最大的咸水湖。它浩瀚缥缈，波澜壮阔，是大自然赐予青海高原的一面巨大的宝镜。

青海湖古代称为'西海'，又称'鲜水'或'鲜海'。藏语叫做'错温波'，意思是'青色的湖'；蒙古语称它为'库库诺尔'，即'蓝色的海洋'。由于青海湖一带早先属于卑禾族的牧地，所以又叫'卑禾羌海'，汉代也有人称它为'仙海'。从北魏起才更名为'青海'。

青海湖面积达4456平方公里，环湖周长360多公里，比著名的太湖大一倍还要多。湖面东西长，南北窄，略呈椭圆形。乍看上去，像一片肥大的白杨树叶。青海湖水平均深约19米多，最大水深为28米，蓄水量达1050亿立方米，湖面海拔为3260米，比两个东岳泰山还要高。由于这里地势高，气候十分凉爽。即使是烈日炎炎的盛夏，日平均气温也只有15℃左右，是避暑消夏的胜地。

青海湖地处青海高原的东北部，这里地域辽阔，草原广袤，河流众多，水草丰美，环境幽静。湖的四周被四座巍巍高山所环抱：北面是崇宏壮丽的大通山，东面是巍峨雄伟的日月山，南面是逶迤绵绵的青海南山，西面是峥嵘嵯峨的橡皮山。这四座大山海拔都在3600米至5000米之间。举目环顾，犹如四幅高高的天然屏障，将青海湖紧紧环抱其中。从山下到湖畔，则是广袤平坦、苍茫无际的千里草原，而烟波浩渺、碧波连天的青海湖，就像是一盏巨大的翡翠玉盘平嵌在高山、草原之间，构成了一幅山、湖、草原相映成趣的壮美风光和绮丽景色。

青海湖的不同的季节里，景色迥然不同。夏秋季节，当四周巍巍的群山和西岸辽阔的草原披上绿装的时候，青海湖畔山清水秀，天高气爽，景色十分绮丽。辽阔起伏的千里草原就像是铺上一层厚厚的绿色的绒毯，那五彩缤纷的野花，把绿色的绒毯点缀得如锦似缎，数不尽的牛羊和膘肥体壮的骢马犹如五彩斑驳的珍珠洒满草原；湖畔大片整齐如画的农田麦浪翻滚，菜花泛金，芳香四溢；碧波万顷，水天一色的青海湖，好似一泓玻璃琼浆在轻轻荡漾。而寒冷的冬季，当寒流到来的时候，四周群山和草原变得一片枯黄，有时还要披上一层厚厚的银装。每年11月份，青海湖便开始结冰，浩瀚碧澄的湖面，冰封玉砌，银装素裹，就像一面巨大的宝镜，在阳光下熠熠闪亮，终日放射着夺目的光辉。青海湖中的海心山和鸟岛都是游览胜地。"只可惜时间很紧，不可能再去鸟岛了。

由于车到得比较早，签字之前的交响音乐会还没有开始，大家平时分散在七八台车上，除了吃饭开会时间难得聚在一起，但在青海湖边上都聚齐了，而且青海湖的景致又格外诱人，这个时间就又变成了合影的时间。和谢冕、杨牧、梁平、李松涛、莫非、张新泉、靳晓静、陆健等几位合了影，在青海湖边照的照片最多，还拍了一些风光照留存。

青海湖畔的交响音乐会在俄国著名作曲家肖斯塔科维奇

的《节日序曲》中开始。肖斯塔科维奇是一个饱受磨难的音乐家，他在苏联生活了六十八年，他是这个国家特定环境下的产物。当他从一个激情的年轻人变成了一个沉默寡言的老人，他的音乐也经历了类似的变化。在他的一生中有过昂扬、阳光的时刻，更多的是苦闷、绝望和危难，向人们展示了一个处于复杂矛盾的双重心理状态下的人物的内心。他之所以说他的"大多数交响乐都是墓碑"是由于："我们的人民死得太多了，他们被埋葬在谁也不知道的地方，我很愿意为每一个牺牲者写一部作品，但这是不可能的，这就是为什么我要把自己的音乐奉献给他们所有人的缘故。"肖斯塔科维奇特别欣赏《哈姆雷特》中的一句话："你愿意叫我什么，就叫我什么，尽管你可以使我烦恼，但你永远利用不了我。"或许正因为这样，肖斯塔科维奇才经受住了生活的磨难，成为本世纪音乐史上伟大的悲剧性人物。《节日序曲》是他的作品中较为明朗的一首。肖斯塔科维奇的大多数音乐是一种无法逃避的情感，我不知道人世间有多少苦难，但他的音乐似乎包含着所有的压抑、绝望、蹂躏和孤独，当然也有抗争，或许我们可以说那是为了正义、理想、未来而发出的音响，那种骨子里的孤傲、智慧、勇气、自信、高贵等等品质被压制，我的手，我的脚，我的耳膜，我的大脑、血液，每一个毛孔都为之震撼，不由自主地被卷进一个巨大的磁场，他的乐章不是抒情，也不是描绘，是讲述，仅仅是讲述，就让人感受了生命的壮观和灵魂的悲怆。

在那种沉厚而庄严的氛围中，青海省副省长、著名诗人吉狄马加先生宣读了《青海湖诗歌宣言》：

青海是人类诗和歌的最早摇篮之一，在长江、黄河和澜沧江的发源地，在苍茫的雪域高原，诗的圣灵之光，召唤我们来自中国和世界各国的诗人，会聚于中国美丽的青海湖畔，在这里见证一个事实，那就是以诗人的良知和诗歌的神圣，庄严发布青海湖诗歌宣言。

首先，我们确信，自远古至今，人类最伟大的精神创造就是拥有了诗歌。诗歌诞生于古代先民中的智者同神灵的对话和与自我的交流，因而诗歌是人类走出混沌世界的火把。诗歌是人类话语领域最古老的艺术形式，因而也是最具有生命力和感染力的艺术。无论过去还是现在，诗歌都是不可或缺的。它是滋润生命的雨露和照耀人性的光芒，只有它能用纯粹的语言，把一切所及之物升华为美。诗歌站在人类精神世界的前沿并且永远与人类精神生活中一切永恒的主题紧密相连。

回顾刚刚过去的一百年，人类为自己创造了太多的光荣，也酿制了太多的屈辱；经受了沉重的痛苦和灾难，也激发了一次又一次的历史变革和思想奋进！工具理性的飞速发展，充分开发了人类潜在的智能，把科学技术和物质文明推向了前所未有的高峰，人类在开发生存环境和开发自我的过程中，获得了前所未有的自由，同时我们的精神世界也变得浮躁和窒息，机器与技术的过分依赖，正在使我们的生命丧失主体性和原创力。既然诗歌是民族文化的精粹和人类智慧的结晶，诗就应该是人类良知的眼睛，为此我们只有共同携起手来，弘扬诗歌精神，才能营造出人类精神家园的幸福与和谐。

世界各国的诗人，虽然有着不同的宗教信仰和文化背景，却有一颗同样圣洁的诗心。现在，我们站在离太阳最近的地方，向全世界的诗人们呼唤：在当今全球语境下，我们将致力于恢复自然伦理的完整性，我们将致力于达成文化的沟通和理解，我们将致力于维护对生活的希望和信念，我们将致力于推进人类之间的关爱和尊重，我们将致力于创建语言的纯洁和崇高。我们将以诗的名义反对暴力和战争，扼制灾难和死亡，缔造人类多样化的和谐共存，从而维护人的尊严。我们将致力于构建人与自然、人与社会、人与文化、人与人之间的诗意和谐。这无疑是诗的责任，同样也是诗的使命。

我们永远也不会停止对诗歌女神的呼唤，我们在这里，面对圣洁的青海湖承诺：我们将以诗的名义，把敬畏还给自然，把自由还给生命，把尊严还给文明，把爱与美还给世界，让诗歌重返人类生活！

二〇〇七年八月九日

之后，二百多位诗人依次在长卷上签上了自己的名字，完成了本届"青海湖国际诗歌节"最重要的一项内容。

交响音乐会和签名活动进行了将近两个小时，青海湖高原的阳光明亮而尖锐，本来大会发了遮阳帽，但我平日里不爱戴帽子，也就没有带来。但还是穿了一件长袖T恤，以防青海湖强烈的紫外线。我旁边的梁平显然有高原上躲避阳光的经验，他斜戴着帽子，还穿了一件外衣，完全把阳光挡住了。青海湖的气温也很有意思，阳光直射时，能有35℃以上，而云层把阳光遮住时，最多也就是十几度。当时我没有感觉到什么，但三个小时以后，就觉得脸部、脖子、胳膊上裸露的皮肤先是刺痛，然后便火辣辣的。我本来皮肤较白，在卫生间一照镜子，竟然成了通红的颜色。当地的朋友对我说，这是被紫外线灼伤了。之后的几天里，皮肤由红变黑，一层一层地蜕皮，回到石家庄后见到我的朋友们都笑了："不愧是从高原回来的，整个变了一个颜色。"

青海湖虽然海拔3260米，比昨天到过的拉脊山海拔还低，但那天极其热，几个诗人都感到有些憋闷，我反应稍明显些，吃饭的时候，潘洗尘买来了红景天（一种药用植物，能提高含氧量），冲了一大杯喝下去，感觉好多了。冯晏、孙玉石先生、叶廷芳先生也各泡了一杯。恰好一直有青海医院的车跟着，吸氧很方便，吸了半个小时的氧气，感觉很有精神了。

午餐后，乘车去塔尔寺，一路上大家都在唱歌，肯定是《青藏高原》《美丽的草原我的家》等等。杨小滨唱起了意大利歌剧选段，很有些专业水准。

塔尔寺，藏语称"衮本贤巴林"，意为"十万佛像弥勒洲"。位于青海省湟中县鲁沙尔镇南的莲花山，距西宁市二十六公里。塔尔寺是宗喀巴大师罗桑扎巴（1357～1419）的诞生地。宗喀巴大师早年学经于夏琼寺，十六岁去西藏深造，改革西藏佛教，创立格鲁派（黄教），成为一代宗师。据导游介绍，他是达赖和班禅两位大师的老师。传说他诞生以后，从剪脐带滴血的地方长出一株白旃檀树，树上十万片叶子，每片上自然显现出一尊狮子吼佛像（释迦牟尼身像的一种），"衮本"（十万身像）的名称即源于此。宗喀巴去西藏六年后，为习佛学决意不返，给母亲和姐姐各捎去自画像和狮子吼佛像一幅，并写信说："若能在我出生的地点用十万狮子吼佛像和菩提树（指宗喀巴出生处的那株白旃檀树）为胎藏修建一座佛塔，就如与我见面一样。"第二年，宗喀巴母亲在信徒们的支持下建塔，取名"莲聚塔"。此后一百八十年中，此塔虽多次改建维修，但一直未形成寺院。明嘉靖三十九年（1560），仁钦宗哲坚赞于塔侧倡建静房一座修禅。十七年后的万历五年（1577），复于塔之南侧建造弥勒殿。至此，塔尔寺初具规模。因此塔尔寺被称为"先有塔，后有寺"。万历十年（1582）第三世达赖喇嘛索南嘉措第二次来青海，翌年春，由当地申中昂索从措卡请至塔尔寺。三世达赖向仁钦宗哲坚赞及当地申中、西纳、祁家、龙本、米纳等藏族部落昂索指示扩建塔尔寺，赐赠供奉佛像，并进行各种建寺仪式。从此，塔尔寺发展很快，先后建成达赖行宫、三世达赖灵塔殿、九间殿、依怙殿、释迦殿等。经四世达赖指示，万历四十年（1612）正月，正式建立显宗学院，讲经开法，标志着塔尔寺成为格鲁派的正规寺院。

由于塔尔寺是宗喀巴大师的降生地，成为信徒们向往的圣地。历史上多位达赖喇嘛和班禅大师均在这里驻锡过。清康熙以来，朝廷向塔尔寺多次赐赠，有匾额、法器、佛像、经卷、佛塔等。该寺的阿嘉、赛赤、拉科、色多、香萨、西纳、却西等活佛，清时被封为呼图克图或诺们汗。其中，阿嘉、赛赤、拉科为驻京呼图克图，有的还当过北京雍和宫和山西五台山的掌印喇嘛。正是因为这些特殊原因，塔尔寺迅速发展，规模越来越大，成为藏传佛教格鲁派蜚声国内外的六大寺院之一。

现存塔尔寺总建筑九千三百余间，占地六百余亩，殿堂二十五座，主要为大金瓦殿、大经堂、九间殿、小金瓦殿、花寺、大拉让、弥勒佛殿、释迦佛殿、依怙殿等。最盛时有僧侣三千六百多人，新中国成立初期尚有1983人。由于历史积累，该寺文物极为丰富，富丽堂皇的建筑、琳琅满目的法器、千姿百态的佛像和浩瀚的文献藏书，使寺院成为一座艺术的宝库。特别是该寺的绘画、堆绣、酥油花，被称为"艺术三绝"。寺中设有显宗、密宗、时轮、医明四大学院，研习佛学和藏族语言、文字、天文、历算、医药、舞蹈、雕塑、绘画、建筑等各方面的知识，并于清道光七年（1827），创建该寺印经院，所印藏文经典及各种著述，广泛流传藏区各地。该寺于每年农历正月、四月、六月、九月分别举行四次全寺性的大型法会，当地群众称之为"四大观经"。

从外表上看，塔尔寺并没有想象中的巍峨和金碧辉煌，但走进其中，你的内心会在平静中受到震撼和洗涤。那天下午下起了细雨，蒙蒙雨中走进大经堂，走进弥勒佛殿、释迦佛殿，我不禁双手合十，心中默念着所有美好的愿望，为我的亲人和我的朋友祈祷。如果纯洁，如果虔诚，你一定要来塔尔寺，那其中，有那么多的神秘、神灵、神性和神圣。

雨中的塔尔寺。我和张新泉边走边说着话。在寺院里空旷的台阶上，一个小喇嘛悠然地坐在那里发着短信。我看到了佛的广阔和宽容，没有惊动他，悄悄以他为背景拍了一些照片，圣地里的一切都那么圣洁。

回到青海宾馆，已经是下午6点了，还要赶到另一个宾馆用餐。有些累，不想去了。李琦打来电话："我们去吃面条好不好？"

打车到了水井巷。水井巷，这是我在西宁留下深刻印象的地方之一。水井巷真的是一条很深很深的巷子，位于西宁王府井百货对面、西大街商场的右侧、西门口南侧，因为在吃水很困难的时候挖出一口井，不仅水清味甘，而且水量充沛而得名，水井巷是现在西宁最繁华的集贸市场。一到西宁我就向宾馆的服务人员打听哪里有卖青海特色工艺品的地方，她们都告诉我要去水井巷。水井巷很深很深，里面的小店铺一个紧挨着一个，而且它不是专业市场，是一个综合性的购物市场。里面有卖水果的，有卖特色小吃的，有卖藏饰的，也有卖工艺品的。店面一个挨着一个，游人也一个挨着一个，听着各种口音的吆喝声，我觉得那是最具青海特色的地方。

下了出租车，我一眼就看到了一个装修得很有特点的面馆，我对李琦说："去那里吧。"李琦坚定地说："不行。"说着便走向路边一个简陋的店面："就去那里吃。"我犹豫地说："有点儿脏了吧？"李琦很坚持："你就是什么都太在意了，什么都太细密，太讲究。什么脏不脏，就到那里吃。"我笑了，原来吃面条还有这么多的道理，我说好吧，然后我们走进了那家小面馆。其实对于我们这些外地人来说，水井巷的风味小吃最有吸引力：羊肉串、羊杂碎、甜醅儿、酿皮儿、麦仁饭、麻食儿、拉条子、尕面片、凉粉儿、凉面叶、手抓羊肉、牛蹄筋、粉汤、熬饭……一样样色香味俱佳，让人眼馋。但李琦就认准了面条，而我又要故作绅士依从她，有什么办法。

果然，一坐下就看到了桌上的苍蝇，李琦说："哪里能没有苍蝇？"说着就让我看墙上贴着的面条的品种和价格。我说："那我就来一碗兰州拉面。"李琦说："那太普通了。烩面和羊杂面好吃。"我说："怎么？各来一碗？"李琦居然说："好吧，那就来三碗。高消费一把。"我对面馆的服务生说："我们两个，三碗面。"服务生笑着赶紧去准备。邻座的一个年轻人主动向我们介绍起来西宁面食的特点，而且，他猜出了我们是来参加诗歌节的。李琦眼力也不差，她问那年轻人："你是唱歌的吧？"年轻人回答："是，我是土族人，在旁边的歌舞厅唱歌。"因为我们昨天刚到过土族村寨，很高兴地和他聊了起来。年轻人对艺术，对民族风俗的保护都有自己的见解，而他旁边的藏族小伙子则总是微笑着听着我们聊天，自始至终一声不吭。李琦对我说："怎么样，有收获吧？"

三碗面端上来，我先把兰州拉面分给了李琦一半，真的好吃，起码比在石家庄吃的兰州拉面味道纯正。李琦一会儿吃这个碗里一口，一会儿吃那个碗里一口，说都好吃。引得我也吃开了另外两种面条。李琦得意地说："怎么样，这是不是这几天吃得最好吃的饭？"我笑了。吃过面条，李琦对我说："买单。"我问面馆的服务生，多少钱？服务生说："十块零五角。"我这里实在没有五角钱了，李琦不知道从哪里摸出来一枚硬币："我这里有，这顿面条我也算出钱了。"逗得面馆的服务生都乐了。

从面馆出来，我们在水井巷口问起了水果的价格，和内地基本相同，山竹十元一斤，桃子十元四斤。不是很贵的。然后就更是李琦的强项了，走进了卖藏饰和首饰的店铺，李琦看中了披肩、藏银的手镯、项链坠、手链等等，她一顿狂砍，价格下来了一半，然后对我说："买吧。"她买了一大袋子，我也买了一大袋子，满载而归。藏饰店的老板和老板娘很高兴，一再说："愿意和你们这样的人打交道。"知道他们挣了钱，也让我们又多了几分虚荣心。

第二天下午，我到西大街商场去买一个装东西用的包，我又刻意自己穿过了一次熙熙攘攘的水井巷，在那一刻，我突然觉得，我真的有些爱这里了。

## 2007年8月10日

今天是国际诗歌节的最后一天，上午去参观彩陶博物馆和藏医药文化博物馆。几天来大家都很熟悉了，在车上聊得很开心。青海柳湾彩陶博物馆位于青海乐都县高庙镇柳湾村，是目前我国最大的专题彩陶博物馆。展览面积为一千五百平方米。馆藏文物四万多件，彩陶近两万多件，反映了新石器时代至青铜时代青海地区空间繁荣的彩陶文化，其精美的造型、神奇的纹饰、庞大的规模在我国是无与伦比的，博物馆距省会西宁市还有七十八公里，高速公路，一路很好走的。本想在那里买一个陶罐带回去，但想到东西已经不少了，只好作罢。而且的确不好带，叶廷芳先生就买了一个，但开车不久就碰碎了，很可惜。刘向东买了一个稍小的，我跟他一起用纸袋子、报纸、塑料袋里里外外包了不下四五层，看来是没问题了。

中国藏医药文化博物馆最值得看的是载入吉尼斯世界纪录的长六百一十八米、宽二点五米的藏族唐卡巨作《中国藏族文化艺术彩绘大观》，它将中国藏医药文化博物馆展厅的墙壁装饰得绚丽多彩。整个画卷气势恢弘，精美绝伦，令人叹为观止。《中国藏族文化艺术彩绘大观》长卷由当代藏族著名唐卡工艺美术大师宗者拉杰历时二十七年设计策划，由青海、西藏、甘肃、四川、云南五省区的四百余位藏、蒙、汉、土族顶尖工艺美术师耗时四年创作完成。藏族传统绘画技艺和金粉、玉石、珊瑚等珍宝颜料的使用使这幅画卷更具艺术价值。《中国藏族文化艺术彩绘大观》画卷以藏族历史和藏传佛教各教派源流为主线，表现了藏族人民对宇宙和地球的形成、人类的产生和社会变化以及对未来世界的认识。据导游介绍，如果完整地由讲解员讲解下来，需要三个小时，可惜我们的时间只有一个小时。那的确是巨作，应该好好看的。而且应该有一部书的，现在还没有。几位诗人想把它整个拍下来，可惜图像一般，只好放弃了。

下午会议没有安排什么事情，而且许多朋友已经陆续离开了，北京的叶延滨、韩作荣等已经走了，李秀珊等一批诗人去了敦煌，谢克强等七八位去了西藏，近一点儿的像兰州的娜夜等也返回了，会议冷寂了许多。

晚上在青海电视台举办诗歌节的高潮演出——"青海湖国际诗歌节音乐诗歌演唱会"，由中央电视台的张泽群和刘芳菲等主持，张泽群很适合主持这类节目，记得第三届鲁迅文学奖的颁奖演出就是他主持的，有深度也有风度。与去年在马鞍山举办的"首届中国诗歌节"的那台演出相比，一个抒情，一个激情，都给人印象深刻。一直到演出结束，大家还一再招手向主持人和演员们致谢。演出的最后一曲是《欢乐颂》，几天来，大家感受到了更多的激动、激情和欢乐。

## 2007年8月11日

西宁。青海湖。水井巷。11点27分，T152次列车就要离开这里了。梁平、曹有云等几位诗人发信息打电话要来送，我婉言谢绝了，我知道他们也要整理东西准备返程。10点15分到青海宾馆的大厅里等候送站的车，才知道与石英、人民文学出版社的王晓、洪烛、蓝蓝、杨小滨等同乘152次。上车后一直在与王晓、洪烛等聊天，看着他们喝啤酒。车过兰州，竟然觉得有些累了。

后来，我又参加了以后的几届"青海湖国际诗歌节"，并且写下了一首题为《在青海》的诗作：

在九月，我在同一个早晨，

见到了雪、阳光、雾和雨——这是青海。

在九月，我在同一个早晨，

见到了羊、牛、草和云，

见到了真正纯粹的人——这是青海。


青海有那么多的颜色，

可让人觉得，世界上其实只有一种颜色，

如果有一天，人找不到最终的归宿，那么你来青海。

如果有一天，植物再也找不到最初的种子，

——充满活性和爱的种子，那么你来青海。

我有足够的幸运，

知道了这个世界上，

依然还有真正的纯洁和圣洁，

有神灵、有神性，

有几乎能够想象的曼妙的一切。

也就是在那个九月，

我看到了因为爱和月亮而活着的女人——青海。

因为太阳和血性而活着的男人——青海。


苍穹老了，而青海年轻！


2007年8月7日～18日　西宁—石家庄

2017年9月16日再记

# 川北悲歌

**2008年9月，四川八日**

  这些天，我总在梳理自己四川之行复杂、压抑的内心经历，我一直想拉开一段距离再描写令我刻骨铭心的这一百八十多个小时，那些天，除了由于航班的原因我早到成都的那两天，有时间与朋友一起在宽巷子窄巷子、锦里、杜甫草堂感受了一些温馨和轻松，剩下的一些白天和黑夜里，都是在阴云、雷声、暴雨、泥泞中度过的。据当地气象部门报道，那些天成都地区的雷电有两万多次，一直到我们离开成都，都是暴雨或者阴雨天气，成都的朋友说，这样的天气这么多年了他们也没有见到过。在这样的天气中我和我的同伴们走过了彭州、汉旺、德阳、都江堰、绵阳、绵竹、江油、广汉、安县、擂鼓镇，直到最后冒险进入北川。这些地名曾经在我的视野里频繁出现，但又都是很远很远的惦记和牵挂，现在，这种情感真的要变成亲近和贴近了。在四川的七天里，我看到了太多的悲惨和不幸，但一直没有掉泪，而在2008年9月26日，当我们的泪水和雨水一起落在北川中学的废墟里时，一直闷在心里的那种难以名状的情绪才得以宣泄。2008年9月27日下午18时，当返程的川航3U8815次航班呼啸着穿过厚厚的云层，突然见到了明媚灿烂的阳光，我对邻座的一位在成都上学的石家庄女孩儿说："太阳真好！"女孩儿回答："是啊，多少天见不到了，真漂亮。"真的，长这么大，那时我才真正从内心意识到，阳光对于我们是多么的亲爱和幸福。

　　中国作协组织的"中国作家'重建美好新家园'采访、捐建育才图书室活动"是从9月21日开始的，至27日结束，采访团由中国作协名誉副主席张锲担任团长，辽宁省作协主席刘兆林，四川省作协党组书记吕汝伦和中国作协创联部副主任夏申江为副团长，采访团成员包括赵玫、曾哲、袁敏、郁葱、张品成、胡玥、张宏杰、邰筐、张伟建、"80后"作家马小淘等作家以及中华文学基金会的工作人员，9月21日，我和同伴们在成都新华大道的"福德酒店"集合，之后便走过彭州、都江堰、德阳、绵阳等灾区，采访、赠送图书、电脑，讲课。我们的这次采访没有创作任务，而且说实在话，我也并不想马上动笔，我的性格中，有更多的沉潜和内在的成分，因此一直没有从看到的情形中和阴影中走出来，我想沉淀一些时日，可能会有一些能够表达我内心的思路的文字。回到石家庄狂睡了一天后，就是国庆长假了，没有去单位，也没有上街，自己静静地在书房里坐着，有时打开电脑，无目的地点几下鼠标。孩子对我说："爸爸这次回来，不会笑了，也不见您写什么。"在那个时候我突然意识到，是该写些什么，哪怕还没有想好，即使没有想好用什么语言和结构写，即使我第一次为一篇文章如何开头而冥思苦想，也一定要先表达出来，不然总是闷着，那样会持续地使自己处于一种不好的状态。

## 2008年9月20日，成都。几个我忘不掉的故事

由于航班的原因，我20日就到了成都，比活动报到时间早到两天，《星星》编辑部的朋友知道我的性格，什么事情都太在意，靳晓静对我说："趁着还有一天时间，到外面走走，以后的几天，估计你就剩下沉重了。"我也有一个习惯：到了一个陌生的城市，一定要出去先把这个城市看个大概，于是在那一天，我和朋友一起到了成都的宽巷子窄巷子、锦里、杜甫草堂。我对宽巷子窄巷子典型的川西建筑风格和成都人松弛的生活氛围感觉很是新鲜，我喜欢这里的原因在于那里显露出来的典雅、奢华和朴素交织的情致。我对靳晓静说："太神奇了，我不知道自己到了哪里。"成都历经百年沧桑，居然能保留下宽巷子窄巷子，实在让人觉得幸运和欣然。晚上，我们到一个叫做"花间"的花草繁茂的院落里喝茶用餐，因为想起了后蜀人赵崇祚编辑的中国文学史上的第一部词集《花间集》，所以很喜欢这个宁静的所在。由于我们这次是来采访地震重建，我总是想问朋友有关地震的一些事情，晓静刻意引开话题："其实你看成都的人们心理恢复得还是很快的，地震那几天，像是世界末日，人们站在街上茫然不知所

措，但很快就镇静下来，成都又成了'风情成都''声色成都'。在这里生活很惬意的，不要说那些有钱人有闲人，就是那些每个月几百元的下岗女工，也能生活得优哉游哉。她可以用五元钱泡壶茶，还有麻将可打，一天也就过去了。"晓静说："地震之前，我还想到过要离开成都，但地震之后，我就再也不会离开这个城市了。"我说："是啊，无论曾经有着怎样的生活，无论人们经历过什么，但看不到这里有更多的忧愁，依旧那么舒适那么松弛，而且在这里每个人都好像很熟悉，互相打着招呼，亲亲热热的，多好。"我问晓静："是不是经过这场灾难，人们更在意地生活了？"她想了想说："是，本来成都人就比较讲究闲适，而且有这样可以闲适的所在，现在可能更放得开了。像你说的，'好好生活，好好爱'。"我问："能很快忘掉一场灾难吗？"晓静说："忘不掉，我现在就为几个人做着心理调适，还要生活啊，其实我内心也有'结'的，很深的。"

旁边桌上的人在闲适地喝茶、聊天、打扑克，晓静对我说，真不想让你先沉闷起来，有的事情对我们说来过于惨烈。我点了点头，我知道她会继续讲下去。晓静点好了菜，服务的"妹儿"又给我们点上了红蜡烛，晓静对我说："北川一定最后去。"我说，你就说吧，我不至于从现在就垮掉。晓静对我说："这次地震，北川的五十六位诗人，只有一位侥幸逃了出来，其他的，全都遇难了。"我心里一惊，我的确是第一次听到这个消息。她接着说："当时，他们正好在开一个诗歌研讨会，一位诗友出去办事，回来后，那个会场全都平了，山体滑坡，山上的石头压了下来，完全没有生还的机会。一位诗友的妻子一直在那片废墟前坐了好几天，凄惨至极。"

怎么会忘掉呢？我想起了我刚才问到的弱智的问题。靳晓静是一个极其淡然的人，她在《星星》担任副主编，但在诗歌界、在编辑部，功利、是非都与她毫无关系，但晓静对我说，这次编辑抗震的诗歌书籍，因为技术的原因把自己的名字漏掉了，她忍不住了，找到了编辑部的主编、我的好朋友梁平去谈，而且哭出了声。晓静说那个名字是我的良心啊，以后别人问起来，我为什么不在场，我去干什么了？我怎么对得起我自己？

菜没有动，我知道靳晓静为什么依然这么激动，我也想到了当时我们《诗选刊》杂志社十天之内编辑出版《震撼2008——河北省百名诗人抗震诗抄》时的情形，那时内心的感受就是一定要先做一件对得起灾区的事情，也是对自己做不了其他的事而感到内疚的一种释放，一种难以掩饰的情绪释放。还有，就是那几天写的日记。我一直忘不了我5月15日写的《大爱》中的文字：

很久没有写过这样内容的日记了，下午，突然不可遏止地想记录下这一天的感受。编辑部几台电脑，这几天除了完成正常的编辑事务外，几乎都固定在汶川地震的页面上。这两天，接到了很多信息也发了很多信息，脑海里总是在浮现着四川、重庆诗友们的名字，惦记他们和他们的家人。今天上午，在槐北路192号我们的编辑部，到省作协捐过款后，我和李寒等同事们谈起我经历的邢台地震和唐山地震，谈起了那时候在灾区的感受，许多记忆突然变得清晰起来，这使我相信，一种经历会让你重新记起那些似乎已经忘却，但却在不经意中融进了骨子里的真实的往事。

早晨上班的时候路过河北省博物馆广场，那时是8点20分，献血屋还没开门，但门外已经排起了长队。中午再次路过那里，广场上多了两台采血车，依然是长长的献血队伍，那里面有年轻人，也有中年人，有男人，也有女人……

在我经过的和平路的两侧，许多条幅上面写着："我们都是汶川人。"我觉得，苦难，竟真的会净化人们的灵魂，使人们比平日有更多的良善和成熟。

让我们再道一声祝福，祝福那位老人和他走过的灾难的土地——那些孩子、那些母亲、那些仍然在凄惨中挣扎的人们。那些应该长高的树，再长起来，那些应该绿的草，都好好地绿着。愿那些生命再顽强些——那面墙是你们的依靠，许许多多离你们很近的人，是你们的依靠，许许多多离你们很远的人，也同样是你们的依靠。

汶川之痛，痛生命若羽。祈福所有活着的，哪怕一只飘萤。

——在我们感觉到落日的时候，命运也成为落日，在光与夜的边缘，默默走行。然而明天，明天的早晨，汶川——那里的人们内心的光，还会重新升起来。

默默地祝福，祝福所有的生命：好好生活，好好爱！

这最后一句话，后来被印在了《人民文学》2008年第9期的封三上，成了在诗友们中间一再重复的诗句。

坦率地说，无论这些文字感人与否，当时起码我自己是被感动了的，而现在面对朋友讲给我的故事，我还是感到了这些文字的空泛。地震发生时，我收到的第一个信息就来自四川："老师，你们那里有危险吗？我们这里地震了，好吓人。"我注意了一下时间，是2008年5月12日14点42分。

晓静也没有吃什么东西，接着讲了另外两个情节相似的故事：在都汶公路的旁边，有一些休闲避暑的"农家乐"，当天那里的二十几个家庭旅馆里都住满了游客，一位经营"农家乐"的老人带着他的孙女去"赶场"，当他再回到这里时，只见到了一片废墟。晓静说，另外一个惨剧发生在你们将要去的彭州的谢家店，也是一个"农家乐"，估计有十八家吧，还有一家刚刚兴建好，主人当天请客，地震时，岩石和泥沙压下来四十米，堆成一座小山，把其中的人全部掩埋。其中有"农家乐"的经营者，有游客，还有新建的"农家乐"的店主人请去的村民，具体人数无法统计。

我知道，一定会有许多这样的故事，它们甚至就像是同一个故事，都那么悲凄和惨烈。

晓静说："苍天无眼，但苍天也有眼，苍天无情，但苍天也有情。青城后山是成都的后花园，在两座山之间，地震后两座山'包了饺子'，合拢在一起了。那里有许多公寓和老人们租住的避暑的房子，如果地震晚两个月，人们大多在那里避暑，后果不堪设想。"

在这个悠闲的所在，实在是悠闲不起来了。饭菜都没有怎么动，服务生只是一遍一遍地为我们添茶水。晚上回到宾馆，又失眠了。我的生活太有规律，这样也不好，适应能力差，到了一个生疏的地方就要吃安定睡觉，但还不想睡，打开窗子看着下面的新华大道，看着外面璀璨的灯火，无边无际。

## 2008年9月21日，成都。雷声和雨声

晚上，所有的采访团人员都到齐了，四川省作协的领导来与我们见面，见到了我的老朋友梁平等当地的诗人。后来我回忆，我们的这次采访有几个特点，一是大家照照片很多，但笑着照的很少；再就是无论走到哪里，吃饭的时候大家很沉默，没有平时的欢声笑语，而且不沾一滴酒。大家很快就都熟

悉了，吃过饭后，梁平约我和赵玫、中国作协创联部的范党辉、《文艺报》的武翩翩和"80后"小才女马小淘到一楼的咖啡厅聊天，大家说了不少的话。

回到房间11点了，外面响起了雷声。下雨在成都是很正常的事，靳晓静告诉我今年可能是由于地震的原因，总是晴天丽日的，往年这个季节几乎总是阴天，一旦有一个晴天，好像全城的人们都会出门，人们见到太阳很开心的。但怎么我们也没有想到，就是从这一声雷开始，暴雨便伴随了我们整整六天，也让我们亲眼见证了四川的第二次灾害，让我们有了一次在泥石流中冒死进北川的经历。

据当地报纸《成都晚报》后来报道，四川省气象台暴雨橙色预警："今日秋分（22日），成都等八市有暴雨。昨日天气闷热，成都市区最高气温达到30.6℃，今日23时44分是农历二十四节气的秋分。四川省气象台昨日16时发布重要天气消息，从昨晚到今晚，盆地西部有一次较明显的雷雨天气过程，其中，广元、绵阳、德阳、成都、遂宁、乐山、眉山七市和雅安市北部的部分地方有暴雨。阿坝州和甘孜州北部地方有雷雨，局部地方有大雨。今晚之前，成都市还有一次明显的强降雨天气过程，发生雷暴的可能性仍然较大，气温将明显下降。气象专家提醒各地预防暴雨、雷电带来的危害，特别是地震灾区，要高度关注滑坡、泥石流和局地山洪带来的危害。"

我住在十五楼，雷声就好像响在窗外。楼层的服务员也一夜没有敢睡觉，她们猜测一定是要地震了，因为实际上四川地区的地震警报直到现在也没有解除。

雨一直在下，第二天，我们要赶往彭州。

## 2008年9月22日，彭州。最初的废墟和木板房里的何玉杉

早晨8点，雨中。我和同伴们乘车奔赴彭州。

坦率地说，过去我是不知道彭州这个地方的。我查了查资料：彭州市位于四川省会成都西北部，距成都市区25公里，是成都市所辖的一个县级市。人口78万，面积1420平方公里，是成都市人口第三、面积第二的小康市。在东经103°10'～103°40'、北纬30°54'～31°26'之间，属神秘的北纬30°地区。地处成都平原与龙门山过渡地带，山、丘、坝俱全，形成了"六山、一水、三分坝"的自然格局。4814米～489米的巨大海拔高差，地貌的多样性，四川盆地亚热带温润气候温和湿润、雨量充沛、四季分明、无霜期长的特点，决定了彭州拥有丰富的生物资源、矿藏资源和旅游资源。彭州是古蜀国建都立业的核心地区，自秦汉以来，建县设郡达两千多年，有着悠久的历史文明，素有"天府金盆""蜀汉名区"的美誉。

我们的车队驶过彭州人民医院，医院的大门上挂着一条横幅：永远铭记，永远感激。

在成都听朋友们介绍了地震的一些情形后，我觉得这次四川地震有两个特点：农村比城市震得厉害，靠近山脉的地方比平原震得厉害。在去往彭州的路上，我见到了第一片废墟和第

一所简易木板房。彭州市文联的管主席向我们讲述：地震时大地除了左右晃动，还在不停地上下摇动，上上下下，此起彼伏。回忆起12日的地震，他至今仍心有余悸，连称："太可怕了，太可怕了！"他说，14点30分地震来时，大地一直剧烈摇动，"就像一辆巨大的汽车撞击了楼房，晃动的角度大约有30°。"

我看到了一位彭州的朋友对当时地震情形的记述："彭州晚上是全城漆黑，完全就成了一座孤岛，除了广场和路灯，因为没人敢住家里了。新街有一半的建筑倒塌，几乎所有楼房都成了危楼。偶尔看见行色匆匆的人们总是食品不离身。老街我不敢去看，据说成片的房屋倒塌，我远远地从公路上看了一下，心里就已经很受不了了。盘龙谷成都地区最大的瀑布群也在这里，这里的三大队和四大队据说伤亡惨重，由于路断的原因，与外界失去了联系。前面来了辆送水的车，平日人声鼎沸的小鱼洞此时也不过寥寥数十人。路边有很多伤员，等待救助。在一座倒塌的建筑旁，我们看见了一个棺材，据说里边葬了两个人，婆孙两人。婆婆为了保护孙子，紧抱着孙子，但是两人都同时被断墙埋压。"

他接着说："我遇见了一位年轻的兄弟，他是基层的乡镇干部，我很佩服这些还在抢险第一线的干部，他说上午进山的时候，要带着食物和简单的医疗物资，进去检查设备和安抚群众。领导给他下的命令是'爬也要给老子爬进去！'这位兄弟还说：'那时候县城发现的情况也比我想象的要糟，电视塔成了危楼，红色警戒线的最上端我看到了折断的电视塔顶部

（大约七至九米），倒立下来摇摇欲坠，市区部分建筑外墙坍塌，死伤暂时无法统计，反正很多。'他的家也在县城，他说家里的墙面多处开裂，所幸的是没有坍塌，家里无人伤亡。他接着说：'当时我们领了任务走到新兴镇的时候，已经看到废墟了，天完全黑下来了，偶尔看见路中的一些断砖。刚刚逃出来的一位小伙子突然在路边呕吐，我下车问他怎么回事，他说是今天看了很多血腥的场面加之疲劳，很恶心很难受，我们让他上了车，没走多远，他又示意我们停车，又下车去吐，我在雨中帮他捶背，感觉沉重得不能再沉重了。'"

新兴镇，这个名字几天后我们又见到了，据《华西都市报》报道："从前日（24日）凌晨起，持续暴雨导致彭州新兴镇狮山大桥发生泥石流险情，前晚泻流量更大，大桥被1米多深的泥浆冲淹，山里近千人进出的唯一通道被完全封死，一时被困在山中。昨日中午，经过大型机器努力，倾泻泥浆被推开，被困居民终于从山里走了出来。昨日中午，新兴镇仍大雨滂沱，白水河几成'浑水河'，水流比平常更为湍急。在狮山大桥桥头抬头望去，上面有一个巨大的扇形倾泻体，前日凌晨发生的泥石流带走了山腰大部分泥土和碎石，在山下形成堆积。山上仍有小股的泥浆往下流淌，桥头边的两户人家房屋都被泥石流冲损。当地人说，狮山大桥是狮山村和思文村进出山的唯一通道，光狮山村就有约一千人。泥石流将桥完全淹没，使得居民进出被完全堵死。"我不知道这第二次灾难为什么要来得这么快，他们刚刚从地震中抢出来的仅有的一点儿用品，又在一瞬间化为乌有。这一次，他们真的变成一无所有了。我原来对山体滑坡和泥石流带来的灾难没有直接的感受，这次看到了之后才明白，它们甚至不亚于地震本身带来的灾难。

我对彭州的尊重在于：在地震中，彭州学校的教学楼无一倒塌。白鹿镇学校的两座教学楼都在地震带上，地震时其中的一座教学楼被抬高了两米，但两座教学楼都依然没有垮塌。写到这里，我便再一次想到以后我要写到的北川中学的那些年轻的生命，那些瞬间消失的年轻的生命啊。我在四川的那几天，正赶上一个其他的事件的发生，媒体把目光从地下移到了天上。当时我就想，我们对这次地震的反思远远不够，许多东西是永远不能忘记的，比如生命。

让我们感到震撼的是被折成了几段的小鱼洞大桥，小鱼洞大桥是龙门山镇、小鱼洞镇近三万老百姓和数十万游客进出龙门山风景名胜区的必经之路。大桥于1998年开工修建，1999年竣工通车。桥总长187米，主桥主跨40米，宽12米，共4孔，属钢架拱桥。"'5·12'汶川大地震"袭来时，彭州小鱼洞大桥中间部分轰然塌裂，形成一个"W"形，将地震波传递的过程瞬间定格。导致小鱼洞大桥完全不能通行。目前，彭州市有关部门正在修建《地震遗址公园》，定格地震波，供人们参观。桥头矗立起了一座特别的纪念碑：隔得很远，"5·12"三个蓝色的数字便撞进了眼帘，周身是肃穆而忧伤的蓝色，中间用白字写着"小鱼洞大桥遗址"。据随行的彭州建设局的人士讲："小鱼洞大桥两端还将搭建一道滑索，游客可通过滑索往返大桥两侧。大桥已成为了一处'景观'。这里也可能将是彭州地震遗址公园的起点。"地震后，不少人来到这里，伫立在断桥桥头，或缅怀或追忆……小鱼洞镇，地震前的一个工业小镇，有着成都最大的原生态瀑布群——蟠龙谷。"去年，每天都有许多游人和车辆从这座桥上经过。"建设局的同志站在桥头上说。在桥上朝蟠龙谷望去，那里云雾缭绕，一条巨大的白练从天而降，恍若仙境。

在彭州市新兴镇寿阳泉居民安置点，我拍下了几张灾民的没有倒塌的房子，那里墙上挂着金黄色的玉米，地上晾晒着刚刚打下来的稻谷，这基本上就是他们今年的全部收成了。他们还要在这里生活，繁衍，一辈一辈地生存下去。一位老人那铜色的身体，两位小伙子专心看着新建房的规划图，几个孩子望着我们的稚气而又有些迷蒙的眼神……这些照片完全是抢拍的，不是那些安排好了的作秀照片。旁边一眼清澈的山泉，几位大嫂舀起一碗碗泉水，坚持让我和胡玥、武翩翩喝，那水清凉甘甜，看着我们一口口地喝下去，她们开心地笑了。

丰泽区石洞埝社区，是我们到的第一所活动板房，石洞埝社区是按照城市生活模式建立的，除了一排排蓝色的板房，餐馆、便民店、浴室、厕所、警务室应有尽有。听说我们来了，村民都跑了出来，如同家中来了远亲般欣喜，端出来一个个板凳让大家坐，赵玫被一对夫妻塞给了一大包他们自种的花生，就分给了众人品尝。刘兆林、赵玫和我随便与这夫妻两个谈了起来，他们讲，政府已经尽力了，但自己还是有不少难处，看到他们居住的木板房内，几乎是一无所有，盖房子，没有财力，现在的红砖也由地震前的两角钱一块涨到四角多钱一块。不大的孩子也去山东打工了，在社区里临时居住不愁，可离自己原来的家很远，地也不方便种。冬天快来了，我们问他们怎么过冬，今后的生活来源怎么办时，他们的脸上一脸的茫然。赵玫说她很喜欢这家的那个女人，很高兴看到她诉说时的平静。山里的女人以她的坚忍和坚韧，将一切苦难化作了淡定与从容。

胡玥抱起了一位女村民的小娃娃，娃娃瞪大眼睛与她对视，把周围的人逗得笑声连连。孩子的妈妈说，地震的时候，她正在屋外边干活，六个月的小娃娃一个人在二楼的床上睡着，地震时他的左额角被砸破了。当大人冲上楼去抱他时，他没哭也没闹。我从胡玥手里接过他来，吻着他圆圆的脸蛋。他叫何玉杉，生于2007年11月24日。

## 2008年9月23日，都江堰。给孩子们讲的第一课。撕裂，撕裂

2008年9月23日早晨，在雨中我们驶向都江堰，在蒲阳中学举行图书和电脑的捐赠仪式时，天忽然掉下了大大的雨点。作家们在雨中向学生们倾诉着勉励与关怀，不少人都流下了动情的泪水。

张锲为蒲阳中学授牌。张锲对同学们说："我曾经来过都江堰，对这里青山绿水的美景印象深刻。得知大家在地震中

遭受了苦难，我们感到深深的心痛；当看到你们今天还热情地迎接了我们的到来，我们更加感动和感激。我们来这里捐建育才图书室，就是表达叔叔阿姨对大家的一片心意。相信你们会为这个国家增添骄傲。"在讲话过程中，张锲一度泣不成声。

当同学们为我们戴上红领巾的时候，我内心涌起了一阵神圣感。捐建仪式结束后，孩子们像潮水般地围住了我们，请作家叔叔阿姨为自己签名。很多学生获奖得的笔记本一直舍不得用，这次都拿出来让作家们写寄语。作家们被各自请到了不同的班级教室讲课，我到的是八年级八班，这个班共有五十多名学生。本来我想问一问，有哪位同学的亲人在这次地震中遇难了，但我还是忍住了，我实在不愿意再去碰他们心中的这个隐痛。我对孩子们说："我感谢你们灿烂的笑脸，这是我最为期待的。地震发生后，我写过一首诗，记得诗的最后一句是：愿所有的生命，都好好生活，好好爱。过去的几个月里，我们在内心里和你们一起经历了本不该你们这个年龄经历的惨痛、悲伤和不幸，但今天面对你们，我亲爱的孩子们，我依然要说，生活和爱，是人世间最为美好的诗歌和阳光。昨天我经过一所医院，医院的大门上挂着一条横幅，上面写着'永远铭记，永远感激！'我知道这是灾区人民发自内心的情感表达，但我也想说'永远感激'，感激我见到的灾区的每一个人，感谢你们，我的孩子们，感激你们面对灾难时超凡的、执著的生存力量、生命力量和精神力量。中国的诗人们欠缺这种力量。"接着我对孩子们谈起了写作和读书，我对他们说，也许你不一定去做一个作家，你可以做一个好医生、好老师、好职员，起码做一个好父亲好母亲，但你一定要读书，读许许多多的书，要读诗，因为诗是美好的，而你的一生，一定与美好有关；我对他们说，人可以不写诗，但一定要有诗性；我对他们谈了如何感受生活，如何学会表达自己的体验；我对他们说："孩子们，如果你们摆脱了这场苦难带给你们的伤痛而继续创造着今天我见到的美好，你们就是真正意义上的诗人！你们的行为里就包含着对逝去的和活着的所有生命的真正尊重。"我相信，这些孩子们已经上初中了，我应该对他们像对大人一样说话了。

老师和孩子们拿来了他们的书、课本、笔记本、甚至T恤衫，请我为他们签字。当时我想，即使是五十多个孩子，我也要尽可能为每个孩子写一句话而不仅仅是签一个名字。我尽量用快一些的速度写着，一直写到手指有些不听使唤了。为最后一个孩子留言后，我站起来，向他们深深地鞠躬，因为他们给了我一生难以忘怀的一次经历和感动——还有他们给我的三十八张写满了祝福语言的纸条，他们给了我一生中一笔珍贵的财富。一位名叫周燕的孩子写道："郁叔叔：您好！很高兴见到您，本来我以为身为一位大作家一定会很骄傲，难以相处，可今天我见到您之后，我从前想的全错了，您是如此的和蔼可亲，您让我超出了想象，一位诗人，能在我们这些小孩子面前说出您的心里话真的太不容易了，您在给我签名时，手都无力了，拿着笔手都在抖，当时我心中很感动，我们班有五十几位同学，您为我们一人写了一句话，我想您的手一定都酸了，我很想对您说，谢谢。但我还没说出口，您就对我说了一句'对不起'。谢谢，谢谢你们对我们的爱。八年级八班周艳，2008.9.23。"一位名叫唐小凤的同学写道："郁叔叔，谢谢你。有你们的爱，我们不会孤单，会更加努力！我也会成为一个诗人，并比你还要优秀，但我不会忘记，在困难时你们给了我们温暖，给了我们学习的机会。八八唐小凤。谢谢。"

离开八年级八班的时候，李洋同学执意要送给我一本书，我对他说，你读过了送给其他同学读，我那里有很多的书，但他含泪的目光告诉我一定要收下。这部书，现在就放在我办公室的书橱里。

我一定要在这里写下蒲阳中学八年级八班我能够记起来的同学们的名字：周艳、唐小凤、李洋、金莲、吴东路、达小桐、党雨千、易鑫、付雨佳、朱鑫、刘鑫、易银莹、夏佳、董静、唐青、尹翔、蒲玉珊、罗富、高宇、谢倩、黎鑫、罗鹏、肖雨、刘路、高洁、唐波、杨益威、罗飞、周宽、游唐海、费拢、杨雪、杨鑫宇、张林、郁葱——我是孩子们中的一员！

都江堰。我想起了2008年5月16日，灾难发生后，痛楚之中我曾写了《灾难中，永不言熄灭！》的日记，其中就提到了都江堰，我还是想把那篇日记记录在这里，因为那毕竟是我当时的所有感受：

2008年5月12日14时28分，汶川的上空在飘着云。在这之前我们不知道这个名字，我们有着各自的幸福、愁苦或者欢乐，我们有着自己平实的日子，那些日子的生命如菲薄之羽，那些日子落叶飞花般飘去。

四川的朋友们几次约我去那里，并告诉我一定去看一看都江堰，散漫之下几年都没有成行，但真的没有想到，会以这样的方式在电视上面对它。这次地震，我最早接到的信息就来自四川和北京。这几天一直在忙，今天上午我猛然想起来，再看那条来自四川的信息，发出的时间是14时42分。记得当时我用两部手机一直给那里的朋友拨着电话，一直到五十分钟之后，才与《星星》主编、我的朋友梁平通了话。他们当时都在街头，我会想象到，那时候整个城市的焦虑。

满目疮痍。许多人脸上，堆积了厚厚的尘垢，许多人拖着身躯，像一根踉跄的木桩。我们总是觉得灾难距离我们很远，当我们知道了汶川这个名字，大地的抖动，竟然不如我们心的抖动。那么多刚刚生长的叶子被折断，那么多富有质感的生命，被轻而易举地吹熄。

而我们的血还在流，灾难，也许会使我们变得至美至善。这几天朋友发来的信息，都是很温情的那种，他们告诉我：深深爱着生命爱着爱。那些话让人感到平静些、踏实些、安慰些。而我们的血还在流，在博物馆广场的献血车旁，我的一位朋友和他的女儿一起挽起胳膊，多少鲜红鲜红的血，就要注入到汶川啊。而我们的血还在流，在这个时候，许多不相识的眼睛不经意的对视，就闪烁着同样的牵挂。

昨晚一边看着电视直播，一边看着网页，孩子们也在身边，他们对我说，要去做志愿者。不知不觉，熬到了凌晨3点。上午到编辑部安排撤掉已经发排的稿子，换上了抗击灾难的诗篇。又接到几个编辑部的电话，约我马上创作这方面的诗歌，而且都是"特急"，最慢的，也要明天交稿。我平日里最不擅长即兴创作，但放下手边的所有事情，一头扎在电脑旁。好在这几天脑子里装得满满的，一摸键盘文字就流了出来。到中午1点的时候，给两家约稿的编辑部发去了稿件，其余的靠晚上熬夜了。不敢随意、不敢草率，那些文字我反复修订。同事给打来了午饭，匆匆吃了两口，嘴里发苦。

不是所有的人都能奔向汶川，但所有的心都在汶川，在那些孩子身旁，在那些老人身旁。这几天尽量不去想"孩子"这两个字，想起来那些照片和镜头让人心紧，让人颤抖，让人情绪不能自持。灾难。许多东西是我们不可预知的，但我们知道，有温度，才能延续我们的生命。而那些已经冰冷了的孩子们啊……总想心中的烛火会把汶川点亮，总想让那里的每一个生命，都与我们有同样的光明。

那位老人，将近70岁的老人，他并不高大的躯体支撑着汶川的天。他的语言、他的表情、他的神态，都成为人们心中永久的刻痕。他是一位诗人，这首诗他写得勃然大气，"圣人无常心，以百姓心为心。""大道废，有仁义；智慧出，有大伪；六亲不和，有孝慈；国家昏乱，有忠臣。"消息说他今天能够回到北京，但愿这位长者，能够稍微心安地睡上一晚。

我知道这不是诗句，但我不知道什么样的诗句，能够表达"灾难"和"温暖"这两个截然不同的词汇的内涵。我相信许多许多的人，会终生记住汶川这个名字，我相信人们会记住它的灾难和苦难，也会看到曙色带给它的早晨！

灾难中，汶川活着！而且，永不言熄灭！

天色渐暗，愿所有生命平静、平和、平安。


平静、平和、平安，这简单的期望，在许多时候也变得很奢侈。

我们到了满目疮痍的地震遗址，这些遗址都暂时停止了清理废墟，筹备建立都江堰地震纪念馆。腾达体育俱乐部遗迹位于都堰市蒲阳路171号，三层框架结构，部分坍塌，该处遗址已打围保护，由都江堰市文广新局临时守护，准备今后以地震遗迹为中心建一个小型广场。而位于都江堰市太平街中段的养路段家属楼是最让人潸然泪下的地方，那里的没有倒塌的楼群里的阳台上，还挂着晾晒的衣服，从窗子里能看到墙上挂着的照片，我的同伴们在废墟上看到了玩具、台灯、信封、粉碎的电脑等等，两幢被地震撕裂的楼房本来是一座，地震时被震波生生撕开了一个口子，成了两座歪斜的楼房。所有我们曾经认为是那么的坚固的钢筋水泥都被撕裂了。撕裂。撕裂。面对这一切我有些失语，我不知道里面那些生命现在在哪里，我不知道为什么会寂静得如此恐怖。我和同伴们站在一起，尽量靠得近一些，那样会在雨天里感受到温暖和依靠。而楼里面曾经的生命呢？我们多想听到哪怕是一丝微弱的声音，让我们冷了的心稍稍感到一些暖意。

被摧毁了的二王庙，位于岷江右岸的山坡上，这里是世界文化遗产、全国重点文物保护单位，国内最大一处纪念都江堰水利工程的修建者李冰父子的祀庙，建于公元494～498年，建筑群分布在都江堰渠首东岸，规模宏大，布局严谨，地极清幽，是庙宇和园林相结合的著名景区。占地约五万平方米，主建筑约一万平方米。二王庙分东、西两苑，东苑为园林区，西苑为殿宇区。全庙为木穿斗结构建筑，庙寺完全依靠自然地理环境，依山取势，在建筑风格上不强调中轴对称，上下重叠交错，宏伟秀丽，环境幽美。而经过多次重建的二王庙也已经垮塌，经过特别批准，我们参观了受灾严重的二王庙，后山门、前山门、大殿及整个二王庙正在进行抢救保护清理，满地的瓦砾和碎石、木框，让人惋惜。

2008年9月2日下午，国务院总理温家宝曾经再次来到都江堰市，视察了都江堰二王庙的灾后抢救保护修复工作。他在视察途中的一段话很精辟："二王庙、都江堰既是一种文相，又是文脉；既是物质文化遗产，又是非物质文化遗产；另外它也是科学遗产，具有重要价值，在恢复重建过程中不可忽视。文脉就是像人的血脉一样，我们一般称它作非物质文化遗产；文相是物质的，它是有具体的实物存在，都江堰既有这个物质的存在，也有这个血脉，这个文相、文脉就组成我们今天的文化。通过维护、重修、修复，还可以研究一些建筑史的问题，了解建筑的变化，对于建筑的抗震，有很大的启示意义。地震后表现出很多老建筑比我们现在的建筑稳定性要强，要去琢磨它的道理。"

在二王庙的清理整修现场有一块责任牌子，我看到上面写的施工"监理单位"是河北省。在外面看到"河北"两个字，很心热的。

至今，那传说中的魅力的都江堰究竟是个什么样子，在我的脑海里没有任何印象。一来我们没有心情去参观，二来，当时我们的眼睛都盯在废墟上，脚走在泥泞里，根本没有远眺一眼，只记得昏昏黄黄的岷江奔腾而下，还有，和岷江的涛声合在一起的雨声和雷声。

**2008年9月24日，德阳、汉旺、绵竹。空寂的汉旺镇。东汽之痛**

以下是华西都市报在描述这两天的雷雨时所使用的标题：

"雷一直打  闪电两秒钟来一次"

"昨天成都狂雷暴创历史纪录，预计今天还有更大范围的暴雨，雷电趋势减弱"

"雷电闪击：20770次  最高频次：每2秒一次  最大雨量：140—175毫米"

《华西都市报》的新闻中说：

前晚到昨天凌晨，许多成都市民都经历了不眠之夜——一个个惊雷炸响，一道道闪电划过，暴雨不停砸下，许多市民都睁着眼睛，裹紧被子，在惊吓和恐惧中等待天明。这是一次罕见的强雷暴，16小时内发生20770次雷电闪击，无论是强度、频次还是出现时间，都创下成都历史之最。9月23日至24日上午，成都、绵阳、德阳、广元、乐山、眉山、雅安等地遭受特大暴雨袭击，北川、青川等地受灾严重。"我感觉我家的楼在持续不断的炸雷声中晃动战栗，根本不敢睡觉。""打雷，刮风，暴雨，太恐怖了，我骑车上班，雨水把眼睛遮了不说，那个闪电把我眼睛都闪花了"……昨天一早，一夜未眠的成都人或上网，或打电话，或聊天，交流着被惊吓的感受。成都市气象局副局长陈祯烈表示，这次强雷暴过程雷电发生次数之高，强度之大，频次之多，出现时间之晚，都是成都市有气象记录以来最严重的一次。

成都市气象台统计数据显示，全市有22个气象站点达到大暴雨标准，成都降雨量最大的区域达140—175毫米，是成都今年以来最强的一场大范围暴雨天气过程。据23日7时到24日7时的雨量统计，江油的马角和雁门分别达338.7毫米和220.7毫米，降下特大暴雨。北川、安县、青川等地震灾区也下了暴雨。

2008年9月24日，就在这样的暴雨中，我们的车队依然向德阳驶去。按照计划，今天我们要赶往汉旺：那座"5·12"的标志性的大钟在那里，那两位走了几天几夜，带领数百位矿工和百姓脱险的警察赵刚、姜明全在那里，东方汽轮机厂在那里……

10点10分，在东汽集团学校，我为高三班和小学四年级的孩子们讲了此行的第二节和第三节课。高三的孩子们的问题集中在高考上，孩子们应该上的课至今还没有讲完，他们担心复习会受到影响。在我与他们交流时，一直未见到这个班级的老师。我对他们说，即使从世俗的角度上讲，能否考上大学，能否考上一个更好的大学，对他们一生和今后的生活也有着至关重要的影响，没有别的办法：坚韧一些！咬咬牙！在小学四年级讲课倒是充满了轻松，我也没有想到，当我问孩子们"你们想听什么"时，一个孩子马上回答"想听爱情"。孩子们笑了，我也笑了。我对他们说："当我像你们这么大的时候，也想到过这两个特别美妙的字：爱情。但是后来我知道，人的一生有几个年龄段，应该做什么时，就去做什么，就去做好什么。我喜欢能把事情做到最好的人，而把事情做到最好，包括以后爱得更好，一个最基本的条件就是读书。"这节课讲了将近五十分钟。

汽车驶过汉旺镇，汉旺镇有六十余座高层建筑，强震后几乎没有一座建筑完好。地震发生时，汉旺镇政府的领导与工作人员正在准备开会，都被掩埋在镇政府大楼的废墟里等待救援。汉旺镇几乎是被完全摧毁了。

我记起了马耳他籍旅游记者威克特·保罗·鲍格关于德阳地震的描述："我住在德阳县城，三百万人口散居在环绕四川盆地的山脉上。群山向西延伸，拥有地球上最丰富的温带生物，是世界上最高最壮观的山脉之一。正是在那深山中，距离我家大约一百五十公里的地方就是震中，那是一条分隔平原与山脉的地质断裂带。尽管当时我们没有看到建筑物坍塌，但是很多迹象表明此次灾难破坏非常严重：电话通信完全中断，救护车尖锐的警报声此起彼伏，收音机中不断传出我们熟悉的一些地方遭受损失的消息。

"绵竹距离我们只有六十公里，那里山色秀丽，平原上耸立着几座高山。我以前常去攀岩的那片郁郁葱葱的山坡，现在已经被夷成平地。震后我再过去的时候，发现那些古朴的农舍已经不复存在，曾经生机盎然的果园满目疮痍，山坡也被泥石流覆盖。大山深处，两座四千米高的山峰垮塌下来。在更远的地方，有一座山整个被移开了，在原来的地方又生成了一座新的山峰。这就是数百万年来山脉形成的过程。两大地质板块相互交错挤压，断裂带的两侧向上推向下压，产生了巨大的能量，在那一瞬间，地震发生了，地形重新形成了。

……

"四川盆地是一片肥沃的土地，群山中丰富的河水滋润了它，山脉也阻挡了外来的风。盆地那厚实坚固的岩床在此次地震中起到了一定的阻挡作用。地震波沿着断裂带或裂缝最为强烈，因此从震中一路到德阳所有的城镇都被震动了，高山与平原交界处的城镇被夷为平地。不过平原坚硬的岩床也阻挡了震波，在到达我们这里时力量有所减弱，这使得我们的房子能仍然屹立不倒。所以，相比较而言，我们的情形还不算糟糕。但我们也失去了非常珍贵的东西：安全感，由此产生了情感的割裂。我们感受到背离家园，就如同感情破裂之后的茫然。我们怀着麻木的怜悯看着我们的房子，随之而来的是混乱和感情脆弱。在这种情况下，人们转而求助于宗教、迷信、谣言、传说，以及任何哪怕能给他们带来一点点答案的东西。现在我明白：生活中我们想当然地认为，脚下的土地是坚实的，但地震告诉我们对此不要过于自信。"

我还看到了四川警察网5月13日凌晨发自汉旺镇的消息：

13日2点53分，我们到达汉旺镇中心幼儿园，看到那里有近百人在垮塌现场，有的救援人员在废墟中抠挖砖头，有的医护人员在现场救治伤员，有的群众围在周围，哭的喊的一片凄惨之声。废墟旁边有一块大大塑料布，下面遮盖着的是从废墟中挖出的孩子的尸体，不一会儿，救援人员在废墟中抬出一具尸体，有六七个家长围了上去，争相察看是不是自己的孩子，此时抬出的孩子被垮塌的墙体砸得面目全非，无法识别，可家长们仍然不肯放弃，一定要看看孩子到底是不是自己的。据了解这里有九十四名老师和孩子被埋。3点25分当我们从现场准备离开去其他现场的时候，看到有四个男人身背或手提包裹走进现场，我上前问他们是干什么的，他们说是从外地打工回来的，当他们看到自己的家园被毁，无家可归了，家人是死是活不知去向时，四个大男人忍不住失声痛哭。3点57分，我们到了汉旺镇的绵竹啤酒厂，现场挖掘机、推土机一片轰鸣，现场救援人员聚集很多，据厂里的负责人说，啤酒厂的车间全部垮塌，有一百多人被掩埋，大型机械正在全力挖掘。一个夜晚转战去了五个垮塌严重的救援现场，当疲惫地坐在车里还不时地听到垮塌现场的不断报警。

我想，在当时的重灾区，这种景象比比皆是。我们看到的汉旺镇现在已经沉寂了，整个镇子的房屋不是倒塌就是断裂，没有人烟，没有生机。后来东方汽轮机厂的总经理对我们说："这里已经不适合人再居住了。"汉旺钟楼四面大钟都无一例外地永久停留在14点28分的特殊位置，绵竹汉旺镇的钟楼成为极具意义的建筑。当地已经决定把汉旺钟楼永久保存下来，作为震灾的纪念——它可能就是最有价值的纪念碑。它的基座部分稍有毁损，紧靠中心广场的部分，周围水泥地面也已碎裂。为了保护这座纪念性建筑，钟楼方圆数米内被围了起来。有的时候，人们盼望事件能够停滞，但谁也不愿意让事件凝固在这个惨痛的瞬间。

当然也有奇迹，汉旺钟楼报亭地震后就从未停止营业。在那座被地震定格在14时28分的钟楼右侧几十米的一个简陋报亭前，报亭主人王正发老人告诉当地记者："从地震发生到现在，我的报亭一天也没有停止过营业。"地震发生后，报亭被震得倾斜，王正发找来粗木条把它加固扶正，里面的顶棚也被震得脱落了。据六十五岁的王正发讲，地震发生当晚，由于余震不断，天又下雨，这个被震得倾斜得仅有几平方米大的报亭里，竟然人挤人地站了二十多个人，报亭成了群众的避难所。地震后汉旺镇成了空城，报刊销售量至今没恢复正常，他不得不把香烟、矿泉水、饼干等拿到报亭来卖。王正发指着在报亭柜台前挂着的一幅幅印有汉旺钟楼背景的绵竹年画挂历说："现在汉旺镇成了外地游客地震观光的一个景点，这种有地方特色的挂历比较受欢迎。"

汉旺镇毕竟成了一座空城，看着这凄清的景象，忍不住让人浑身发冷。

四川省德阳绵竹市汉旺镇位于龙门山脉南麓，是个依山傍水的美丽小镇。20世纪60年代，国有大型装备制造企业——东方汽轮机厂在这里落户，使这个沉睡的山区小镇被隆隆的机器声唤醒了。东汽距离汶川二十九公里，是我国最大的汽轮机厂，厂房占据了汉旺镇的大半面积，被称为"十里东汽"。

在地震中，庞大的主机一分厂成了一片废墟。作为东汽三大核心分厂之一，车间里的十五米龙门铣和数控立车都被毁坏，而重达七百多吨的十五米龙门铣，在1971年通过苏联从德国进口时，全世界只有两台。主机一分厂的损失超过十亿元。全厂直接损失五十亿元。让人更加痛心的是，东汽最宝贵的叶片分厂也在地震中完全垮塌，办公楼、装备技术公司等都垮了。

在四川，恐怕没有人不知道"东汽"。它于1966年开工建设，1974建成投产，2006年12月28日改制为东方汽轮机有限公司和东汽投资发展有限公司，两家公司均隶属于中国东方电气集团公司。东汽还拥有当今世界最先进的汽轮机制造设备，初步实现装备数字化。是一家拥有总资产127亿元、核心制造能力2800万千瓦、年工业总产值超过100亿元的现代化企业。主要生产火力发电、核电、风力发电的燃气轮机等。5月13日下午，温家宝总理来到东汽察看灾情，指示要全力以赴，最大限度地抢救生命。随后，大批的部队进入东汽救援，香港救援队也带着先进的救援设备进入东汽。我们在雨中进入东汽的时候，厂区的扩音器里播放着国家领导人一段充满感情的讲话录音。

由于东汽建在一座山的山脚下，依山傍水，景致虽然很美，但随时有可能被泥石流冲垮，我们进入厂区后，便看到许多地方都写着"泥石流！危险！"等警示标语。东汽有限公司党委的领导带我们到了完全垮塌的厂房，那里真是大型国有企业地震受灾的典型例子，即使这样，东汽还是很快恢复了生产，他们说一定在2008年完成工业增加值一百亿的指标（而他们2007年的指标才是一百零九亿）。"站着就是硬汉，倒下就是灾民"，东汽有限公司董事长温枢刚这样对我们说。在与他们的接触中，我们觉得那里的人都是一些踏踏实实的老实人，无论说话还是做事，不紧不慢，有条不紊，特别让人觉得可信。他们没有对我们表示出过多的伤感，而我们知道，在地震中他们遇难了六百余人。在厂区办公室完全倒塌的废墟上，他们告诉我们，办公楼里的人几乎全部遇难了，那里有6位顶尖的科技人员，还有许多女同志，我和同伴们冒雨攀上了办公楼的废墟，同伴们在废墟上看到了六个精美的手机袋，一看就是女士用的，还有女士背包、高跟鞋等等。我在废墟上捡起一个藕荷色的线团，那一定是一位女士在为自己或自己的亲人织着一件毛衣，而现在，她走了。我把那个线团放在挎包上，留下了一张让我每看一次都心里打颤的照片。

下午5时，我们坐在了东汽有限公司在德阳郊区新建的厂区办公楼的会议室里，听着董事长温枢刚对未来的展望。在那个时候我突然觉得，无论什么样的灾难，终究会成为历史，他们的沉实、从容、坦然、刚硬，支撑起了这个现代化的企业和这里的所有人的内心。曾经有一段时间，我回避诸如"精神"这类字眼，总觉得它太宏大太虚无，但看过"东汽"，我知道"精神"的确是存在的，而且，它真的使许多人变得坚韧！

晚上住在德阳大酒店。朋友发来信息说又有余震了，3.7级，余震在这几天已经不是第一次了，没有感觉，也不觉得害怕。望了窗外一眼，依旧人声鼎沸、灯火斑斓。

### 2008年9月25日，绵阳，江油。李白故里

一直与雨相伴。上午10点30分赶到绵阳中学，参加向中小学赠送图书电脑的仪式，每位作家都对同学们发表了一段寄语，风格各不相同。已近中午了，吃过午饭，作家采访团一行赴江油，参观同样被地震基本摧毁了的李白故里和李白纪念馆。

江油市地跨涪江两岸，是蜀中文化旅游胜地。在青莲乡有唐代诗人李白的故居，现保存有陇西院、太白祠、衣冠墓、磨针溪、粉竹楼、洗墨池等遗迹。李白纪念馆三面环水，竹柳成荫，幽雅宁静。主要建筑有太白堂、太白书屋、晓

雅斋、怀榭轩、临江仙馆。有李白的稀世墨宝，记载诗人青少年时代在青莲的两座宋碑，以及李白塑像、匡山太白像、碑刻等，还有桃花潭、洗墨池、大石狮以及建于明代的雷鸣堰等文物古迹。与纪念馆隔河相望有太白公园，园内展布楼亭阁榭，林木丰茂，环境优雅。1962年李白逝世一千二百周年时筹建，1981年建成，1982年10月正式开馆。该馆藏品有元、明、清李白著述版本80部、700册。明清以及近代、当代书画珍品2738件。宋、明、清碑碣16座，其中一级文物3件。《唐李先生彰明县旧宅碑并序》刻于宋淳化五年（994），碑高2.94米，宽1米，厚0.24米，文25行，每行54字。《中和大明寺住持记》碑，刻于宋熙宁元年（1068），碑高2.1米，宽0.97米，厚0.22米，碑文30行。另有北宋前刻制的石牛一座。还有清姜宸英书《早发白帝城》《闻王昌龄左迁龙标遥有此寄》册页。其他近代和现代有关李白的版本、图书资料3300册。这些都是相当珍贵的文物。

李白是联合国教科文组织颁布的世界文化名人，尽管学术界关于李白出生地仍存争议，一说出生于中亚西域的碎叶城（今吉尔吉斯斯坦境内），一说出生于江油市青莲乡，但吉尔吉斯斯坦早已开始了对这一人文富矿的开采，他们懂得打李白品牌是一大旅游策略。李白在四川生活了二十四年，逝于马鞍山市，留下了丰富的人文遗迹，人文学者认为，李白诗歌爱好者遍布全球，应该将江油更名为李白市，而且应该站在传播中国文化的高度，整合这一资源，使之成为旅游业的一张世界级名片。

经历了"5·12"地震，李白故里的大部分建筑都被破坏，尤其是大门，更是荡然无存。由于天一直下雨，再加上实际上这里已经处于闭馆状态，因此基本没有游人。绵阳诗人雨田一直在为我们拍照，站在诗人"将进酒"诗壁下，我默念着那勃然大气的诗句，心中更是多了几分敬畏。李白故里的工作人员拿来了纸笔请题字，我的字写得很差，到哪里也不会去露怯，但到了老祖宗这里，还是要写几个字表示敬重的。于是勉为其难，写下了"万世诗表"四个字。这应该是我第一次在外面用毛笔字题字。然后又为李白故里的重建捐了款，了却了心中的夙愿。

江油市委宣传部年轻的女部长一直陪着我们参观，从李白故里出来后，又径直到位于江油市区的李白纪念馆参观。李白纪念馆也已经被地震破坏，正在进行抢修，部长介绍说预计三年才能修缮完毕。我们看到所有的工作人员都搬到了一处办公，我拉开挡绳走进馆长、书记的办公室，看到里面早就空空如也，墙壁上也有开裂的痕迹。

晚上市委宣传部长一边跟我们一起吃晚饭，一边观看中央电视台新闻频道下面的字幕："四川成都、德阳、绵阳地区近日连降暴雨，今天江油市与五个镇的交通和通信中断。""22日～24日四川成都、广元、德阳、绵阳、北川地区突降暴雨，已造成八人遇难、北川二人遇难，数千间房屋被毁。堰塞湖水位上涨了五米。"看得出来，她饭也吃不安宁的。一会儿她的手机响了起来，她对我们说："对不起，要往镇里赶了。"因为她知道我们明天的计划是去北川，她急切地对我们说："北川绝对不能去了。"然后匆匆离开了。

回宾馆的路上，依旧是大雨滂沱，四川省作协的赵智对我们说："明天我们重新安排一个点儿吧，为了大家的安全，北川是不能去了。到处是泥石流。"大家都不做声，如果去不了北川，将是我们这次行程的一大遗憾。大家对赵智说："想想办法不行吗？"赵智说："不可能，过不去的，不过再等等吧，但愿明天晴天。"看得出来，他一方面要为大家的安全负责，一方面又实在想让我们看一眼北川。

住在绵阳的临园宾馆。雨田很想尽地主之谊，热情地提议去喝茶。因为估计明天去不了北川，很没有情绪，就没有去。绵阳的一位诗人也来宾馆探望，得知我们明天去北川，她肯定地说："不行的，不能去的。我家就在北川不远的安惠镇，到北川要路过那里的。当地人遇到这样的天气，也要等天晴了三四天才敢往那边走的，太危险，不能去的。"我点了点头，但心里还是抑郁得很。

看她情绪很不好，问她为什么，她讲从地震以后，情绪就一直没有调整过来，接受的都是负面的信息。比如今天，老家又打来电话，山体滑坡和泥石流把刚建好的学校和家都冲毁了，小侄子又不能上学了，回到家，家也没有任何东西了，很苦。因此自从地震以来，就几乎没有写诗，而且情绪越来越糟。我对她说："写不了诗可以先写写其他的文字。你没有承受所有的苦难，你的家庭基本没有人在地震中遇难，孩子又很争气，你说这次他画的画被带到了'神七'上，这多让人高兴。你有一个相对平稳的职业和家庭，应该有兴奋点，这种兴奋点是你现在最为需要的。我今天听到了一个真实的故事：北川一个三口之家，在地震中没有遇难，为了安全，从三楼搬到了一楼，但这次泥石流全都被埋在了下面。比你悲惨的人多得是，你是老师，你应该去调适别人的心理状态，尽量不要这么忧郁这么低沉。世界上没有大事，包括我们遇到的所有灾难，都会成为历史，给自己好的暗示。"说这番话我是故意的，我知道我毕竟不是亲历者，没有她那么深切的感受，但我必须这么表达，我不能再给她负面的情绪，只能有一些极端的话语让她尽早走出来。我觉得，对她说了这些之后，她的心情好一些了。送走她，我也觉得轻松了一些。

其实她的心情是灾区许多人的心情，从四川回来后我看到一则新闻：10月3日，北川县委农办主任董玉飞在暂住地自尽身亡。报道透漏一些熟悉他的人说，董玉飞是因为痛失爱子和众多亲人悲伤过度难以自拔自尽的；另一个说法是因为他抵受不住庞大的工作压力，据说董玉飞的遗书里写着"工作压力太大""实在是想好好休息"等内容，我觉得实际上造成这个惨剧的是地震带来的综合因素。我们仅仅去了灾区几天的时间，回来后整个"十一"长假都从悲伤的情绪里面摆脱不出来，何况他们呢？

回到石家庄后，这位诗人发来信息说："您说得好：

'人生无大事。'我在试着恢复写字，手有些僵。"总想她会渐渐好起来的。是啊，人没有什么大事，这是我此次四川之行很大的感受。多么惊心动魄的事件，后来不都成了过眼烟云。回来后，我对我的朋友一再重复我的这个想法，我想，让所有低郁和高亢的都平静理智起来，好好爱自己，好好照顾自己，好好想着别人。

雨还在下，北川很近了，但，我们明天，能够看到他吗？

## 2008年9月26日，安县，北川。我们一定要到北川！北川中学的苍天之泪

新华社9月26日电　26日，汶川县"5·12"地震震中映秀镇由于持续暴雨，从都江堰通往汶川县城的生命线——都汶路已经因泥石流而阻断。目前，四川省交通厅正组织有关方面进行全力抢修。

记者在汶川县城外看到，滑坡的泥浆和滚落的碎石又散布在前两日已经清理干净的公路路面上。多辆装载机、挖掘机等重型机械正集结开往映秀方向，前往帮助道路抢修。

据介绍，受到近日暴雨、泥石流等影响，都汶路已发生滑坡、塌方等大小不等的地质灾害共计30多处，其中较严重的有五六处。在"5·12"大地震震中映秀镇，都汶路百花大桥一带，受严重泥石流

灾害影响，道路已经中断。先前一辆因故障无法行驶的汽车被埋在泥石流中，但没有人员伤亡。

据介绍，目前，由于降雨仍在持续，滑坡与泥石流不断发生，这不仅增加了抢修难度，而且威胁到抢修人员的安全。同时，希望社会车辆不要选择都汶路作为通行路线。

大雨还在下，灾区数条公路由于泥石流都已经封闭了。吃过早饭，大家还是上了车。赵智知道大家的心情，但还是问了一句："去还是不去？"大家几乎异口同声："去！"我对赵智说："如果不是百分之百被埋在泥石流里，我们就赌一把。"赵玫开玩笑地说："要不然我们签一个生死文书，出了问题不怪你们。"刘兆林老兄和袁敏也附和："还是去吧。"四川作家协会的领导也在这个时候发来短信，嘱咐尽量以安全为重，不要冒险，但说句心里话，外面的人倒是挺紧张的，可是身在那种环境，竟然没有恐惧的感觉，不知道什么叫怕了。中国作协创联部副主任夏申江请示了作协的领导，然后对我们说："必须要保证作家们的安全，不能太冒险，我们走到哪儿算哪儿，哪怕实在过不去，也要让大家踩上北川的土地。"

我们的车队驶向安县的老县城，这里是到北川的必经之地，安县由于建设了新的县城，党政机关基本已经搬走了，现在北川县的首脑机关有一部分就在这里办公。在这个县城里，你能看到安县的行政机构和北川县的行政机构交织的景象，也是震后的一个特色。

汽车停在了路边，因为前面路段全部封闭，绵阳市文联主席和诗人雨田去联系县委宣传部的同志，以便得到去北川的通行许可。不久县委宣传部的一位副部长上车来，他说陪我们尽量穿过泥石流，让大家赶到北川。看到部长镇定的神情，大家心里踏实了许多。

汽车驶出了安县老县城，进入了山区，走了将近四十分钟左右，前面就遇到了很大的塌方，泥石流和山石把公路堵得严严的，石头大的有半辆卡车那么大。说实话，看到这种情形，我们才知道为什么在电视里看疏通一条公路有那么艰难了。山上还在向下滚着泥沙，几辆铲车正在清理泥沙和巨石。

我们的车子被执勤的警察拦住了，示意只能走到这里。县委宣传部的同志下车，不知道对执勤的民警交代了一些什么，看得出来铲车清理的速度明显加快，过了十几分钟，一条仅仅能够供一辆汽车通过的道路便被疏通了。宣传部的同志走过来，对亲自驾车的四川省作协办公室主任说："跟着我们的车，看前面的民警一招手，马上通过。"然后登上了前面的汽车。能看得见执勤的民警一直抬头向山上望着什么，我们知道他是盯着泥石流和山石的动向，片刻，另一位民警一挥手，前面的两辆小车箭一样冲了出去。我们的司机紧跟着，把油门踩到了最大，就像是飞机起飞前加速的那种感觉，汽车呼啸着穿过了泥石流区域。

到了相对安全的路段后，几辆车都停在了路边，司机也要平缓一下过于紧张的心情，我们的司机说："刺激过度了。"车队再向前走，公路上铺满了山上落下的碎石，养路的工人为我们清理出可以通过的通道，车队飞速前行。半个小时后，我突然看到一块路标——擂鼓镇。

在地震发生后，擂鼓镇出现在公众视野里的频率很高，许多事情就发生在这里，包括国家领导人视察时乘坐的直升机，也是降落在这里。我们知道，穿过擂鼓镇，就是北川已经被封闭的县城了。

几分钟后，我们终于看到了北川——那座让无数人悲叹悲伤悲泣的北川。大雨中，他被冲刷着，朦胧而又清晰，我们站的位置，就是当时国家领导人回望北川的地方。那座空城寂静无声，让人不由自主地落下泪来。2008年5月12日，不幸的北川人眼睁睁地看着传说多年的"包饺子"惨剧发生，不少家庭惨遭灭门之祸，地震当天，湔江右岸的王家老岩向湔江方向整体平移一百米，吞噬了靠山的曲山街，掩埋了几乎整个老城区。老城区内，很少有人逃生。新县城茅坝一侧景家山当天也发生大面积山体垮塌，致使大量建筑倒塌，造成无法计算的人员伤亡。我拍摄了一张照片，照片右面的那道泥石流，就掩埋了数千人的生命，当时，那里是北川最繁华的路段之一。据《人民日报》海外版报道："四川汶川特大地震突袭北川，老县城16.4万人全面受灾，14.2万人无家可归，2万余名同胞遇难，全县基础设施毁于一旦，直接经济损失超过600亿元。"

北川建县于唐贞观八年（634），以大禹古迹石纽、甘泉各取一字，组成石泉县（634～1914），城址在治城（1992年更名为禹里），北川人称老县城，距今已有一千三百七十四年历史。北川每年春秋两季及六月初六大禹生日，均要举行祭禹活动，年年延续，至今不断。禹里崇禹之风千年不绝，北川境内除禹里老县城建有禹庙外，其他乡镇也建有禹庙或禹王宫，传承着大禹故里的悠久历史和文化遗产，因此北川民风淳厚朴实，人民勤劳善良。

北川和羌族，曾经经历两次大的灭顶之灾。一次是这次地震，再一次是1935年。据考证：1935年6月12日，红四方面军完成吸引、阻击川军，掩护中央红军强渡大渡河的任务后，自己也翻越羌山，与中央红军在懋功会师。6月下旬，北川境内红军开始撤离，超过一千五百名北川儿女随红军走上了长征路，其中大多数人一去不回。1953年，北川定为"革命老根据地"后，追认当地红军烈士多达千人。红军撤退时，为防止川军追击，沿途实行坚壁清野，尾随追击的川军入境后，大搞报复，大开杀戒，凡支红民工、积极分子皆杀，当过几天苏维埃干部的更是全家杀绝，惨遭灭门。一月不到，北川境内两千多人惨遭杀戮。大屠杀之后，瘟疫、饥荒接踵而至，疫病流行，致使北川人口减少几半，一些富庶地方成为无人区。损失之巨，断难计及。鸡犬无声，路断人稀，即此地之写照。后来魏传统将军为此高歌："红军血战千佛山，至今未忘过北川。"直到2003年，北川才以全国唯一羌族县的身份，成为最后一个少数民族自治县。痛定思痛，"5·12"北川县城毁灭后，更让我们认识到，这个教训太惨痛了。

北川县城处于两山之间的狭长地带，1999年发生了5.0级破坏性地震的绵竹汉旺镇，有三所学校发生校舍垮塌，中小学生伤亡严重。这些地震波及北川，要求迁城的呼声日益高涨。北川县委、县政府多次提出迁城动议。许多专家勘察北川后，也认为北川县城坐落在龙门山地震带的中央主干断裂上，县城周边地势险峻，地质灾害点密布，灾害体巨大，十分危险。1986年至1987年，北川再次请来专家考察，勘察并论证迁城的必要性，但迁城动议被搁置。从20世纪90年代起，北川县城行政中心开始迁往湔江对岸茅坝，旧城区内只剩下学校、医院、居民区和老街商业区。为防止经常滚石下山的王家老岩发生大型地质灾害，对其进行了植绿护坡、打桩支撑、拦石保坎等工程除险措施，然而不断发生的中小地震特别是雨季小震，致使山上滚石或街上飞石经常伤人。至2008年5月12日，对于北川的灭顶之灾，就在这一瞬间发生了。自然力，突然间不可抗拒地成为巨大的破坏力，在它面前，人类引为自豪的"生产力"显得如此微不足道，只剩一堆废墟。这一切，每每提及，都让人扼腕叹息！

在北川封城的铁门前，我们看到了让人揪心的"北川羌族自治县人民政府关于对北川县城实行封闭管制的公告（第五号）"：

为保护广大群众的人身安全，确保灾后防疫工作顺利进行，根据上级指示精神，按照有关法律法规规定，县人民政府决定，从2008年6月25日起，对北川县城实行封闭管制，现将有关事项公告如下：

一、任何单位和个人未经允许，不得进入县城。

二、经允许进入城区的防疫、公安执勤和工程抢险等车辆及随车工作人员，必须按规定时间、规定路线持证通行，自觉接受公安民警检查、指挥和卫生部门消毒处理。凡无证进入的车辆和人员一律依法从重处理。

三、对蓄意进入北川县城封闭管制区实施盗窃、破坏、扰乱治安、交通秩序等违法犯罪人员，广大公民有权现场抓捕并扭送公安机关，公安机关要依法从重、从快、严厉惩处。

希望广大群众自觉遵守，违者，将视情节轻重，依法追究法律责任。

二〇〇八年六月二十五日


一座城市，一座我们唯一的羌族县城，一座人们生存繁衍了一千三百七十四年的历史古城，就这样被无情地湮灭。当地的朋友们说，这场地震不仅毁掉了一座羌族县城，而且研究羌族文化的几位专家也都在这次灾难中遇难了。2008年9月28

日，当地媒体报道：

## 受泥石流冲击旧城一半被埋
## 湔江水位上涨直接威胁新城
## 北川地震遗址可能"瞬间消失"

从24日开始的持续降雨，致使北川县城附近多处山体产生滑坡和泥石流，正在筹建的北川"地震博物馆"老县城一半以上被泥石流掩埋。27日，横穿县城的湔江水位也开始上涨，威胁到新县城。北川县文化旅游局局长林川告诉记者，如果这种状况继续下去，地震遗址很可能"瞬间消失"。

### ◎旧城遭遇泥石流　新城躺在洪水边

上午9时许，北川县民政局局长王洪发来到县城旁边，在通往"羌寨"的盘山公路上，他想好好看一眼地震后的县城。因为，24日老县城一半被泥石流掩埋；而昨日，横穿县城的湔江水位开始上涨，威胁到新县城。

王洪发最先看到的是位于湔江右岸的公园。一两天前，那里的遗留建筑还有很多可以看到全貌，但现在它们大部分都被上涨的湔江水淹没，包括曲山镇小学。对岸便是北川新县城，虽然没有受泥石流伤害，但洪水已步步逼近；下游一段没有防护堤的地段，已开始受洪水侵蚀，如果水位继续往上涨，新县城将很可能遭受水涝袭击。

## ◎废墟成泥潭　县委大院已消失

"县委大院没有了，运输公司也没有了……"看着眼前的北川县城，王洪发眼中一片黯然，深深地叹了一口气。他介绍说，进入北川老县城的公路边，原来有0.7平方公里左右的废墟，但现在成了泥潭，只剩下两个破房顶；旁边的县委大院，地震后是伤者临时安置的地方，他在那里没日没夜地战斗了十多天，现在也没有了。不过王洪发最担心的是新县城，"如果新县城遭水了，那这个遗址博物馆就没意义了。"

## ◎威胁来自两方　遗址可能消失

北川县文化旅游局局长林川告诉记者，此次遗址的威胁主要来自两个方面：一是老县城背后任家坪西坡的泥石流，它不仅将北川老县城遗址一半多的地方掩埋，还冲坏了其防洪堤、抬高了湔江的河床，使新、老两个县城的抗洪能力大大降低；二是上游唐家山堰塞湖的洪水。

林川说，现在湔江水已开始上涨了，新县城的威胁已经出现；如果任家坪再来泥石流，湔江河床再次被抬高，那么唐家山洪峰到来之时，新老县城很可能都将被淹，遗址也很可能"瞬间消失"。

我不知道再怎样写下去，在写作这些文字的时候，多次出现过这样的情形。即使我想：先不要思考，仅仅把它作为时间的记录，按照写日记的习惯写下去，我还是时常感到失语和无言，什么样的语言能够记述我看到的一切呢？！

在路边的树上和山崖上，有着一条条长长的黑色横幅，那上面写着父亲、母亲，或者叔叔、姨姨，甚至侄儿、女儿、好友ＸＸＸ之灵位，有的一条横幅就是十几人甚至几十人，山崖脚下有一些枯萎了的鲜花，有一些人们祭奠去世的人们的痕迹。山下的北川，沉睡了的北川啊，有什么能够把你唤醒？

北川中学。这是我此行记忆中最惨痛的地方。没有人面对那个垮塌现场会不震撼和战栗。一位作家写道：看到了那片废墟，"我的心中，有了一个行事为人说话写作的标尺——北川标尺。北川标尺，是一个以事实为依据的标尺，人的良心的天然标尺。北川标尺的基本尺度，不是价值判断，而是事实认定；不是意识形态，而是人的良知。北川标尺的基本精神，就是尊重自然，尊重事实，尊重常识，尊重人，说真话，做好事。"

我们看到了北川中学粉碎性坍塌的主教学楼（地震时主楼不到数秒就垮了），整体下挫两层的新教学楼，部分坍塌的实验楼，而距主教学楼十多米，却几乎完好无损地站着一幢建于20世纪70年代并于三年前申报为二级危房的旧教学楼。我们还能说什么？那么多学生瞬间就凋谢了，北川县城十三岁至十七岁的孩子伤亡惨重。我们站在松散的水泥废墟上，看着废墟里的文具、文曲星、衣物、折断的笔撕碎的书包，大雨里泪流满面，苍天凭什么不落泪！我们知道灾难是不可逆的，但我们黯淡的良心应该可逆，我们泯灭的良知应该可逆，我们低下的道德标准应该可逆，如果真的连这些都不可逆了，那就不仅仅是葬送了这些孩子，连我们的未来也会成为未知数！

穿着红色上衣的马小淘鲜艳地站在雨中的废墟里，我突然觉得，那些孩子们，也应该是这样的五彩缤纷。

我们来到学校左侧的几间平房里，里面已经空空如也。但从墙上贴着的文字中可以看到其中一间是警卫室，另外一间是医务室，医务室的窗户后面堆满了数不清的输液瓶子，让人想到抢救孩子们时紧张而揪心的情形。房间正中的墙上贴着一个大大的"囍"字，我猜想是那位校医震前不久刚刚举行了婚礼。学校的大门外还矗立着一块牌子，上面写着"接送学生停车点"，曾经有多少孩子和亲人在这里相见，高高兴兴地回家，回家，回家，那时的生命多么鲜活、清纯、充满着幻想，而现在……生命，生命，生命啊！

现在的北川中学临时学校，设在四川长虹集团培训中心，大门门楣上是几个醒目的大字——"天行健，君子以自强不息"……

在北川中学门口，我拣起了这里的两块石头，一块是黑色的——来北川之前我就想，一定要拣一块石头带回来，那上面有一圈一圈白色的石痕，让我想到了地震的振波。另一块是暗红色的，我觉得它像一颗心脏，我期盼着，它能够让我听到那些年轻的生命心脏跳动的声音！在我编辑部的办公室里，它们一直摆放在书橱里显眼的地方，我经常抬起头来，看它们一眼。

下午，我们来到安县，参观桑枣镇桑枣中学。安县桑枣镇桑枣中学在地震发生时，按照以往应急演练的经验，仅用时一分三十六秒，便有序疏散两千二百多名师生，创造出学生无一伤亡、教师无一伤亡的奇迹，桑枣中学因此被人们誉为"史上最牛的中学"。但坦率地说，据我们观察，这个镇子是我们见到的受灾情况相对较轻的，学校的楼房虽已经出现了很多裂缝，但没有垮塌。学校周围的房子也基本没有垮塌。据我们了解，村民的房屋结构很多是木制的，所以这个镇地震时遇难的人数并不多，但山体滑坡却造成了大量的人员伤亡。

我们的车队在雨中赶往成都。大家累了，也伤了，都不说话。很冷。这几天一直是这样。

晚上8点，车队进入了成都市区。四川省作协的朋友们特意安排大家吃火锅。明天和同伴们就要分手了，大家互道着珍重，内心渐渐暖了起来。回宾馆的时候，我们都是两个人打着一把伞，在成都，在四川，我们感受了太多的寒意和暖意。

## 2008年9月27日，广汉。三星堆。青铜神树。穿过云层的川航3U8815次航班

2008年9月27日。中雨。

结束了采访任务，一些朋友开始准备返程了。上午赵玫、袁敏、张品成等有事情要处理，张伟健提前返回杭州

了，马小淘去见朋友，我和刘兆林、曾哲、胡玥、武翩翩、张宏杰、邰筐等去三星堆。四川的朋友一再嘱咐：紧张了几天了，应该去看一下三星堆，这些天，我们一直在现实之中，而那里，是厚重的历史。

三星堆，中国西南地区的青铜时代遗址。出四川广汉约三四公里，有三座突兀在成都平原上的黄土堆，三星堆因此而得名。1929年春，当地农民燕道诚在宅旁挖水沟时，发现了一坑精美的玉器，由此拉开三星堆文明的研究序幕。但直到五十七年后的1986年，这些器物的一部分才得以重见天日。1986年，在两个神秘的器物坑里，人们发现了大量造型怪异、美妙绝伦的青铜人头像、面具、青铜礼器及玉石器，轰动了世界，成为20世纪最重要的考古发现之一。由于没有文字记载，三星堆文化成为一个巨大的谜团，猜想与争议从此开始。

过去我们常说，中国文明是"上下五千年"，但真正的文明，只能追溯到夏朝，之前的伏羲、炎黄、尧舜、颛顼，只是传说而已。而"三星堆"的发现，众多的青铜文物出土，将夏朝之前的七百年辉煌历史活生生地摆到了世人的面前。可以说，三星堆的发现，是真正颠覆性的，它迫使我们不得不重新认识中国的社会发展史、冶金史、畜牧农耕史、艺术史、文化史、军事史和宗教史，许多约定俗成的观念都必须改变。比如：中国的青铜时代，过去一向是从商朝算起，也就是三千多年。河南安阳出土的中国最重的青铜器司母戊铜方鼎是最典型的代表，然而"三星堆"千多件的青铜文物，其数量、质量

（高超铸造工艺）都说明，早在夏朝之前七百年，就已进入到了高度发达的青铜时代。

三星堆出土的大量珍贵文物，将辉煌的古蜀文明真实而又让人匪夷所思地展现在我们面前。其中最神奇最令人惊叹的，便是众多青铜造像了。这些青铜像铸造精美、形态各异，既有夸张的造型，又有优美细腻的写真，组成了一个千姿百态的神秘群体。

著名的"千里眼、顺风耳"造型，它们不仅体型庞大，而且眼球明显突出眼眶，双耳更是极尽夸张，长大似兽耳，大嘴亦阔至耳根，使人体会到一种难以形容的惊讶和奇异。最大的青铜立人像，面部特征为高鼻、粗眉、大眼，眼睛呈斜竖状，宽阔的嘴，大耳朵，耳垂上有一个穿孔，头部后端有发际线。立人像身躯瘦高，手臂和手粗大，很夸张，两只手呈抱握状，这是世界上最大的青铜立人像，身高1.7米左右，连座通高2.62米，重180公斤，被尊称为"世界铜像之王"，铸造历史距今已有三千多年，如此庞大的青铜巨人，迄今为止，在国内出土的商周文物中尚属首例，因此被誉为"东方巨人"。大立人青铜像的头顶花冠的正中，有一个圆形的代表太阳的标志，从它所在的位置看，这个大立人像也许就是代表太阳神在行使自己的职能，也许他本身就是太阳神的化身，这是太阳崇拜的直接表现。

青铜神树。1986年8月，四川省的考古者在三星堆二号器物坑发现了六件由青铜制造的树木。发掘者将其命名为一至六号青铜神树。人们在重新修复它们时，仅能比较完好地恢复一件，即一号大铜树。一号大铜树高三百九十六厘米，由于最上端的部件已经缺失，估计全部高度应该在五米左右。在世界所有考古发现中，三星堆遗址出土的青铜神树，都称得上是一件绝无仅有极其奇妙的器物。一号青铜神树分为三层，树枝上共栖息着九只神鸟，显然是"九日居下枝"的写照。传说远古本来有十个太阳，他们栖息在神树扶桑上，每日一换，复原后的青铜神树上残留着九只鸟，神树的最顶端却没有神鸟，推测还应有象征"一日居上枝"的一只神鸟，同时出土的还有数件立在花蕾上的铜鸟、人面鸟身像等，很可能其中的一件便是那只居于神树上枝的铜鸟。一号大铜树上还有龙盘绕，它们应当不是普通的树木，而是具有某种神性的神树。神树在中国的古代神话传说中不止一种，例如建木、扶桑、若木、三桑、桃都等。曾经在三星堆的天空中伸展的青铜树更接近以上的哪一种神树呢？

　　金面罩、金杖。多见于古埃及和西亚的墓葬，当人们发现它们时，便很自然地想到了西亚与北非的同类器物。难道它们是外来的产物？三星堆的金面罩是附着在青铜人头像上面的，其目的是什么呢？被解读为"鱼凫王杖"的金杖，被视为三星堆之主的信物。这支金杖全长142厘米，直径2.3厘米，黄金净重约0.5千克，是目前世界上已发现最长的金杖。金杖下端为两个人头像，上部刻有相同的四组纹样，上下左右对称排列，图案中的每一组纹样，都由鱼、鸟、箭组成。三星堆两个商代大型祭祀坑的发现，上千件稀世之宝赫然显世，轰动了世界，被誉为世界"第九大奇迹"。

这几天一直在灾区了，很少有机会上街，趁着参观三星堆的机会为朋友和同事们买了一些很有特色的仿青铜面具、编钟和铜制的面具书签等小纪念品。中午返回成都，四川省作协的领导为大家送行，大家相约，一定再来成都，再来四川。

下午大家开始陆续返程。车子把我送到机场，离开大家到候机厅等候班机，竟然觉得有几分孤独和凄冷。我以为飞机要晚点的，外面雨很大，雾也很大。我来成都的时候在石家庄机场就因为雾的原因，飞机延迟了两个小时才起飞。但好像这样的天气在成都是经常的，所以18点整的时候，飞机腾空而起，飞向我的华北平原。

感受着、铭记着、热爱着。成都、彭州、汉旺、德阳、绵竹、都江堰、绵阳、江油、安县、北川、广汉、四川，我们曾经在这里留下过泪水的土地，为你们祝福！

2008年10月2日～10月5日

2018年5月15日再记

# 被围困者

## ——我的大姐伊蕾

2018年就这么过去了，这一年发生了许多事情，但对我最为悲惨的经历，是伊蕾的突然离开。我一直回避这个话题，甚至在她离去之后，别人都在写回忆文章，但是我写不出来，那几天我只好在半夜里写微博，来宣泄当时的心态。我已经很久不失眠了，但那些天，我总是熬着：

2018年7月13日19点50分：非常震惊地得知我亲爱的大姐、"冲浪诗社"成员、我多年的挚友、杰出的诗人伊蕾离世。我刚刚得到这个消息，我宁愿这是一个假消息，给伊雷的手机打电话，没有人接听。刚才给刘小放打电话，小放惊讶得失语，通话中我几度哽咽。6月29号伊蕾给我来电话，问筹备中的河北诗会什么时候开，她说7月3号到16号要去旅行，我说去玩吧，等你回来再开。刚才李寒、韩文戈一直与我通话，我请李寒确认这个消息的真实程度，我宁愿相信这个傍晚什么都是假的！

2018年7月13日21点03分：伊蕾，1951年生，早年下乡插队，后来当工人，其间开始诗歌写作。一组《独身女人的卧室》，奠定了她在中国诗坛的独特位置。"冲浪诗社"重要成员。后来伊蕾回了天津，在《天津文学》工作了一段时间，之后独闯俄罗斯。之后在北京定居，收藏、画画，在798艺术园区生活得很"艺术"，经常有电话打来。《伊蕾诗选》非常经典，许多国内的所谓诗歌获奖作品，与她作品的质量根本不在一个层面上。伊蕾的诗和人有一种内蕴，气场强大，好似能推着你向后退。前一段我写了一组《示友书》，其中在《致伊蕾》中说："你无法躲避尘埃，／你也就从来不躲，／每到这个时候，／你柔弱的女性身体，／就变成墙了！"

2018年7月14日1点28分：这夜，真难熬。朋友发微信，可什么也不想说，说不出来。就劝自己，待内心稍稍能够平复的时候，把经历中的一点一滴写下来吧。电脑里找到几张不同年代的照片，第一张是20世纪80年代"冲浪诗社"的合影，前排刘小放、伊蕾、张洪波、郁葱、萧振荣、逢阳；后排何香久、姚振函、白德成、边国政。第二张是1995年我与伊蕾在石家庄的合影。第三张是2016年在北京参加作代会时与伊蕾的合影。这么深的夜。

2018年7月15日9点32分：越来越觉得面对许多事情的无奈，一点儿办法也没有。前天到今天，一直想写些什么，但是不知道怎么写，也不愿意往远处想，倒是想起来这两年特别后悔的几件事情：去年在北京参加专家组审批中国作协会员时，给伊蕾打电话，她说："会散了到我这来，来玩一两天。"我急着赶回石家庄，就说："机会有的是，改天吧。"大概是去年9月份的时候，天津的《汉诗界》出版了，她给我打电话说想和傅国栋一起到石家庄来送刊物，我说："你那么忙，别跑了，寄来吧。"今年6月的时候，我想安排在平山开一个诗会，把大家聚到一起，但由于会议时间冲突等原因推迟了。6月29号，她打来电话说："怎么样，会能不能这两天开？"她告诉我天津有一个女伴，很谈得来，一起出去好几次了。我说："挺好的，出去玩吧，7月16号以后等你回来再开会。"她说："这次见不了面就来我这聚，吃住都没问题。"这样的话，她对我说了不止一次。我与伊蕾也有两年多没有见面了，如果这三次相约有一次成行，也许能够稍稍平复我懊悔的内心。

那天上午，我专门到办公室去找她的诗集《伊蕾诗选》和《独身女人的卧室》，想再看看那两本书，看看伊蕾在扉页上给我写的那些字，但是没有能找出来，我知道我几次搬办公室的时候，把想留的书都装箱了，那些箱子很重很重地摞在我的办公室。《伊蕾诗选》出版的时候，她寄给我一个大箱子，里面是送给石家庄诗友的诗集，大概有十五六本，都写着诗友们的名字，另外多出了两本，上面也有她的签名，她对我说："你觉得谁值得给，就送给他。"没能找到这两部著作，在我办公桌上的一个本子里，我找到了一张照片，是伊蕾2008年拍摄于自己的家中，后面有她的签字。我忘记了她什么时候给的我这张照片，一直放在我的案头，已经十年了。

1975年，在《河北文艺》举办的诗歌讲习班上我跟伊蕾相识，当时她还在邯郸2672工程指挥部当工人和广播员，我们一起长大，然后一起变老，我知道，她很少提"老"字。1984年我们十位诗人成立"冲浪诗社"，伊蕾是诗社中唯一的女性。"冲浪诗社"是改革开放以来河北省的一个重大诗歌事件，被誉为"新时期以来河北诗歌的骨架"，成员中获得全国诗歌奖项的就有五人，这个诗社的成员几十年一直情同手足，情感非同一般。总觉得伊蕾多年没有变化，这个年龄了，她内心一直干净得如同孩子。她是一个时代诗歌的代表性人物，是我们心中的"无冕之王"。2016年我写了一篇随笔《我的兄长刘小放》，发表在《燕赵都市报》上，小放读了以后说："郁葱，你要写写伊蕾。"后来我写了一组《示友书》，其中的之六就是《致伊蕾》，我觉得把我对伊蕾的理解都写进其中了。伊蕾刚离开那几天，许多细节在脑子里支离破碎，聚拢不起来，当时我想，不知道什么时候，能够有一个完整的思路，让我把那些一点一滴的记忆都串起来，能够回忆起我心中真正的伊蕾。

7月14日下午，李琦发来微信："郁葱，我知道此时你得多难过，伊蕾是你重要的朋友，昨夜我几乎一夜没睡，泪水忍不住。我知道你不会在朋友圈里多说什么，友情的分量不一样，连悲伤也无法分享。这世界薄凉，你好好保重！"我回复说："今天上午去办公室，单位没人，自己在那里坐着，看到了我们一起在作代会照的照片。在中国文坛我们这一代人中，能够真正称得上我的女性朋友的，只有三个人，而现在，伊蕾走了。"这世界实在无趣无味，我甚至说不出更多的话了。幸好我去年写了《致伊蕾》，不然我真的不知道现在要写什么样的文字面对她。后来，我又发信息对李琦说："你也千万保重，好像别的话都不重要！"

是啊，这个世界上，能够称得上"朋友"的人真的不多，而伊蕾走了。

2017年初，那一段时间总是记起几位多年的挚友，也许是有了些年纪，就怀旧了，于是就写了一组《示友书》，发表在《中国诗歌》2017年第8期，其中第六首是《致伊蕾》：

我们那一代，和我一起长大的人，
你是其中的一个。
我和你，都只相信鸟的声音和绿色，
还有爱，它没有声音，
但是我们相信它，
用它叙事或者抒情。

这么多年，对于我，
你总有一个模糊的背影，
而面对你时，你异乎寻常地清晰。

相信爱，相信自由，
"没有爱的自由就没有所有自由。"
你觉得真的、至纯的是唯一，
直到今天还是这样，
直到别人往你身上泼污水还是这样，
直到你伤痕累累还是这样。

总觉得你没有长大，
这个世界过于成熟，
就更显得你天真。
感性、简单、干净，
——你就是这个时代的羊，

狼们又能拿你怎样？！

有一些人，这一辈子让人相信，
世上真的是有干净的灵魂。
有的时候，连太阳都不暖，
这挺好，让我们学会了自己暖着自己。

我们刚认识的时候，还觉得植物的叶子应该一尘不染，
所有的花都有香气，
每一种声音都不尖利，
白天是晴的夜晚是柔润的，
早晨一定像孩子们那样真纯，
孩子们的衣服一定是新鲜的，
蔬菜和水果春绿秋黄……
后来我们知道了，这不是真的。

记得有一次见到你时，
你身上都是蔬菜的清香。
我知道，这么写你太柔软了，
你不是这样，但这样写更女人，
你比其他的女人，更女人。

智慧产生圣洁，无论身体在什么地方，

心一定在高处。

上帝看着你，他的创造物，

发现一切都甚善。

世事本平浅，华年翠盖都是一瞬，

恰如日夜，时而白，时而黑，

那黑被神灵轻轻一吹，就烟消云散。


忘记了哪位哲人说的："但凡痴爱，都会被伤害。

痛苦、无助和茫然是这个世界的归宿。"

我们能有今天，都有着说不清的渊源。

世界越干净，我们才知道哪里最脏，

而年龄告诉我们，生活不需要那么紧迫，

所以，你如碎如裂的经历，

都显得那么优雅。


总觉得，你是一只倔强的，

在西伯利亚和渤海之间飞来飞去的鸟，

鸟是有尊严的动物，

它知冷暖，知黑白，知阴晴，知善恶，

甚至知道的更多，知道人的隐秘和人不知道的隐秘。

对于你，一个无与伦比的知性女人，

一个智慧的女人，

你那些经历啊！你经历了越多越智慧，

而我，恰恰相反。

所以，你对我说：人这一辈子，

就是为了能够看清这个世界，

如果总是看不清，

不是眼睛模糊，就是这个世界模糊。


你无法躲避尘埃，你也就从来不躲，

每到这个时候，你柔弱的女性身体，

就变成墙了！


伊蕾离开后，再读那首诗，竟然觉得，那是我这么多年对她理解的全部。幸好她看到了我写给她的这首诗，《中国诗歌》出刊后，我把这首诗发给了她，她回复了一个表情，还有她两幅油画的照片。

2018年7月16日，我在微博里发了一张伊蕾和我的合影，那张照片，拍摄于2006年11月，当时我在北京参加作代会，晚上伊蕾邀请她在鲁院的同学和与会的好友到三里屯北街聚会。那次会议期间的诸多照片，我以《第七次作代会的影像和故事》为题发在了我的新浪博客上。当时这幅照片文字说明是："我1975年认识伊蕾，当时她也刚刚二十多岁。在我的感觉中，她一直是我至亲至爱的姐姐，在她面前只有爱。关于她，有许多故事，我知道，她单纯、纯正、热烈、活力、倔强、温柔……因为她善良，所以才经历了那么多的苦难。从精神上，我觉得一直在陪伴着她，有时很久也没有一个电话，但一种内在的默契和惦记总在心灵的最深处。一生中有这样的女性，是我的幸运和幸福。"2015年第九次作代会召开的时候，伊蕾在北京饭店又把几位诗友和她的同学召集在了一起。她的心很暖，总会牵挂着朋友。

2018年8月1日，我们在天津送伊蕾。我撰写了挽联，代表"冲浪诗社"送给伊蕾："天国若在，不灭此灯——送我们的伊蕾远行。"那天晚上失眠，找到了一些有关伊蕾的微博，再读，觉得世事如此凄寒。夏日里，没有伊蕾的天津，孤单而寂冷。在去天津的路上，我对刘小放说："憋得慌，就是因为没有哭出来。"终于没有忍住，在看到她的那个瞬间，我再也不克制了，失声痛哭。很多年，我都没有哭过了。

我一直有一个习惯，出诗集不请别人为我写序言，但是1990年我在百花文艺出版社出版诗集《生存者的背影》的时候，"冲浪诗社"恰好在石家庄聚会，在我的办公室里，我突然萌生了请伊蕾作序的念头。伊蕾说："像你这样的人，还真不好写透。"我说："你写吧。"伊蕾对何香久说："香久，你是快手，咱俩一起写。"没过几天，香久就把序言寄给了我，文字不长，但相当精练，就是诗集中的那一稿。文字不多，题目是《1990·郁葱其人其诗》——《生存者的背影》序言：

何香久：读熟人的作品时，总会不知不觉地把他的声容面目一起读出来，不管他在什么地方，好像这个朋友就坐在你面前。可最近读郁葱的诗，却突然觉得这个熟悉的朋友有几分模糊了。那声容面目没变多少，而他的诗竟有一些认不出了。

伊蕾：我们这个年轻的朋友，不知在哪一天长大了。他成了一个轻松活泼的精神抑郁者，一个广交朋友又被朋友们所爱的孤独者。他对自己说："当世界天真时，愿你成熟；当世界成熟时，愿你天真。"而这个世界天真得让你想哭，又成熟得让人窃笑。郁葱就注定了是一个天真的男子汉，一个成熟了的男孩子。他爱这个世界，又不得不与这个世界在另一隅对峙。

何香久：或许是这样的。我们这一茬人，共同的东西实在多得不能再多。差不多相同的人生际遇，差不多相同的幸运与不幸，一个人经历的一切，差不多一代人全经历过；一个人所感受的一切，差不多一代人全感受过。想到这一点，便足以令人活得尴尬。或许正是为了摆脱这种尴尬，郁葱便固执地开始了对自己的呼唤。

他不大跟人说他自己，熟悉他的人只知道他的一些大体经历：年纪很小的时候就穿上了军装。在冰天雪地的塞外，他握着一本薄薄的诗集取暖，想家，想比家更遥远的地方，一个少年的秘密从不开花。然后他写诗，写到了现在这个份上。如此而已。这段经历在履历表上仅有可怜兮兮的几行字。然而，有一件事把我深深触动了：

1986年秋天，我们一起在上海文学院做短期进修，一次，我俩同来沪的诗友边国政在五角场的一个小酒馆里吃饭，邻座是一男一女两个军人，那个晚上，郁葱只是默默地望着他们，什么也没说，什么也没吃。告别那个小酒馆和那对军人的时候，他笑了一下，一个二十多岁的年轻人无论如何也不应该有那样的笑，好像在那个瞬间他再一次经历了他经历过的一切。

一个人的苦难，只有对他自己才是实实在在的苦难，而对别人，只不过是一个故事，因此，这个外表看起来很文弱、很娃娃气的郁葱，他心的一隅实际上早已结了茧子。

伊蕾：郁葱是一个温柔的反抗者，一个充满爱心的天生的叛逆。他说话的声音犹如天籁，没有经过人文异化的忠诚、狡诈、幽默、呆板、忧伤或者喜悦。他的声音是生命撞击在另一个生命上发出的自然的回声，这声音本身就使你快乐！当他皱起眉头，我像看一只小羊在生气；当他义愤填膺，我像看一头小猪在愤怒。他太无邪，太善良了，我不能相信什么会改变他。当他大笑的时候，我又像看到一个心灵幽深的智者，有许多神秘的东西在笑声中回旋，有许多无名的悲哀在汹涌着发出巨响。

何香久：郁葱爱这个世界，但爱的方式却与人不同。他似乎太挑剔，不论是对人还是对事物，他挑剔得甚至有些苛刻。他固执地寻找一种至善至美，他宁愿相信这种至善和至美是一种现实存在。因此，他的性格中有些忧郁，有些脆弱，甚至有些偏执，有时让人难以接受。

按他给人的印象，他应该写一些让人轻松愉快的诗，可他近年来的作品，却越来越体现着一种克服生命力中过于焦虑的成分，体现着一种恬淡的孤独以及对这种孤独的赞美。面对着熙熙攘攘的生存者的背影，他充满了迷惘和渴望。

诗人总是幻想自己的精神世界比世俗世界多一份主导的力量，总是幻想以自己的生命去呼唤大片的土地，让那些浮躁的生命回归到前生命的宇宙状态之中，使生命本身成为充满力量的存在。这种愿望无论如何太天真了，然而，郁葱这样的诗人们却乐此不疲地进行着这种尝试。

但即使是诗人自己，也无法超越宇宙的力场，人类比宇宙渺小，一个生命的个体又比人类渺小，不管你承认还是不承认，一个人对命运的反抗，最终恰恰是命运本身。这就像埃舍尔画的那条吮着自己的尾巴旋转的龙一样。郁葱敏感地意识到了这种悲剧的存在，不啻他的诗，他的小说（如曾引起读者广泛关注的中篇小说《瞬间与永恒》）也反映了这种情绪。

伊蕾：这是因为他醒了之后，又必须清清醒醒地睡！有什么比这更残忍？！更悲怆？！没有人能救他，亦不能自救。

然后，郁葱因此又陷入生存者无始无终的困惑。"得到一瞬就得到一生／得到一生／其实只得到一瞬。"如何真正地活着，这是一个问题。一个悲剧群体中的人物，时刻准备着做出自由的选择。

何香久：当我们必须让自己的灵魂躲藏在胰脏里的时候，"语言便成为精深玄奥的深渊。"郁葱说他写诗仅仅是为了宣泄，或是由于某种符号需要传递，但破译这种符号却实在需要某种难以名状的体验。

诗是一种可怕的文体。它自身即是一个完整的世界。而在这个世界中，诗人的地位恰恰是最可怜的。他无法把世界分解为任何一个可以发生或者不会发生的事实。所以，郁葱才说："在一切都变得很轻的时候，只有心，承受着超量的负荷。""只去感觉就够了，不需要注释，其实误解生活的是生活自身。"

伊蕾：是的，郁葱发现天空、雪、雨、名字、语言做着种种暗示，当他陷入思考，又百思不得其解。他不得不痛苦地解剖自身，以求答案。地球像一个怪圈，肉体凡胎无法逃脱。老庄哲学安慰他，现代哲学打击他。已知走不出地狱般的迷宫，他仍然选择了走。走啊走，看看宇宙看看手，看看朽木看看朋友，不断地发出他的天籁之声。

（1990年5月天津—北京）

之所以完整引用这些文字，是因为这是我出版的十几部诗集中唯一有序言的著作，也是我认为最能把我说透的一段文字，这些年，有不少朋友为我写了评论，有长有短，都很用情，但坦率地说，迄今为止，对我的心理状态、性情和写作思维的理解上，没有人能超过这个序言。其中的一句"愤怒的小猪"成为我的绰号，被朋友们一直叫到了现在。

我上面说到了，伊蕾离开之后，我第一次觉得这么笔力不逮，第一次觉得语言这么枯竭，越来越觉得面对世事的无奈。原来有人去世了，我感觉到悲伤，脑子里马上浮现出和他交往的经历，能写一些文章怀念他。但是伊蕾离开以后，面对猝不及防的凄凉和悲惨，竟然没有能力来表达当时的感情。一个几天前还在和你通话的朋友，一个心心相印的知己，一下子就听不到她的声音了，拨她的电话，只有手机接通的声音，而她不再接听，给她发信息，她不再有回复，那时候，实实在在感受到了心里的疼是一种什么样子。

1975年认识她的时候，她不叫伊蕾，叫孙桂珍和孙桂贞。1979年，时任《河北文艺》编辑部诗歌组组长的王洪涛先生在保定易县西陵主持召开诗会，当时的西陵文管所所长陈宝蓉先生晚上在泰陵前给我们讲故事，讲到一些灵异情节的时候，吓得伊蕾惊声尖叫，那时候的伊蕾，的的确确就像一个孩子，那情景至今历历在目。1984年11月，"冲浪诗社"在石家庄北马路19号省文联宿舍聚会，当时的省文联是五排小平房，办公室兼宿舍，我和刘小放是邻居，我拿了两瓶刘伶醉酒，小放嫂子炒了几个菜，那次张洪波和白德成喝得酩酊大醉，伊蕾也喝了不少酒，自己跑到门外边坐在台阶上抽泣，我的妻子安俐听到了哭声，赶忙跑出去问她怎么了，小放也跟出去了，伊蕾什么也没有说。隔了很长时间，我又跟她谈到了那天的情形，她说起了自己的一次情感经历，这场经历让伊蕾刻骨铭心，也让她身心俱疲。那个时候她二十几岁，在邯郸2672工程指挥部工作，她是一个把爱情看得比自己的生命还重的人，其他的，包括婚姻、孩子、家庭，都不是主要的。她有一段凄美而痛楚的初恋，并倾心为之付出，但是结局近乎悲惨，然后她几乎垮掉，在单位心境也很不好，只有女友陪伴着她。这时我才知道，她身上背负了那么多。她的好多经历是心里的事，不能说出来。伊蕾是一个纯净的人，内心一直像个孩子，一点儿也不芜杂。

伊蕾刚离开那些天，我脑子里总是浮现出跟她这么多年交往的片段：1975年我们一起参加《河北文艺》的诗歌讲习班，当时住在石家庄地区招待处，也就是现在的颐园宾馆。我是和我们部队的一位战友一起来的，因为我的这位女战友是伊蕾天津的同乡，就跟伊蕾住在了一个房间。那天晚上，我们参加会议的几位年轻朋友出去散步，一边走一边聊天，一直走了几十里地，从住地走到了石家庄附近的郊县获鹿，第二天凌晨才回到宾馆。在那次会上我认识了刘章、刘小放、村野等等。1983年1月，《长城》丛刊在廊坊召开定稿会并以显著位置和篇幅推出"河北青年诗人十一家"，当时伊蕾调到了廊坊地区文联，我们到她的单身宿舍里聚会，那天喝了不少啤酒。回石家庄后，她给我打了很长的电话，只是重复着："他们凭什么。"我知道她在廊坊遇到了很难的事，伊蕾调到廊坊以后，有一段不是情感的情感经历，让她心里很不快，当时她去廊坊的目的仅仅是为了离天津的亲人更近一些，所以那段时间，她心情很压抑，很郁闷。我知道那个世俗的环境不适合她过于个性的性格，在那里更显得她卓尔不群，对她说："我去找他们谈谈，他们不能这样。"还好，那场波折很快就过去了。1985年5月的一天，伊蕾到石家庄，告诉我是来领取一个文学奖项，但是临近颁奖又接到通知，她的奖项被取消了，伊蕾就来省文联找我，我问她："怎么办？"她说："有什么怎么办，我来看看你们就挺好。"我们说着话，完全忘记了那个什么颁奖，那个会跟我也没有关系，就跟伊蕾一直聊天。1986年我们编辑"冲浪诗丛"，她把稿子寄给了我，当时厚厚的稿纸全是她的手抄稿，稿子放在印刷厂，就没往回拿。现在回想起来，怎么当时就没有留下来。

1987年《人民文学》第一、二期合刊发表了她的组诗《独身女人的卧室》，受到一些人的指责，作者和责任编辑承受的压力都很大。我对伊蕾说："别在意，别的我也帮不了你，就是要你马上寄一组诗过来，我发在《诗神》上。"《独身女人的卧室》出版以后，她给我寄来了一本，扉页上写着"送给亲爱的小猪"，后来这本书被其他朋友借走，我以为再也找不回来了，就给她打电话说："《独身女人的卧室》让我搞丢了。"她笑了，说："我再给你寄。"于是又在扉页上写了一段话以后，给我再寄了一本。后来借书的那位朋友把《独身女人的卧室》又还给了我，所以这部诗集在我手里有她不同时期送给我的两本。2000年10月，河北省作协在平山召开河北诗会，那天大家都很开心，晚上在我的房间，铁凝、伊蕾、张学梦、陈超和我一起畅快地聊天，说了很多的话，拍了好多照片。其中有一张照片，张学梦的头上和我的头上多出了两个小犄角，那是当时用相机自拍照片的时候，铁凝在张学梦的头上用手指摆了一个V字，陈超在我的头上摆了一个V字，中间的伊蕾看到后很灿烂地笑着，那时我又看到了伊蕾最初的笑，是那种发自内心的松弛、纯真的笑。有的时候我一个人常面对那些照片发呆，那个时候我们还都年轻，那个时候的情感是那么单纯真挚。2014年11月4号，伊蕾知道那一段时间我遇到了一些事情，就发来信息说："烦了，就告诉我，我带你去开一片地，春种地，夏锄草，你的心就开了。"我对她说："没事，我的心早就开了，那些杂草，被我锄得挺干净，其实心开了，那些草就没了。世上无大事，再多的芜杂，一风拂去……"

1992年10月，我在《诗神》发表了《困惑与抉择：面对经济大潮的诗人们》，记录了当时伊蕾的一些状态："在全国颇有影响的女诗人伊蕾，一天深夜忽然从俄罗斯来电话，讲她已经到那里求学兼做生意，问她在那里生活怎样，她坦然一笑：'没问题。'"那一段她情绪极其热烈，经常半夜打电话来，一说就说很长时间，她说就是想说说话。我说国际长途很贵的，她说在俄罗斯很便宜。然后，她静了下来，收藏了许多俄罗斯著名画家的油画，她也开始画画。从俄罗斯回来的时候，伊蕾经常带一些小礼物，俄罗斯套娃、木质的笔筒什么的，非常精致，直到现在还摆放在我的书房里。当时有一些文学作品描写去俄罗斯经商的艰难，我问她是不是，可能当时我的两眼紧盯着她，她对我说："你别那么看我，从我的身上你看不出来。"《诗选刊》2014年第8期上半月刊和下半月刊同时刊出了纪念"冲浪诗社"成立三十周年专号，其中我写道："总觉得她多年没有变化，纯真、稚气、率真、优雅。"

伊蕾在武安2672工程指挥部工作和在鲁院、北大作家班学习的时候，来石家庄参加会议返回，我就用自行车带着她或者坐8路公交车到车站，买好站台票把她送进车站。在站台上等车的时候，看着她消瘦的样子，我对她说："别太忧郁，我们都是这样的性格，不好。"她说："我跟你不一样，我有一点儿做起事来不管不顾的，你不是。"现在回想起来，她从二十几岁的时候说话就很成熟。那个时候火车慢，路途长，就在车站给她买点儿吃的。有一次她回北京的时候，突然对我说："郁葱，我觉得自己现在特别的不堪。"我不知道当时她说的"不堪"是什么意思，对她意味着什么，但是我知道，她的内心依旧很凄楚很凄凉。每次我去送她，她总是自己拿着包，我说："我来提。"她不让，我就问："那我来干什么？"她说："我不记得路，你看着我，别让我跑丢了。"我说："也是，老边和老萧让我看着你。"老边是边国政，"冲浪诗社"的社长，老萧（萧振荣）是我们的兄长，他在世的时候，也经常开玩笑说："孙桂珍有时候恍恍惚惚的，郁葱你得把她看好了。"有一次我和她等公交车的时候，她一定不让我再往火车站送，说："安俐还等着你吃中午饭呢。"拧不过她，我就等这一趟车走了以后，又赶快坐下一趟公交车去找她。"冲浪诗社"这十位诗人年龄有很大的差异，做人做事作诗的风格都不同，但是这些人一直像是一家人，有一种本能的亲近感。我一直保留着当时"冲浪诗社"聚会时伊蕾随手写下的一张小纸条，对"冲浪诗社"十位诗人分别做了评价："平民诗人刘小放、蓝色诗人何香久、囚徒诗人伊蕾、纯真诗人逢阳、希望诗人边国政、青春诗人白德成、大地诗人姚振函、石油诗人张洪波、幼童诗人郁葱、弥勒诗人萧振荣。"伊蕾实际上是在勾画这些诗人的特征，这里面有的严谨，也有的是在戏谑调侃。说自己是"囚徒诗人"，是说在情感的世界中，她一直像个囚徒；说我是"幼童诗人"，是说我总也长不大的性格；说萧振荣是"弥勒诗人"，是说他心眼好，也是调侃他圆圆地鼓起来的肚子……这么多年，"冲浪诗社"的成员情谊深长，边国政、刘小放、萧振荣都是她的兄长，姚振函是她的同乡，振函生病期间伊蕾几次给我打电话说要去看他。我和张洪波年龄比她小，把她当成大姐，把她当成亲人。"冲浪诗社"成员独特的关系、独特的艺术追求以及他们各自的创作成就，我觉得至今依旧是诗坛的典范。重新从笔记本里翻出那张纸条时，它已经发黄了。

这时光啊，真不经磨。伊蕾离开以后，我在院子里散步，想她，一边散步一边想，想的都是细节，那些往事都是我们经历过的，是我们一起的经历。

2012年左右，她的生活基本稳定下来，但总是频繁搬家，她对我说："我不想住在一个地方，我也不想留房子。"我对她说："我想把你重新拉回到诗上来。"于是草拟了一个答问，题目是"这颗心总不得安宁——伊蕾访谈"，想对她做一次访谈发表在刊物上。那些问题包括：

1. 请问你是什么时候开始诗创作的？是什么触动了你的创作灵感？其实这么提问有些程式化了，还是换一种口吻好。我一直记着河北武安2672工程指挥部这个地址，这是我二十岁时就记着的为数不多的地址之一。写到这里我想起一句话：生活是无尽的享受，包括痛苦在内。我知道那个地方一定给你带来了最初的幸福和痛楚，谈一谈吧。2. 我觉得在我读到的你的几乎所有作品中，你都是在写自己。在雕刻自己的内心，这显然是最早觉醒的那批诗人的思维。前一段有一个问卷，问道：你认为朦胧诗人的成就是否被夸大了？你觉得朦胧诗人中艺术成就最高的是谁？我的回答是："没有被夸大。艺术成就最高的是舒婷和北岛。还有之后的伊蕾，她的艺术成就和在诗歌史上的地位很长一段时间被遮蔽了。"复述这段话我其实是想更深地看到你的内心世界，我觉得写诗就是要写自己。是吗？3. 我想用我理解中的一些词汇来描绘你：感性、稚气、纯粹、良善、天真，理想主义，内心纠葛而洁净，我对别人说：伊蕾一直是这样，无论时间和外在给她多少风沙和尘埃，她的内心依然是那么洁净和单纯，我喜欢这样有些孩子气的性格，因为这与我的状态相似。别人如何评价你的性格？你的理想主义的性格对写诗有多大的影响？4. 2006年11月开作代会时我们在北京六里屯的咖啡厅里见面，你带来了几位朋友，他们从事着不同的职业，我很欣赏这种交友方式——交其他行业的朋友，这样的朋友多吗？他们读并且理解你的诗吗？5. 你怎么看待中国百年新诗？6. 能不能告诉我你曾经的一个梦想？7. 你认为当代中国诗坛能够出现诗歌大师吗？8. 毫无疑问，《独身女人的卧室》将以她的冲击力和语言魅力在中国诗歌史上留下永恒的一笔，这组诗发表后引发了一场风波，谈一谈当时的情形以及之后给你带来的影响吧。9. 到俄罗斯之后，你收藏了许多顶级的苏联画家的作品并在后来自己也成了油画家，我想知道你那时的经历和心境。10. 你讨厌什么样的诗人？为什么？11. 别瞒我，我知道你是一个情感丰富的人，谈一谈你的情感经历。12. 你认为中国传统文化和西方文化抑或俄罗斯文化对你的创作哪个影响更大，这是个老问题了。或者说，在东西方文化的互补上，你有什么成功的实践？13. 你孤独吗？有的作家像心理孤儿，内心很孤独，你呢？14. 想起了意大利诗人维尔玛·克斯坦蒂尼的话："我们所喜爱的诗歌改变了我们。我想，文学改变了个体意识，但并不一定以集体艺术的方式进行，也未必能够振兴整个社会。然而，从长远来看，个体意识可以逐步改变思想，这就是诗歌所能做的。在我看来，这也就是我们为什么写诗的原因。"我想我们都会认为他说的是准确的，你以为呢？15. 停笔了一些年后，伊蕾的名字又出现在许多诗歌刊物上，这样的回归让人高兴。觉得这一定是你诗歌创作的第二次高峰，尤其是我见到《伊蕾诗选》之后。谈一谈《伊蕾诗选》以及你最近的诗歌写作吧。有什么计划？16. 对于诗或者其他，你还想说些什么？

记得一共是二十五个问题，实际上蕴含了我对她的理解，发给她以后一直没有回音，我就又给她发信息："伊蕾：这些问题是我临时想起来的，可以更改，可以添加，顺序可以变化。就是说，你想说什么就说什么，说得越深入越好。"她回信息说："我想最近我们该去一趟长春，找张洪波，在那里好好聊。要不然你就来北京吧，我们聊，聊两天，内容比你的提问要丰富多了。"张洪波是一个心宽的人，这么多年我与他情同手足，知之甚深。他为人为诗大气、超然，没有掩饰也绝无虚华，而且做事特别专注。我办《诗选刊》，就请他来主持下半月刊，张洪波就把当时的下半月刊办得内容、印刷、装帧极有品位，很有学术价值。洪波的理念是要办就办得不可超越，这跟其他没有关系，跟心有关系，许多时候一个人的好是天生的，别人学不来。张洪波一直邀请我们去长春，我知道伊蕾一定是想去那里看看张洪波，也在那里说说话。但由于当时刊物编务繁忙，我总是拖着，一直没有能够成行，这个访谈一直到伊蕾离开，依然没有完成。而且，不知道多少朋友去过她在北京的画室，我竟然一直没有去过，是的，一次也没有去过，这连我自己也觉得实在难以置信。前些天在电话中跟张洪波聊起这些往事，我说："那些年，非常专注地编刊物，忽略了朋友之间的相互来往，总以为还都年轻，还不需要互相依托，还有很多的时间在一起，这也是伊蕾离开之后我最为后悔的一件事。"

上面说过，参加第七次作代会之后，我写了一篇《第七次作代会的影像和故事》，发出后，伊蕾看了那些照片和那些文字打电话说："看你那么老成，不像原来的那个孩子了。"我说："正常，早就不是孩子了。"她说："谁长大了，你也别长大，那多没趣。"红尘事，若浮云，2018年7月17日上午，我给张学梦打电话，倾诉我内心的烦闷，学梦问我："郁葱，你有命运感吗？"我说："有，原来没有，现在有。"学梦说："好，这就回答了所有的问题。"实际上一直到伊蕾去世的时候，她的生活，她的居所，她的心灵，她的情感，都没有找到一个真正的归宿。去天津送伊蕾的路上，我对刘小放说："我大脑晕晕的，不知道白天黑夜。总是流泪，但是没能哭出来，我觉得我应该哭一场，如果我什么时候能够大哭一场，可能这个坎就过了。"

2010年8月的时候，我曾经为《伊蕾诗选》写过一段话，记得那是在北京鸿翔大厦，翻旧笔记本，又看到了这段话，如果不是留下了文字，我也许就忘记了。其中说："伊蕾是当代中国最重要的女诗人之一，她在诗集《独身女人的卧室》扉页上写道：'没有爱的自由，就没有所有自由。'伊蕾是一个高贵的典雅的心灵自由的诗写者和生活者，直到今天，她的内心依然保留着单纯、天真的心理状态——无论她在现世的生活中经历过怎样的痛苦、纠结和伤痛。伊蕾诗歌的情感表达会形成一股巨大的气场，强烈冲击她的读者，她展示的女性心灵体验的特殊性以及女性的个性意识，在当代女诗人中绝无仅有。她的诗贯穿着对异化现实的否定和批判，写出了既流畅又不乏纠结的个人体验，为当代文学留下了一份人性的证明，也为中国诗歌史留下了具有价值和意义的非凡的一笔。这部诗集厚重、精美、大气，体现着伊蕾的一贯风格。"——许多年以后，那些留下的文字就成了记忆。我一直想写一篇对伊蕾作品的评价性文字，上面这段话可以放在文章中，而且一字不动。

1999年我编《河北50年诗歌大系》，给伊蕾打电话说："你的作品是你选还是我选？"她说："我自己选吧。"过了一段时间，她选的稿子还没有寄来，我就把我选的作品寄给了她，她开心地说："你选的作品跟我自己选的没有什么两样。"我说："那就对了。"她说："正好明天没有事，我把稿子给你送回去。"我说千万不要，当时的火车没有高铁，我怕她来来回回折腾。她说："我是送稿子，也是想看看你们。"那天晚上，我们在宾馆门外的一个长椅上坐到了深夜，分手的时候她对我说："明天早晨你不要送我，你爱熬夜，明天早晨睡个懒觉。"第二天早晨我没有去宾馆，直接去了火车站。排队进站的时候伊蕾对我说："这部书是应该能够传世的，你要把它做好。《诗神》做不下去别就硬顶着，他们让改成《诗选刊》，你就改吧。你心事太重，性格会伤你。"看我总是叹气，她说："你太压抑，心灵不自由，倒不如摆脱他们，去写自己的东西。"在我的记忆里，伊蕾跟我谈刊物、谈我的编辑工作并不多。还有一次是2014年11月，她得知我要离开《诗选刊》到省作协工作后打来电话说："你为什么要去做行政官员，你为什么离开刊物？"我说："第一，我是赌气，赌这么多年的气，在省作协压抑了这么多年，我赌这口气。第二，是我做人的劣根性，内心那种浅薄的世俗的欲望未泯。第三，实实在在想有时间把我这多年想写的东西写出来。我替别人做了大半辈子的事，现在想为自己做点儿事。还有另外一点，没有选择，组织上这么安排的。"她沉默了半天说："好吧，既然是这样，我接受。"

叙述这些的时候，我的内心已经相对理智了。我感慨草们树们花们的枯荣，它们或盛或衰，是固有的天数，天地若在，就是这样，谁也不能改变，什么时候也不会改变。这时候，我想起了伊蕾的组诗《被围困者》，于是，我把它作为了这些文字的题目。

在一个深霾的暗夜，我读到一段话："我们每个人能有今天，都有他说不清的各种渊源。剥去外在的那一切，再回到暗夜中去，我们就会发现，四千年前开始的故事，昨天刚刚结束。现世的每一分钟都是四万年历史的结晶，人们飞虫般飞向死亡，寻找归宿，这其间的每一片刻，都是窥视整个历史的一扇窗户。"

这段话，在《天使，望故乡》的开头，作者是托马斯·沃尔夫。

2018年12月20日于石家庄

# 江 河 无 痕
## ——我所走过的城市

　　我一直不敢轻易议论一座城市，他吸纳了那么多属于自己的品质和声音、感觉和味道、气韵和精神。每个城市都有自己的风格与内涵，每个城市都有自己的性灵、生灵和神灵。

　　我几乎热爱我曾经到过的每一个城市，他们使我多了一些经历、一些感受、一些激情。他可能忽略许多像我一样的匆匆来者，但每一个城市，都因走近他的人们而显得更加饱满和生动。

　　我匆匆路过的城市很多，比如济南、锦州、沈阳、广州、郑州、嘉兴、福州，比如天津、苏州、黄石、温州、太原、泰安、南宁等等，我在这些城市只停留过一天甚至仅仅几个小时，他们就像繁星，很亮，在我的心中实实在在地闪烁着。

　　我深入的城市很少，而有一些如果我深入了，就会刻骨铭心。

　　南京。好像这是一个注定要带给我感慨的城市。我对他的印象是深邃、博大、内在而包容，底蕴丰厚。1989年的时候，我从九江独自乘江轮到南京，看着两岸灯火，很孤单，黯然神伤。早晨到南京，从码头直接去了中山陵，当时游人不多，我感受那种浩瀚、肃然的氛围，苍茫而神圣。深夜我要乘车返回石家庄，傍晚，在火车站前的玄武湖旁，我一个人站了好久。我在回味这一天沉沉的深刻，总觉得，这个城市给我的心灵填充了什么，现在想，那时真好，很敏感、很脆弱，很容易"思想"也很容易动情。而第二次到南京，则是十六年之后了。2005年10月27号，我参加了"中国诗歌节"后从马鞍山到南京乘飞机，在南京机场又是我一个人。那天飞机晚点，晚了很多，我总感觉要出什么事，想跟一个人说说话，把心情告诉他。在我面前走来走去都是陌生人，我找到一个号码把信息发了出去，飞机起飞离开那个城市时，我内心好像没有了空虚和忐忑。

大连。这是一个保留了我很多的童真和浪漫的城市。我许多的激情，似乎都源自那里，我许多的想象，似乎都源自那里，我许多的平静，似乎也都源自那里。

1993年和1994年，我曾经两次到过大连。两次，我都住在旅顺口。当时，旅顺是一个沉寂的、沉积的所在，我想，所有的历史都是沉寂的，沉寂才有重量。

在旅顺的那些天里，我平静地生活，体味、思考。当时住在部队的一个小型招待所，一套一套的单元房，像是一个真正的家。那里离海边很近，好像整个旅顺都离海边很近，在城市的任何一个角落都能听到海的声音。城市里的人很少，我和朋友晚上8点出去，就可以在太阳沟的马路中间肆意地抒情。在那里，你只要住上几天，就好像能结识所有的人。我当时每天都去商场买一些菜和食品，没过几天，我一走进行人稀少的商场，里面的售货员都向我微笑，好像看到了老朋友。

那几年，我也几乎每年去北戴河，北戴河是一个与旅顺口隔海相望的小城，地理环境、面积和旅顺有许多相似之处。有时，我就一个人坐在海边，远远地望着海的那一边，思索着旅顺口和北戴河的异同。北戴河是我河北的家乡，我的第一个电视剧就是在这里拍摄的，对他有着异样的情感。也正因为如此，我看他就更苛刻些，那只能说明，我把他看作是我自己。

旅顺口。她是历史的。应该说，她凝固了中国某一阶段的所有历史。与北戴河相比，和她有关的历史人物并不多，但和她相关的历史事件却非常多，她仅仅是历史。后来的这些年，她远离了中国政治的所有尘嚣，平静地把自己融入过去。

北戴河。他是现实的。他聚集了近年来的无数政治事件，成为中国政治的中心和旋涡。那么多的起伏跌宕都与他有关，那么多的大喜大悲都与他有关，他往往是许多政治事件的起点、发源地或发祥地，但从不是那些事件的归宿，也没有哪个政治事件与他有更深层的维系。许多智慧和灵性在这里被开启，而当那些智慧和灵性变为辉煌或黯淡时，他却依然如故。这个被称之为"暑都"的狭小之地，竟然承载了一个国家的命运。他使我想起某一时期的庐山，一座山或一片海，容纳了现实的许多进程和意义。但伟人也罢，凡人也罢，你的生命终究不会比神灵造就的天地、自然甚至沙砾更辽远更恒久，所以你来到北戴河，能够体味到时光的短暂和匆促。

旅顺口。坦然、凝重、冷峻而不急促。她好像有非凡的自信。那里几乎每个角落都是历史，就连马路上发出铜色光泽的地井盖也那么厚重，也有几百年的生命。路边一所不起眼的小楼，就可能是当时某位历史人物的居所，这样的所在越多，人们反而淡然了。他们就在里面生活着，生活在不被人所知的历史中，不喧嚣，不浅薄，不浮躁。但越是这样，旅顺就越值得你思索，她也有你足够的思索空间和内容，需要去踏实地感受。

北戴河。有着有限的深度，他很外在，但不浮浅，也许没有更多需要去理解的东西，他那些浮在表面的现实，却是产生深刻和史实的渊源，给人的是流动着的、漂浮着的然而却深邃阔大的气质，当代所有可以想到的大人物的名字都在这里留下过影子。虽然无论是伟人还是俗人，对于时光说来都是匆匆过客，虽然无论当今的政治对北戴河的涵盖和影响有多么深厚，那些都不是他自身的历史，但这个城市是一位见证者，他的眼神里包容了当代史的无数跌宕起伏。

旅顺口。她含而不露。举个例子，这个小城有一所相当规模的博物馆，里面的有些藏品甚至有的省级博物馆都望尘莫及。由于举世闻名的中日甲午战争、日俄战争都发生在这里，因此景点众多，像白玉山、万忠墓、旅顺火车站、友谊公园、海岸公园等；太阳沟景区有旅顺博物馆、中苏友谊塔、胜利塔、植物园、苏军烈士纪念塔；鸡冠山景区有北堡垒、松树山堡垒、望台炮台等堡垒炮台，旅顺监狱旧址是一座由沙俄修建、日本人扩建的监狱；老虎尾景区的西鸡冠山炮台、城头山炮台、蛮子营炮台及闭塞队纪念碑址，都是当时战争的重要遗址；黄金山景区内有中日甲午战争、日俄战争留下的遗迹和唐代古迹鸿胪井，老铁山前的岬角石岩是观看黄海、渤海自然分界的好去处；小龙山景区内有蛇岛、猪岛、海猫岛、虎平岛、羊头洼海港、大潮口，海猫岛与蛇岛隔海相望；猴石山景区有椅子山堡垒、二〇三高地、苏军烈士陵园……我之所以如数家珍地历数这些景区的名字，是想说明，我不知道还能有哪个城市在这么狭小的地域集中了如此众多的历史遗迹。在那里，如果你能塌下心来面对过去，她就是无尽的资源、智慧和思想。旅顺口给你的所有历史和积淀，都是为了让你去回味和体味。

北戴河。有太多人为的景致、景色、景点。在我经常去北戴河的那几年，每次都用半天的时间把东山、西山跑一遍。最早的时候，东山的鸽子窝是"不设防"的，后来建了收费的鸽子窝公园，但"鸽子窝"是没有内容的想象，他的最大价值是看日出、观海。至于西山，莲花石不远处的96号楼有着众所周知的当代史的价值，还有那些建筑，而让人遗憾的现实是，无论在大连、青岛、天津、上海，当然包括北戴河，留下来的那些有价值的建筑竟然与我出生后的几十年没有任何关系，就是说，我们近些年来制造的只是一些与历史与艺术无关的僵死的建筑躯壳，每每想到这些，我无言以对。北戴河不乏有意义有价值的建筑，但人们是看不到的。后来，北戴河开发出了一些名人故居，这会使这个城市"文化"一些，"历史"一些，也就是说，让自身多一些重量。

旅顺口。很自然、很生活。我和朋友早晨到海边，随意就捡回了许多海带、海星、海螺，1994年的旅顺口还保留着原始的寂静和安然，幽静的道路两旁晾着一些刚刚洗过的衣物，晚饭人们就摆在路边的小桌上。旅顺口即使是在夏夜，天黑之后海边的行人也不多。在那个叫太阳沟的地方，海风轻扫阔叶，灯光早早地暗下来，远望着深海，感觉整个旅顺像是处在一个晃动的摇篮。

北戴河。北戴河彻夜不眠，那里是一个喧嚣和欲望的所在，灯火阑珊，人满为患。那么多的疗养院、宾馆、别墅、招待所，那么多的惊天撼地的神圣或者丑陋的人物或者官宦或者草民……在那里，你总会感觉自己微不足道。那里没有了大自然赋予的最初的神韵，离开了北戴河，你也许就再也记不起来他的涛声。

旅顺口。她的三十里处，是大连，那里生机、活力、激情。

北戴河。他的三十里处，是秦皇岛，这是一个几乎与大连一同起步的沿海城市，想起他来，我便想起一位伟人的诗：秦皇岛外打鱼船……

旅顺口。她融进了历史，她是恒久，和时间一同属于历史。

北戴河。他有着海一般的现实。他是瞬间。是西山落日，也是东山日出。

我爱大连，爱北戴河，无论他们温润的情感还是苍凉的蔚蓝。我记着那个城市带给我的暖意和寒意，我记着那个城市带给我的浅淡和深刻！

上海。第一次到上海是在1986年10月，我与河北的几位作家一起去上海文学院进修，那是我第一次到南方，记得我们后来还一起去了杭州、无锡、武汉等地。当时我还年轻，单纯、开朗、童稚。我们一起去南京路、外滩，一起到复旦大学。后来我的诗友何香久记录了我当时的心理状态：

他不大跟人说他自己，熟悉他的人只知道他的一些大体经历：年纪很小的时候就穿上了军装。在冰天雪地的塞外，他握着一本薄薄的诗集取暖，想家，想比家更遥远的地方，一个少年的秘密从不开花。然后他写诗，写到了现在这个份上。如此而已。这段经历在履历表上仅有可怜分分的几行字。然而，有一件事把我深深触动了：

1986年秋天，我们一起在上海文学院做短期进修，一次，我俩同来沪的诗友边国政在五角场的一个小酒馆里吃饭，邻座是一男一女两个军人，那个晚上，郁葱只是默默地望着他们，什么也没说，什么也没吃。告别那个小酒馆和那对军人的时候，他笑了一下，一个二十多岁的年轻人无论如何也不应该有那样的笑，好像在那个瞬间他再一次经历了他经历过的一切。

一个人的苦难，只有对他自己才是实实在在的苦难，而对别人，只不过是一个故事。因此，这个外表看起来很文弱、很娃娃气的郁葱，他心的一隅实际上早已结了茧子。


写到一个城市，应该回避这些很个人化的东西，但我又想，其实不管怎么写，最终还是写自己的心灵历程。上海的博大的确使我觉得自己很微小，但在外滩上我就想，他在历史和现实上给我的双重感受使我觉得能很快接受他融会他。我喜欢让我感到有气魄有气质的东西，这两点上海都具有。那个城市没有我经常感到的我身边某个城市的陈腐、没落和世俗，上海，因为我没有深入他，所以我总是渴望他。

不能不提到一个细节：那一次，我记录了整个行程的开支，车票：32.20元（卧铺）；在上海学习（八天）用款，学费：100元，住宿费：130元；购买的物品，计有枕套：1.40元，电熨斗：30元，旅游鞋：13.80元，衬衣：8.7元，雨伞：12元；给安俐（我的妻子）买衬衣：7元；给墨墨（我的孩子）买的物品有：衬衣13元，鞋26元，汽车玩具20元，羽绒服两件各13元、

12元。（记得我当时去上海带了300多元钱）

第二次到上海，是去杭州浙江电影制片厂修改剧本时路过，在人民广场旁边的一个饭店住了一个晚上。记得那一次，我在人民公园里留下了什么东西，或者是寄托，或者是记忆，或者是情感。上海的许多被别人看来无所谓的地方我却忘不了，比如何香久提到的五角场的那个小酒馆、南京路和外滩路口的那个邮局、人民公园等等。以后又曾经几次去上海，2000年6月和诗人张雪杉、李秀珊、宋晓杰等人一起到宝钢，当地的朋友问我晚上想去哪里，我说去外滩，他们都知道我去过许多次，也知道我其实是想在那里再看到一个曾经的影子。

南昌和九江。想起这两个城市，实际上是想起了庐山。1989年的初夏，那一年的夏天极其闷热，尤其是南昌，记得在那几天里晚上我甚至是泡在浴盆里度过的。当时我还没有从一种个人情绪中摆脱出来，恰好这时，妻子中学时最要好的同学给她来信，说遇到了一件为难的事情，想让我去帮她处理一下。妻子也希望我换一换心境，催促我到南昌去。我在南昌待了三天，把朋友的事情处理好，自己一个人乘火车到了九江。

那时，庐山的游人还很少，我自己穿行在石子铺就的小径上，两边是竹林，雾气冉冉，累了，就在路边的竹林里听着"嘎巴嘎巴"的竹子拔节声睡着了。一个小时醒来之后，身旁的竹笋竟然长高了许多，让我惊讶得目瞪口呆，那些生命是那么安详，但安详得那么蓬勃那么旺盛，好像那一瞬间，我一直低沉的状态舒缓了许多。

当天傍晚，我在九江码头遇到了一对山东籍老夫妻，在他们的饺子摊吃了一顿好多天没有吃过的正宗的北方水饺，并开心地和他们攀谈了好长时间，然后登上了九江到南京的客轮，我一直在甲板上站着，看着两岸灯火，我觉得特别茫然，想有一个人说话，哪怕是说废话，其实，人有时最想说的就是废话。我原来是一个特别清纯、特别阳光的人，但世态和世相改变了我，在长江上，我落下了难以名状的泪水。

深圳。这个城市是我的福地，我与这个城市仅有过短暂的相约，他记录了我一生中最重要的几天。我与这个城市在许多方面非常相近：活力、创造、想象、个性。我觉得我懂得了他并且深入了他，使得他成为我一生中最重要的记忆之一。2005年6月，第三届鲁迅文学奖颁奖典礼在那里举行。颁奖活动搞得极富高潮，当时获奖者住在银湖，那里秀美异常，只可惜幽深静谧，到市里一次也难，没来得及好好看看这个城市，只是在去电视台的路上在车上看了几眼，来去匆匆。

深圳是一座先锋城市，虽然都是鲁迅文学奖颁奖，但感觉与在绍兴完全不同。深圳的诗歌当然地呈现出先锋的形态，我在那里会随时找到与我们习惯了的理念不同的碰撞，那些触动都会使我的内心和理念发生质的变化。城市的差异、人的差异、文化感受的差异，使得这里出现了迥异的意识和艺术。实际上在深圳可以走到更极致，而且他时时在提醒人们：如果你在意，如果你对身边的某种变化有所察觉，你会做什么？

无锡。拱桥、三山、古塔、小巷。在宜兴的溶洞、太湖的游船和细雨霏霏的站台上行色匆匆。我在那里写下了一首诗，其实也是那次的经历，题目是《我和你的南方》："拱桥上，你溅起的泪点燃了桅灯，/所有景致，不如初雪临摹的那段小径。/船的归宿不是水的归宿不是灯的归宿，/你体味的是熟悉我体味的是陌生。//而我们曾手持相同的车票搭乘雨季，/湿漉的行囊负载着过多的沉重，/童谣留在北方，雪夜留在北方，/一段浪漫是一段默契却未必是一种虔诚。//你在寻找双色的帆影白色的太阳，/而我的岸蓝的孤寂蓝的抑郁蓝成重叠的投影，/无需承诺无需忏悔无需让水的背景作为背景，/寻找的是记忆留下的是经历忘却的是瞬间的雷同。//冷风景朦胧成一种幻觉，/你珍视的是真实，我珍视的是梦。/当不幸之外的所有一切都成为不幸，/季节不是憧憬，梦幻便是憧憬。"那几年有一些童话般的经历，当这些经历成为往事时，我把她当成记忆，并且留在心底。对镇江的感觉几乎和无锡是相同的，浪漫，真纯，凄然，也好遥远。

长沙。曾经有几年，他是我日夜牵挂的地方，我的孩子在那里上了四年大学，并给我们带回来了另一个孩子。我一直向往长沙，直到有一天我走进岳麓书院，才真正懂得了他的深厚，直到有一天我走在橘子洲头，才真正懂得了他的浩荡。我像与他有很深很久的渊源。一直想为湘江写一首诗，但一动笔，就想起了"独立寒秋，湘江北去，橘子洲头。看万山红遍，层林尽染；漫江碧透，百舸争流。鹰击长空，鱼翔浅底，万类霜天竞自由。怅寥廓，问苍茫大地，谁主沉浮"。伟人把湘江写到了极致，不知道后人再如何为其作诗？

第一次到厦门是在2011年10月的时候，参加第三届中国诗歌节，开幕式上，著名朗诵艺术家方明和一个可爱的孩子一起朗诵李白的《将进酒》，方明先生曾经朗诵过我的诗作《鸽子》，所以见到他很亲切。李白的这首诗在许多场合听人朗诵过，起码三届诗歌节的开幕式上都朗诵过，各有特色，方明先生的朗诵更有震撼力，再加上孩子稚气的童音，让人不禁有一种对历史、现实和未来的感慨。诗歌节开幕后第一天的研讨活动上午在厦门大学学术报告厅举办，主题为"中华诗歌的传承与发展"。对谢冕、吴思敬和吉狄马加先生的发言印象比较深，他们发言的题目分别是《那些空灵铸就了永恒》《中国新诗已经形成自己的传统》《道德是诗歌发展的基石》。他们发言的基调对中国新诗都是乐观的，我也有节制地这样看。厦门大学的一池湖水，研讨会间隙，和雷抒雁、张新泉、娜夜等朋友绕着水边走了一圈。身边来来往往的都是学生们，空气里有朝气。湖中的黑天鹅不怕游人，自由自在地一会儿岸边一会儿水中。

对厦门印象最深的是他的环岛大道，海天一色，路边绿意怡人，早晨和晚上，就到环岛公路旁边的海滩散步。看惯了北方的杨柳，觉得南方的树更适宜抒情。那天下午和八九位朋友在海滩上聊天，拍下了一张"厦门落日"。我住的房间窗外能看到大嶝岛。大嶝岛是当年对金门炮击的最前沿，这里有个喇叭是世界上最大的军事广播喇叭，竟然重达1588公斤。据导游介绍，当时解放军、国民党军队每天除了打炮，还相互喊话，解放军喊的是："国军的弟兄们，你们的亲人在盼着你们回来。"国民党军喊的是："共军的弟兄们，到这边来吧，这里有吃不完的馒头和面包。"在大嶝岛印象最深的是，2010年1月，当年在厦门的前线播音员陈菲菲和在金门负责"喊话"的许冰莹在大喇叭前的亲密合影，让人感慨而又忍俊不禁。一个属于过去了的岛屿。那些大炮仅仅只是钢铁了，被人审视被人抚摸。这多好，它们冰冷了比它们有热度好。

在厦门集美园博苑，几位年龄相近的评论家丁国成、杨匡汉、张同吾、朱先树、吴思敬站到了一起，为他们拍摄了一张照片。这次去厦门，最想看的是鼓浪屿，脑海里就总是《鼓浪屿之歌》的旋律。10月19日上午到了鼓浪屿，看到了那么多的人、人和人。环岛旅游车上《鼓浪屿之歌》依旧那么曼妙，只是没有看到风景。想住一天再回去，朋友们说下午5点以后的人少了鼓浪屿才有风韵，但大家都一起返回，也许以后再去时，能够体验到她的情致。鼓浪屿钢琴博物馆，大师们融到了永恒的旋律中。可惜得很，在鼓浪琴岛没有听到琴声。

2004年，第三届鲁迅文学奖在深圳颁奖，七年之后，五位诗歌获奖者在厦门又聚在了一起。难得。成幼殊老人已经九十多岁了，分手那天，老人在餐厅里拉着我的手，说了许久的话。李老乡也显得老了。其实在岁月面前，谁能不老呢。娜夜和马新朝基本还是原来的样子，还是原来留给我的印象。


重庆是一个博大的城市，他怀拥着长江和嘉陵江，显现出他独有的气度和气质。在一个仲秋之夜，我有了对这个城市最初的印象。而重庆北碚，是一个时代和几个时代的记忆，早年，三千名流汇北碚，每个人都是一座丰碑，我记住了卢作孚的一句话："学校不是培养学生，而是教学生如何去培育社会。"

到重庆之前，我写在纸上一些话，在意的事情，我就一定要留在纸上。编了几十年的刊物，一直没有到过重庆，这实在是一个让我自己也觉得百思不得其解的事情，而且，我跟重庆的几代诗人都有过某种经历上的精神维系。当然，这个城市我也不一定陌生，因为我已经默默地注视了它几十年，比如重庆北碚这个地名我就十分熟悉，原因很简单，跟吕进先生、毛翰先生、蒋登科通信寄刊物一直是这个地名。有很多机会来重庆，但都错过了，这是我自身的原因。我参加诗歌活动很少，这是我性格上的缺陷，跟朋友们就只有神交，愿意保持一种想象中的美好。所以到重庆见到那么多的朋友，就特别想抒情和叙旧。

吕进先生，几十年的交情，虽然并没有很多实质性的接触，但是在内心一直觉得很贴近，我们有过多年的、很多次文字往来。20世纪80年代末期，我在《诗神》责编过他一篇题为《只有时间》的评论文章，他在文章中说："时间，只有时间，才能让真正的诗发出亮光。"1993年年初时候，我设计了一个栏目"纵论当代中国新诗"，邀请了张志民、犁青和吕进先生等六位诗人、理论家对当下诗歌发展畅谈自己的观点，吕进先生对世界诗歌发展大势提出了一些很新颖的观点。2000年的时候，我们两个一起经历了一场风波，当时我作为《诗选刊》主编，由于刊物内容触碰了文学界上层的某些人，其时恰逢第二届"鲁迅文学奖"在香山武警招待所评奖，我作为终评委，在评奖开始后不得已离开了评委会，连当时的评委会主任也是一脸的无奈。那段经历让人觉得非常奇特，非常奇怪，但就实实在在发生了。吕进先生也受到了同样的压力，大概是考虑年龄稍大了一些的原因，他还是留下完成了评奖。现在想起来，依然非常感慨，我坦然接受了当时的结果，从那以后，就觉得跟吕进先生有了某种亲近感。

　　娜夜。她是她这个年龄段与我情感最为贴近的女性诗人。第三届鲁迅文学奖，我们一起获奖，在深圳的颁奖会上见到了娜夜，在这之前有过接触，但限于文字上和简单交流上，印象一定没有那次那么深刻。很多朋友会想，得了奖内心一定很松弛很兴奋，但真的不是，我相信我和娜夜从那时起都感受到了内心和外在超乎寻常的气场，一种说不出来的感觉。那次我是诗歌组组长，上台领奖的前一分钟我对她说："娜夜，笑着上去。从头儿笑到最后！"后来我看照片，娜夜的神态让我感动。那一届五位获奖者，李老乡和马新朝已经走了，成幼殊老人将近百岁了。现在谈起来，恍若隔世，有点儿悲情。

第五届鲁迅文学奖评奖的时候，我认识了蒋登科，在一起共事了十二天。那十二天以及后来的一些日子可谓刻骨铭心，成为我一辈子最为深刻的记忆之一。大家看到了最后的评奖结果，看到了最后的得奖者，但是大家不一定知道，还很有可能会是另外一些人得奖，而那样的结果无论如何是我们承受不了。所以有登科这样的一些好人，我们在一起共事，分手的时候几乎流泪，我们无愧无悔地倾尽了全力。从那时候我也更加知道，一个人的力量太微弱，太微不足道，有时候什么都把握不了，谈何指点江山。当时一位兄长跟我说："郁葱，我知道你的性格，但是有的事情不能说，永远不能说。"我答应了他，但是经过这么多年以后。我觉得我要愧对这位兄长了，我可能要说，但不是现在，也不知道是什么时候。我还算一个相对细心的人，每天写日记，留了这么多年的资料，包括我编刊物时的许多资料，现在重新读一读连我自己都觉得吃惊。这些经历是跟蒋登科这样的朋友一起经历的，之后第五届鲁迅文学奖在绍兴颁奖，我们一起上街，走了很多商店，终于帮我找到了两尊鲁迅先生的铜制雕像，所以每次见到蒋登科就觉得很亲。

傅天琳大姐，无论在做人上还是在作诗上，都是我所仰望的。清楚地记得在全国作代会的时候我们在一起畅快地聊天，那天有李琦、娜夜、马小淘，后来蒋登科和河北的作家李浩也去了。天琳大姐身上有一种天然的与生俱来的诗性和母性，一直留恋那个冬日午后的阳光。那天晚上，在宾馆的大堂里还见到了李元胜和梅依然等重庆的朋友，我们在一起照了不少照片。

还有更年轻的一批重庆的诗人，我总说好诗人是夸出来的，事实证明夸着夸着，他们就真的值得夸了，这是我感受最深的一件事情，虽然我跟其中的大部分青年诗人没有见过面，但安静的时候，想起这些往事来，想起重庆的更年轻诗人们，都会让我动情。好像作为一个编辑跟作者谈情感是一件很忌讳的事情，但是我觉得这挺好的，我从内心特别在意并且珍视这样的感情。写诗、编诗这么多年，和许多人成了心灵上的朋友，有的甚至成了亲人，我也一直说，真正的好诗人都相亲相爱，真正的好诗人都是内心开阔、心溢良善的好人。而且我觉得好诗人是诗歌的灵魂，我记下了对这些朋友的感受，是在赞美他们的诗歌高度和人性高度，实际上也是内心自洁的过程。这是我的幸运。

这些经历让我注视重庆的时候，会更加感受到她内涵中的活力、沉静、激情和从容。几天以后，我回到石家庄，并且给重庆的朋友们寄去一首诗《秋夜的嘉陵江——与傅天琳、娜夜、蒋登科夜读嘉陵江》：

嘉陵江沿岸有两种颜色，
绿色和金色，
那两种颜色中，
有无以言说的人生起伏。

嘉陵江横穿北碚，
2019年9月的一个秋夜，
那天晚上没有涛声，
江水平缓，一如两岸平缓的世人和世事。

这时的嘉陵江也许不像这条江，
他平和超然，出奇的从容，
沿岸的一盏灯火和另一盏灯火没有什么不同，
仙境在江中，人间在岸上。

嘉陵江沿岸。
人们静如止水，心若青铜，
平日里，他不知道默默流走了多少光阴，
人们一代代出生、长大、老去，
在阴晴里，在悲欢里……

草枯了，明年再长，
火熄了，瞬间重燃，

嘉陵江的坦荡是出了名的，
什么时候他失态过，没有，
什么时候他轻浮过，没有，
也许有很脆弱的夜晚，
但沿岸的人声不断灯火不断，
嘉陵江的水，就不断！

有久长的叙事与抒情，有忘却和记忆，
夜笼罩着嘉陵江油画般的身体，
爱你的时候，
我从年长竟然又重新长成了孩子。

天人兴盛，鸡鸣长啼，
嘉陵江沿岸对于一些人是景致，
而对于今夜的我们，他是神灵。
经常想起一些恒久的事物，
它们成为嘉陵江沿岸的树木、河流和土地。

已经过去的和即将发生的，
都会在嘉陵江的淌动中流逝，
我们终将沉默，
而嘉陵江，依旧无限、无言、无尽，
并且永不止息。

武汉。这是我去得最多的城市之一，因为这个城市在京广线上，我曾经不知道多少次到过或者路过这个城市。20世纪80年代的时候，我在《长城》做编辑，跟七位小说作家去南方，最后一站到了武汉，当时我们住在汉口车站附近的一个小旅馆里，我们去了东湖、黄鹤楼、长江大桥，返程的时候卧铺票只买到了两张，给了两位年龄稍大的作家，我和几位年轻的朋友一夜没睡，在拥挤而闷热的绿皮车厢的风扇下聊了一晚上。那是我对武汉最初的记忆：滔滔长江水、巍巍黄鹤楼。2010年7月7日，我在武汉参加"中国诗人走进武汉黄鹤楼"活动。那几天，雨锁武汉，但别有一种情境。我们重新走进了黄鹤楼，走近了长江。《中国诗歌》编辑部的同仁们对我讲，每每编辑完一期刊物，他们都要相邀在一个茶馆里，一页一页地找问题，聊诗歌，那种执着和细致是我们做不到的。武汉的诗人多，那次见到了刘益善、车延高、阎志、沉河、张执浩、田禾、谢克强等等。朋友要我写黄鹤楼，我知道这个题目太难写了，这三大名楼之首曾经有过那么多的名篇，那些高峰实在不好逾越。但我总觉得，优秀的诗歌创造诗歌经典，平庸的诗歌丰富诗歌生活，写不优秀，我就写平庸，因为这是一种心结。本来采访活动9日就结束了，但朋友盛情，又被留下来做第二届"闻一多诗歌奖"的评委。毕竟是中国诗歌类奖金最高的十万元大奖，大家议论较多的是，得奖的这位诗人一定是诗坛中坚并且在今后具备更多的可能。当时大家的议论集中在了三位诗人身上，两位男性诗人和一位女诗人，呼声比较高的男性诗人的作品理性、深刻，女诗人的作品感性、饱满，各有特色，难以取舍。评委会主任吉狄马加投票时说了一句让大家感动的话："如果我想起了我的儿子，我应该投这位男诗人，如果我想起了我的女儿，我应该投这位女诗人。"

一直很难忘记早年在"江汉"号客轮的晚上，我一直站在甲板，年轻的时候情感丰富，那个时候《话说长江》正在热播，听着客轮上播放的荡气回肠、若隐若现的电视片片头曲，望着浩荡的江水和两岸的灯火，无尽感慨。那天的早晨，客轮停靠在武汉码头，我用一天的时间大致浏览了那个大气、包容、浩荡的城市，并且被他的深刻所震撼。从那以后，我越来越觉得，对一个城市的情感，无论如何是源于那里的气象、气质和人。每当在京广线的列车上看到黄鹤楼，就知道，我年轻时记忆中的那个城市到了。


哈尔滨让我留恋的理由很多，他的历史、文化、建筑、饮食、格调、品质……使我的城市观念一下子融进了许多原来不曾有过的元素。哈尔滨经典，有情致，有他漫不经心袭来的味道，这是一个可以拥抱、可以赋予、可以寄托的城市，他的粗粝和细致，他的深厚和浅淡，都可以带给你自由的微微发甜的浪漫的呼吸。2008年6月，我来到了这个城市。

在哈尔滨中央大街上，外来的人是很难发现西头道街57号（中央大街口）露西亚西餐厅的，我想这也许是这个城市深厚、内敛、低调、矜持的性格使然，哈尔滨没有一些大城市的张扬和浮华，有内涵但不夸张。比如露西亚西餐厅，没有明显的广告，悬挂着的绿底白字的招牌也很不起眼，她刻意把自己隐藏在常春藤叶蔓之间，门口种满了丁香，还有精致的篱笆，在闹市里保留着自己的淡定和宁静，如果不仔细回味，你甚至会忽略她透出骨子的超然和奢华。这就是露西亚——尼娜曾经的故居。我甚至相信在我的一生中，必定要结识她——达维坚果·尼娜·阿法纳西耶夫娜。在一个很静很静的深夜里，我曾经专注地观看中央电视台播放的关于哈尔滨中东铁路和当时俄侨生活的一段片子，其中就提到了尼娜。她有着金色的头发、高耸的鼻梁和白皙的皮肤以及圣洁的气质。她1910年12月8日出生在黑龙江横道河子，三岁随父母来到哈尔滨，情窦初开时恋人却意外早逝，这个善良的女人在历次运动中饱受磨难，然而她没有离开中国。她走在路上经常遭到谩骂和砖头，那时她只是停下脚步，伸长食指，拇指扣在中指上，同时圈起无名指和小指左右摆动，示意这是不对，或这样不好。同时善良而坦白的目光里也在问为什么这样，实在疼痛难忍的时候才会用俄语问："为什么要这样，不要这样，我只是在走路。"她一生没有能离开中国，离世之后，她居住的房子几经辗转，最后成为今天的露西亚餐厅。

午后的阳光洒在窗台上，小雨只在这个时候有了片刻的停歇。墙上挂满了很多黑白照片，高高的钟挂，古朴的人物油画，精美的家具和茶具、烛台等给人充足的怀旧意念和家的感觉，我在读露西亚那本厚厚的菜谱。第一页的最后一句话我抄在了一张纸上："哈尔滨，不仅是他们的故乡，也深植着他们令人崇敬的灵魂。"我知道，一定是来自天国的博大、宽宏的力量使得尼娜平复了受到的伤痛，那个善良温和的女人一定会觉得，痛苦本来就是自己生活的一部分，而且怎么承受都不过分。人应该爱，应该博爱，而不应该有欺侮和暴力。所有人都应该相互亲爱，都应该有自信和尊严，无论贫穷或者富足，都应该有享受自己认为的幸福的权利；应该有温热的面包、奶酪和蔬菜，应该能够点亮蜡烛，应该接受祝福，应该原谅和宽容，应该有踏实的平静的生活；应该能够激情和适度地放纵，不憎恨也不忍受，不虚妄也不压抑，能对自己面前的苹果或者草莓说"我爱你"，能大声唱歌，能有许许多多的人祝贺自己的生日，能有起码一本书来读……

如今，属于哈尔滨的、属于俄罗斯的尼娜早已在困顿中离开了这个世界，但愿她的淡然和优雅、她的耐受力以及她留给我们的这座静谧的所在，让我们的心灵和生活真正平和、坦然和诗意起来。那时，我依然在默念着尼娜简介上最后的那句话："你们离开了这座城市，你们却留下了一个伟大的灵魂。"

我是北方人，但我好像更喜欢南方，比如宜昌。我很多年轻时的记忆都是在南方留下的，比如上面说到的九江码头和"江汉号"客轮，比如苏州傍晚石板路的小巷，比如外滩附近的那个绿色邮筒。20世纪80年代的时候我揣着三百元钱一个人走了江南六省，后来一直想按原路再走一次，但至今未能成行。2017年9月，我来到宜昌，又一次来到长江边，长江北岸这个江水润泽的城市，人们生活得松弛、细腻、从容而优雅，很少看到眉头紧皱和雾霾缭绕，总觉得那就是一个城市的从容和优雅，是这个城市的气度、气质与性格。还没来得及抚一抚拍岸的江水，独自坐在江边，感觉那似乎沉默着的江水依旧孕育着无穷。 那次我与诗人柳沄几乎每天都要沿着长江边走很远，跟他聊起2000年在浙江青田的一次诗会，当时去了许多刊物的同仁，会上为每位与会者发了一顶旅游帽，分手的时候，大家便在帽子上签名。那顶帽子至今仍然放在我办公室的书橱里。现在再看那上面的名字，他们有的已经老了，也有的已经离我们远去，但他们的面容依然清晰。这么多年的沧桑啊。

北京。1974年冬天，我第一次到这个城市。当时我去的地方叫永定门，仅仅在那里停留了几个小时，之后便登上开往北方的列车，我还没有意识到，那个下午注定了我一生要走的所有的路。当时觉得很亲切，我还有机会和接我去部队的首长在车站附近走了走，好像回到了我家乡的那个小镇上的车站，竟然没有了第一次离家的忐忑和茫然。

之后的几年里，我开始频繁地出入北京，我开始了解了他，那些年我和他很近，越来越近。那一年一个夏天的傍晚，我和我的战友从部队到石家庄，需要在北京转车。在北京站附近的小元宵店里吃过饭后，本来想送她回在北京的家，但她说："你凌晨5点还要赶火车回石家庄，我们去天安门吧。"那时长安街的晚上很少有汽车和行人，我们乘20路公共汽车到了天安门，寂静和空旷里只有清洁工在清扫着广场，两个戴着领章帽徽的刚满十九岁的小战士默默地在天安门广场散步，倾诉着一些天真但动情的话，一直绕广场走了六圈。那是我最初的情感，幼挚、单纯、圣洁、透明。

北京包容、深厚、世俗、克制、有限的生机，北京理性、广博、规范但不生动。曾有孩子问我要不要去北京发展，我极力主张他去，我对他说："你可以在那里有许多姿态，许多可能，不管那个城市多么自闭或者开放，你都可以把自己完全打开，因为人们看不到你，你的好与不好别人都不会在意，我的许多愚笨的朋友在那里生活得都很好，他会给哪怕最不可造就的人最多的机会，除非你走出国门，否则，你如果想最好，或者，最不好，你都去北京。"

在很长的一段时间，我差一点儿把北京当成了自己，但我终究还是远离了他，而且，越来越远。

杭州。1986年，参加完上海文学院的进修后，我和几个河北作家一起去了杭州，那次玩得很开心，没有想到之后的几年中，我又几次来到杭州，最长的一次住了二十多天。当时我的小说《瞬间与永恒》刚刚发表，浙江电影制片厂导演张甬江发函，要我把小说改成电影文学剧本，并说厂方已经决定拍摄这部电影。对于当时刚出道不久的作者，这种吸引力无疑是相当大的。我用最快的时间把本子改好寄到电影厂。张甬江收到后，认为有一些情节需要修改，让我最好去杭州。

在杭州的那些天，我和另一位合作者昼夜不停地修改本子，一个星期之后，厂方通过了，张甬江便带我们去了云栖、钱江和绍兴。那个时候的绍兴寂静、幽然而深厚，毫无疑问由于鲁迅这个伟大的名字的原因，一走进那些街巷我就觉得肃然起敬。对那一天的经历，我直到现在印象依然很深，一直想再回到绍兴去看一看。

后来，由于经济的原因，厂方讲剧本只能拍摄成上下集的电视剧，这样我又去了一次杭州改本子。那些天过得寂寞而漫长，我从深夜开始改稿子，白天睡觉，傍晚就自己到苏堤、断桥去散步。有一天早晨，我实在不愿意再动笔了，也心烦，便自己到西湖去玩。当我乘船到"三潭印月"时，一位也是自己在玩的女孩儿请我为她照相，女孩儿很洒脱，很大方，那天我们就一直在一起。按照导游图的描述，三潭印月"岛荫凝秀，园林精雅，文脉蕴藉，丰姿绰约"，好像是一个红尘染不到的清净世界。聊天中知道了女孩儿是来杭州推销纽扣，合同签好了之后来西湖玩一天。中午我们在西湖边上的一个小饭馆里吃的饭，下午去了岳王庙，我记得我们当时是走着去的，路好像也没有觉得多远。傍晚分手时，令人难以置信的是我和她竟然没有互相留地址，就在市中心匆匆道别了。我现在还经常朦朦胧胧地想起她来，感觉中好像是一个梦。

1989年春夏之交，电视剧《蓝岛》在中央电视台播出了。从那以后，我再也没有写过小说和电视剧本，也再没有去过杭州。

许多城市，我曾经和朋友们约好了，但由于各种原因没有能够成行：兰州、呼和浩特、长春、海口、乌鲁木齐、贵阳、扬州、青岛、拉萨……我知道我应该去感受他们，因为，每一个城市都有他的骨骼、脉搏、血液，都有他的柔软与坚硬、沉实与空灵，都有他的独特的星辰、空气、雨和阳光。

我想，我还会走进许许多多不可预知的大的或小的城镇或乡村，我会理解、抚摸、聆听、感受，然后，好好爱。

2006年9月5日

2019年12月5日补写